Boca Rat... ...Nov 8 2019

Para A
con mucho cariño
esperando disfrutes de
mi Opera prima.

Con gratitud,

Luz Mery Montes S

Dieciséis años

para

renacer

Dieciséis años

para

renacer

Novela
Luz Mery Montes Sánchez

Colección de La Caverna, escuela de
escritura creativa

Título: *Dieciséis años para renacer*

Dedicatoria

A todos los niños del mundo que sufren o han sufrido de maltrato o abuso físico y psicológico para que encuentren la luz y la fuerza interior y se dejen conducir por el camino del entendimiento y del perdón y así puedan luchar por sus derechos, transformar sus vidas y alcanzar sus sueños.

Epígrafe

Las fuerzas que escapan a tu control pueden quitarte todo lo que posees excepto una cosa, tu libertad de elegir como vas a responder a la situación.

Viktor E. Frankl

Opinión de lectores

"Conmovedora historia inspirada en la vida real, narrada magistralmente por una voz de mujer adulta, alojada en la conciencia victimizada de una niña...".

José Díaz- Díaz

"El sufrimiento, el dolor, el miedo, la tristeza y la soledad; se pueden someter desde la infancia. Con valor, con fe, con optimismo, con capacitación y con entendimiento; recogidos ellos, mediante el esfuerzo y la observación personal. Así se logra el análisis del buen ejemplo, del amor, de las virtudes y la esperanza, para construir sobre la visión del mundo agreste, el deseo de vivir en él plenamente. Ada fue "grande desde niña" y lo será para siempre, como faro de supervivencia, integridad y logro".

Rafael G. Ávila

"Un libro de enseñanza-aprendizaje en cualquier etapa de la vida. Los recuerdos de Ada guían al lector a través de una historia de desamor y desesperanza; donde la resiliencia en la protagonista es amor y esperanza".

Eugenia Mora-Ash

"Un libro que representa el valor de la resiliencia y la capacidad de rescatarse de situaciones vulnerables. Una mirada a la vida que trasciende el dolor y las dificultades e invita a tomar y a darse las oportunidades de cambio. Atesoro la visión universal que nos regala este libro sobre valor de la infancia y la neuro diversidad".

Juan Guillermo Ávila

Índice

Capítulo I

Era una soleada y apacible tarde de verano a comienzos de agosto del año 2005. Nada presagiaba que estas condiciones del tiempo cambiarían y se convertirían en cuestión de días en un poderoso huracán, a lo cual ya estábamos acostumbrados aquí en Florida, USA. Algunas veces el ritmo de la vida se altera y nos sumerge sin pronóstico alguno en los vientos encontrados de fuerzas fuera de nuestro control que nos cambian el destino para siempre.

Dispuesta a disfrutar el día, me senté al amparo de la sombra proyectada por las buganvilias en flor que cubrían la estructura maciza de la pérgola recién construida en la terraza. Acaricié con agrado la urdimbre del asiento, uno de varios sillones de mimbre adquiridos en mis viajes, y trenzado por las cansadas manos de aquel campesino colombiano, cuyos ojos se cruzaron con los míos en una tarde de plaza. Cerré el libro de Amnistía International: *Todos Nacemos Libres*, que leía en ese momento como material de referencia para mis escritos y conferencias posteriores. Ante la inmensidad de ese océano color aguamarina fuente de inspiración y de poesías, me dediqué a otear el horizonte y a mirar el paso de los cruceros con su carga de alegrías e ilusiones, observando las formas caprichosas de las nubes que se mezclaban entre ellas y se confundían con el cielo azul. De pronto, escucho las risas inocentes de dos pequeñas chiquillas, y veo desde la distancia cómo la proyección de sus siluetas, se reflejan en los colores del mar, cual figuras salidas del período azul de Picasso. Se acercan jugando a la orilla, deslizando entre los dedos de sus manecitas las partículas suaves de la arena, cerniéndolas y zarandeándolas al vaivén de la brisa marina, quizás pensando en construir un castillo de arena.

Entro en un estado de ensoñación al observar sus gestos y escuchar las delicadas voces que me llegan envueltas en el tibio viento de la temporada, y ensimismada en mis recuerdos me traslado en el tiempo a los años de mi infancia, en un pequeño pueblo colombiano llamado El Dovio. De aquella topografía de montañas empinadas a semejanza de monstruos benévolos pretendiendo acariciar el cielo con sus crestas, conservo una imagen perenne y sobrecogedora. Evoco el aire fresco y perfumado por bosques de pinos, frondosos samanes y eucaliptos que protegen este terruño de los vientos helados provenientes de las capas altas de las montañas; percibo el sonido que produce el agua que corre sin cesar por los pequeños riachuelos y quebradas del entorno y que llevan el tan preciado y cristalino líquido hasta el río Cauca, cuya cuenca sinuosa atraviesa toda la región del Valle del Cauca. Como un río seco que serpentea entre la frondosa vegetación diviso la carretera sin pavimentar, con pastizales verdes en sus laderas, y vislumbro a lo lejos envueltas en la bruma de mis recuerdos, siluetas desdibujadas de campesinos parados dentro de los *jeeps* descapotados, utilizados como único medio de transporte público y adonde suben las gallinas y los racimos de plátanos verdes recién cosechados del platanal, para luego dirigirse a la plaza de mercado y venderlos a sus pobladores.

Rememoro el camino polvoriento que va a la casa de mis padres: resplandecen desde la distancia los largos corredores construidos con chambranas de colores naranja y adornados con macetas de flores coloridas. Las plantas agradecidas de geranios fucsia, rosado pálido y púrpura, se exhiben orgullosas, y pareciera que saludan a los visitantes, hechizándolos con el suave aroma que emiten. Contemplo la casa, rodeada de aquellos hermosos rosales color carmín, con sus largas espinas que me enseñaron a conocer el color de mi sangre y el dolor de sus punzadas. Observo el pequeño naranjo cargado de frutos y de azahares, rozando con su carga el fértil suelo y esparciendo el olor a cítrico por las estancias que daban al jardín lateral de la vivienda; veo los techos elaborados con tejas de pasta de arcilla roja quemada, colocadas manualmente en forma inclinada y con una simetría perfecta confiriéndole una elegancia única a la casa ancestral de mis recuerdos. Puedo oler la madera encerada de los corredores de guayacán que debían permanecer impecables y lustrosos, reflejando la rigidez del carácter de mi madre. Cada tercer día, los pisos se raspaban con viruta de alambre; luego se les aplicaba cera para pisos para darles suavidad y se brillaban con una especie de trapero hecho con pedazos de tela. A mis dos hermanos y a mí se nos permitía jugar deslizándonos en medias o arrastrarnos sentados en un pedazo de cobija vieja con la condición de que dejáramos esos pisos como espejos.

Mi memoria me conduce al huerto, levantado a pulso de pala y machete por mi padre Gabriel, quien limpió de malezas un rectángulo de tierra y plantó con esmero las pequeñas semillas de diferentes hierbas y tubérculos a los que cuidaba diariamente con abundante agua desviada, por medio de un artificio construido con guaduas, de un riachuelo que pasaba cerca de la casa. Contemplo cómo crecen las especies vegetales de cilantro, cebolla larga y las hierbas aromáticas como el estragón y la albahaca que mi madre utilizaba para darle sabor a los platillos cotidianos. La hierbabuena, con su aroma intenso y flores lavanda, nos servía como remedio milagroso para curar el dolor de estómago por haber comido en exceso en ocasiones. Me veo corriendo por el campo de margaritas silvestres que separaban el huerto del jardín de la casa, y me invade hasta la médula un olor familiar, proveniente de la cocina de la casa. Es el olor de las arepas de maíz trillado que Leonor, mi madre, preparaba en el fogón de leña que ardía todo el tiempo. Ella, muy de mañana saltaba de la cama con el cantar del gallo pinto que, desde el corral de las gallinas, despertaba con su quiquiriquí a los vecinos todos los días al filo de la madrugada.

La puedo ver parada frente a ese fogón de leña construido de cemento y ladrillo en forma rudimentaria. Mi madre colgaba los chorizos del techo, para que recibieran el humo del fogón y absorbieran ese delicioso sabor ahumado que tanto nos gustaba. En la parte superior de la estufa, había un alambre horizontal, donde se colgaban con ganchos las tapas de las ollas y sartenes, alineadas y pulidas con esponjas especiales y jabón azul, demostrando así la pulcritud de la dueña de la casa. Terminaba sus labores utilizando pedacitos de carbón caliente que después metía en la plancha para desarrugar nuestra ropa.

El ensueño se apoderó totalmente de mí y pude verme cada mañana cuando despertaba y salía corriendo a subirme a la cama de mis padres para jugar con mi papá. Mis hermanos, Alberto, de diez años, de profundos ojos azules, cabello rubio un poco ondulado, boca roja y nariz aguileña, quien me miraba fijamente, esperando su turno. Esther, mi hermana mayor, de piel color canela, ojos color miel, cabello castaño muy claro, saltaba decidida a la cama por un minuto y como por arte de magia se apoderaba de la atención de mi padre.

Al sentir el olor a chocolate caliente y a «huevos pericos» que mi madre nos había preparado, escuchábamos su llamado apremiante para que tomáramos el desayuno. En este momento los juegos con mi padre terminaban y cual soldados corríamos a formar el escuadrón obedeciendo las órdenes de ella.

Mi padre Gabriel era un granjero, que cultivaba café y que a duras penas había terminado el quinto de primaria. Era un hombre alto, de grandes ojos azules y cabello castaño oscuro, con un corazón inmenso lleno de amor infinito por su familia.

Mi madre Leonor, cuyos ojos color raro de cambiantes tonos amarillos hacían honor al apodo de «leona», con el que se la conocía en el pueblo. De largas pestañas y arqueadas cejas, poseía una boca carnosa de provocativos labios húmedos, siempre pintados de color rojo carmín. Tenía la piel dorada por el sol del mediodía, que recibía cuando lavaba la ropa en el lavadero de piedra situado fuera de la casa. Este conjunto lo complementaba una nariz pequeña y recta, cuyas aletas estaban en constante movimiento aspirando la vida a borbotones. Las orejas de tamaño mínimo, adornadas por tintineantes zarcillos de oro, se asomaban coquetas bajo su cabellera leonina y abundante. El cuerpo esbelto y delgado, de cintura de avispa y caderas voluptuosas, conformaba un conjunto irreal, cual princesa exótica salida de un cuento de las *Mil y una noches.*

Desde que se casaron, mi padre continuó con la siembra de café y mi madre se dedicó a cuidar a su familia. Bordaba utilizando la técnica felpa y tejía el paño. Elaboraba cojines coloridos que adornaban el lecho matrimonial y que decían *Tú y yo para siempre, Siempre tuya, Te amo.*

Yo siempre amé inmensamente a mi padre, sintiéndome su consentida. Él fue muy especial conmigo, podía sentir algo hermoso e inexplicable cuando nos leía cuentos, los que me transportaban a un mundo mágico del que no quería salir. Yo, Ada, esa niña raquítica y entelerida, de seis años, con abundante cabello color castaño oscuro, como el de mi padre, con piel blanca e inmaculada como la estatua de una Virgen de iglesia. Con ojos verdes de hondo mirar, cuyo fulgor semejaba esmeraldas sacadas de la profundidad de una mina. Había nacido sietemesina, con ayuda de doña Anita, la partera que vivía a unos kilómetros de nuestra casa paterna, en Versalles, pueblito colombiano perdido entre las jorobas de sus montañas.

Uno de los episodios que recuerdo de la convivencia con mi padre, fue el día que llegó a la casa con unos amigos. Uno de ellos nos enseñó fichas de diferentes colores: azul oscuro, azul claro, rojo y amarillo y nos dijo que escogiéramos una de ellas. La ficha ganadora tendría un premio sorpresa. Mi hermana Esther escogió el azul oscuro, mi hermano Alberto escogió el rojo y yo escogí el color amarillo. ¿Adivinen quién fue el ganador? ¡Yo! Fui la ganadora de un hermoso pollito. ¡Sentí tanta felicidad de haber sido la ganadora! Sí, se convirtió en mi primera mascota, mi pequeño polluelo al que amé hasta el final. Recuerdo que fue mi compañero de juego por mucho tiempo, convirtiéndose en mi cómplice, pues al escondido de mi madre, se comía la carne que yo no quería comer.

Cada día era especial para todos porque siempre había algo para disfrutar. Mi madre también fue una gran contadora de historias. Recuerdo el cuento medieval de *Genoveva de Brabante*, quien fue falsamente acusada de infidelidad por su mayordomo Golo. Genoveva fue sentenciada a muerte por su propio esposo y fue perdonada por sus verdugos. Después de seis años, descubren a Genoveva quien había sobrevivido con su hijo, escondidos en una cueva y ayudados por una corza. Su esposo a la vez descubre la traición de Golo y restituye a Genoveva.

Un viernes, me desperté muy intranquila, el cielo estaba de un color gris oscuro, con nubes negras cargadas de presagios. Alcanzaba a presentir que algo fuera de mi alcance estaba sucediendo con mis padres; los días anteriores los escuché discutiendo algo que no era usual entre ellos. El gallo pinto no había entonado su quiquiriquí de la mañana con la fuerza que lo hacía todos los días y el fogón de leña no había deleitado mi olfato con el olor de la arepa chamuscada que me hacía sentir en mi hogar y no habíamos tenido juego alguno con mi padre.

Ese viernes en la noche, ya estábamos durmiendo cuando de pronto alguien golpeó con fuerza la puerta de la casa. Nos despertamos al escuchar gritar a mi madre:

—¿Qué pasa? Son casi las diez de la noche, estas no son horas de visita.

Todavía somnolientos salimos de nuestro cuarto para ver qué pasaba y la vimos muy asustada y nos dimos cuenta que nuestro padre no estaba en la casa. Mi madre abrió la puerta con temor y apareció un hombre alto, de mirar sombrío, quien vestía de negro y tenía un sombrero del mismo color. Mi padre llegó a la casa minutos después.

—Doña Leonor, por favor firme estos papeles —le dijo mientras le extendía un cartapacio con hojas de papel.

Yo observaba silenciosamente, cuando de pronto mis padres empezaron a discutir a gritos. Sin comprender nada, empecé a sentir un escalofrío en todo mi cuerpo, mi corazón quería salirse de mi pecho y sentía crecer en mi interior el ambiente hostil y pesado de esa negra noche. Mi madre gesticulaba y gritaba también al hombre de negro. El hombre salió apresurado de la casa y les dijo: «arreglen ustedes su problema».

Mis padres comenzaron a forcejear por los papeles y a empujarse el uno al otro. Mi madre arañaba a mi padre y le daba cachetadas en el rostro agitado, lanzándosele a mi padre como leona rugiente a comerse su presa. Mi padre reaccionó y tomó el machete que mantenía al lado de su cama, apercolló con sus manos el cuello de mi madre y la tiró contra la cama mostrándole el arma. Nosotros llorábamos y gritábamos horrorizados por semejante escena. Suplicábamos que pararan de pelear, sin ningún resultado. En segundos, mi madre sacó un cuchillo que escondía detrás de un cuadro de San Roque y sin pensarlo dos veces, sin escuchar nuestras peticiones de clemencia, le clavó repetidas veces el arma corto punzante en el cuerpo. La sangre salió a borbotones, y era tanta que alcanzó a salpicarnos. Nosotros lloramos y gritamos desesperados.

Mi hermano Alberto salió corriendo a pedir ayuda a la casa vecina. Los vecinos llegaron, y rápidamente cogieron a mi madre y le ataron las manos con una cabuya que encontraron. Uno de ellos salió corriendo para traer un *Willys* y llevar a mi padre al hospital. Por lo que entendí viendo las caras tristes y acongojadas de algunos de los vecinos, era que mi madre, había matado a mi padre, el ser que yo más quería en este mundo.

Todavía no nos recuperábamos de tan espeluznante escena, cuando sentí un tropel de gente que llegaba a nuestra casa. Los vecinos salieron corriendo, dejando la puerta abierta, cuando notaron que eran hombres que pertenecían al ejército. Dentro de la casa solo quedábamos mi madre atada de manos, mi hermana Esther y yo.

Sentí un miedo terrible, ahora entendía, eran mis últimos momentos de vida, esas nubes negras habían traído la desgracia y embrujaron a mi madre para que matara a mi padre. Los hombres armados venían buscando su presa principal, era yo, venían a matarnos a mí y a lo mejor a mi hermana también. Mi hermano Alberto no estaba para defendernos.

Algunos de estos hombres, cogieron a mi madre con rabia y se la llevaron. Yo, lloraba y gritaba «Piedad, piedad, señor, no nos maten, no nos maten, por favor, por favor». « ¿Me van a matar? ¿Sí? No lo hagan, no quiero morir», seguía gritando.

Uno de estos hombres se agachó y me dijo:

—No niña, no se preocupe, nosotros somos soldados del ejército, las vamos a llevar a otro lugar, no las podemos dejar solas en esta casa.

—Y ¿mi hermano? —pregunté.

—No sabemos. Los vecinos dicen que salió corriendo y se metió en el monte. No ha regresado hasta ahora, algunos soldados lo están buscando —contestó el hombre.

Yo casi me desmayo con tan terrible noticia. Me vino a la memoria una leyenda que había escuchado llamada *La Llorona*, era el alma en pena de una mujer quien ahogó a sus hijos y luego se suicidó de la misma manera. La leyenda decía que se escuchaba llorando cada noche y si encontraba a niños indefensos se los llevaba. Qué tristeza sentía, solo quedamos mi hermana y yo si estos hombres nos perdonaban la vida, porque con mi padre muerto y mi hermano en manos de la Llorona...

Mi hermana Esther estaba boquiabierta, y yo no paraba de llorar. Los soldados nos cargaron y nos subieron a un camión gigante. Yo sentí un vacío inmenso y un dolor tan grande en mi corazón, todo había acabado para nosotros. De pronto miré hacia atrás y allá estaba nuestra madre, callada, pálida casi morada por el frío de la noche. Yo estaba aterrada, ¿para dónde nos llevaban? Yo quería volver a mi casa, yo quería despertar de esta pesadilla horrible, yo quería volver a mi realidad.

Capítulo II

Era de noche y el frío penetraba mis huesos, la oscuridad era total y habían desaparecido las estrellas. Empecé a gritar dentro del camión: "Soldados no me lleven, no me maten por favor, no me lleven». De pronto sentí la voz autoritaria de mi madre:

—¡Cállese, cállese aquí van conmigo! No me desespere más de lo que estoy, o me tiro de este camión y no me vuelven a ver en la vida.

Mi hermana estaba agarrada de mí y no emitía palabra alguna. Yo me quedé callada, y suspirando me limpié los mocos que se me escurrían de la nariz con mi vestido de tela. Sentía un dolor en mi pecho, como si una espina de una de esas rosas rojas de mi jardín se hubiera metido dentro de mi corazón. Estuvimos viajando por un tiempo largo que para mí fue de nunca acabar, cada vez nos alejábamos más de mi hogar, de ese hermoso sueño en el que había vivido en los pocos años de mi existencia y ahora me embarcaba en un viaje con rumbo desconocido. La tristeza me invadía y miles de preguntas atormentaban mi pequeña cabeza, yo no comprendía. De pronto el camión hace una parada, observo a mi alrededor, todo está silencioso, y no veo a nadie.

Los soldados nos bajan del camión y nos entran a un viejo edificio de pocos pisos. Yo temblaba del miedo, sentía como si ya hubiese llegado la hora en que los uniformados nos iban a matar.

Caminamos por un largo y frío corredor de cemento gris y entramos a una habitación. Un soldado nos sienta a mi hermana y a mí en una banquita que estaba en una esquina, alejadas de mi madre. De pronto veo cómo entra un hombre uniformado, alto y corpulento con muchos escudos en su chaqueta. Inmediatamente se dirige a mi madre y le hace una pregunta que genera un choque en mi cerebro y que casi me hace desvanecer:

—¿Nombre?

—Leonor —contesta mi madre con ojos centelleantes.

—Señora, conteste, ¿por qué apuñaló a su esposo?

Empecé a llorar silenciosamente y sin parar. ¿Qué había pasado con mi familia? ¿En dónde estaba mi hermano? ¿Mi padre, dónde estaba? ¿Estaría muerto? Un chillido salió de mi garganta.

—Papiiiiiiiii, Papiiiii ¿en dónde estás? No te vayas, no te vayas, yo te necesito...

No podía creer que mi padre ya no estaría más con nosotros. Él era tan importante para toda la familia. Me di cuenta de que mi hermana Esther también estaba llorando, y corriendo hacia mis brazos, me abrazó y me dijo:

—Tranquila Adita que yo siempre voy a estar contigo.

Mi madre respondió a la pregunta del hombre corpulento:

—Oficial, mi esposo trató de matarme y yo me tenía que defender. Yo le había pedido que nos separáramos y él no estaba de acuerdo. Él decía que si yo me iba de la casa, él se quedaba con la casa y con mis hijos. Me negué a firmar los papeles que él me presentaba haciéndome renunciar a todo, pues yo no estaba dispuesta a obedecer. Por esto, él se enfureció, se volvió como loco y trató de matarme —ese hombre no dijo nada y escribió algo en un papel.

Ahora lo recuerdo como si fuera ayer. Mi hermana y yo estábamos exhaustas, con hambre y sueño, y escuchando hablar a mi madre, no podíamos comprender lo que pasaba. El soldado, que siempre estaba con nosotras, nos tomó de las manos y nos llevó a otra habitación, y mi madre se quedó hablando con ese señor. Nos sentamos en una habitación que tenía sillas más cómodas y a los pocos minutos entró una mujer que vestía un traje de falda y chaqueta color café oscuro con cartera y zapatos negros.

El hombre que la acompañaba nos dijo:

—Buenas noches a todos. Aquí está la señora Mendoza, quien se ofreció a recibirlas en su casa para cuidarlas, mientras su madre se queda aquí.

—Sí, mis niñas queridas. Pobrecitas, tan lindas y desvalidas, yo las cuidaré y les daré mucho amor — contestó con una voz chillona, parecida a la voz de una bruja de uno de esos cuentos de hadas que alguna vez nos habían contado.

De repente una voz fuerte y resonante se escucha:

—¡Primero muerta que dejar que me separen de mis hijas! —exclamó mi madre entrando a la habitación.

En ese momento, sentía que esa no era mi realidad. Era como si estuviéramos dentro de una historia o cuento y nosotros fuéramos los personajes principales. Por instinto, corrimos y nos aferramos de su falda, cual pequeñas gaticas, llorando y gimiendo sin parar.

—¡Por favor, por favor, no nos separen, no nos separen! —gritábamos.

El hombre que acompañaba a mi madre, vio ese cuadro desgarrador, de una familia a la que querían separar y notó nuestros pequeños ojos inflamados de tanto llorar, lo mismo que nuestras caritas llenas de lágrimas y mocos, se compadeció y dijo:

—Niñas, no quiero darles más sufrimiento, yo declaro que pueden quedarse con su madre.

Yo seguía titubeando, suspirando y sintiendo ese dolor agudo en mi pecho que me traspasaba el corazón. Mi pequeña cabecita no alcanzaba a entender por qué estaban pasando todas estas cosas.

Los soldados nos llevaron fuera de esa habitación, noté que era un lugar inmenso lleno de corredores y cuartos. Pasamos por un patio de cemento de color gris, y en el centro había una estatua de la Virgen María la cual se veía vieja y desgastada por los efectos de estar a cielo descubierto. Nos acercamos a una fila de habitaciones muy pequeñas, pero en lugar de puertas tenían rejas, yo miraba hacia adentro y no había camas, solo unos colchones viejos sobre esteras tirados en el piso. Nos entraron en una de ellas y pude ver que en la esquina de la habitación había un bulto con trapos encima. Me corrió un escalofrío por todo el cuerpo, a lo mejor era un monstruo o bestia que vivía en este lugar y seríamos la comida de la noche. Empecé a quejarme y a llorar nuevamente...

—¡Mami, mami, tengo mucho miedo!, ¿en dónde estamos? Y me agarraba de la mano de mi hermana que no decía nada.

—Shhhh, deje de llorar, y más bien venga para acá — me dijo empujándome al otro lado del cuarto mientras arrimaba uno de los colchones, y lo cubría con una cobija para que nos acostáramos las tres. Ese cuarto era muy frío, no tenía ningún adorno, ni siquiera una lámpara. Todo se quedó en silencio y noté que los soldados habían desaparecido. Miraba de reojo al monstruo que estaba en la esquina del cuarto, atenta a aferrarme a mi madre cuando sintiera un movimiento raro.

Esa fue una de las noches más tristes de mi existencia, la noche más helada que cualquiera pudiera resistir. Mis dientes castañeaban del frío y mi cuerpo se estremecía de pies a cabeza. Ni siquiera esos baños de agua helada que mi madre solía darme en el lavadero de nuestra casa, me hacían temblar tanto como ahora. Recordé entonces cómo yo tiritaba cuando ella agarraba mi cuerpo desnudo y me montaba en el lavadero. Tomaba entonces un balde de acero, lo sumergía en un tanque donde se recolectaba el agua, que llegaba canalizada a través de una tubería construida de guadua por mi padre y que provenía del riachuelo que pasaba cerca de mi casa, y me vertía esa agua fría sobre mi cabeza, cortándome la respiración y ahogándome. Absorta observaba los dedos arrugados de mis manos y pies, y acurrucada y yerta sobre el cemento frío del lavadero, esperaba hasta que ella regresara y me vistiera.

Acompañada de esos recuerdos infelices, el cansancio me venció y me quedé dormida aferrada a mi hermana, tratando de no estar tan cerca de Leona. Me despertó el calor de la orina que se deslizaba por mis piernas. Sobresaltada, me di cuenta qué me estaba orinando en mis pantaloncitos. Mi madre también despertó porque se sintió mojada y levantándose de inmediato agarró una bolsa de plástico que al parecer estaba llena de ropa. A la luz tenue de la aurora que se filtraba por el ventanuco, me cambió rápidamente con brusquedad. Observé que mi hermana seguía dormida. Ya era de madrugada y el gallo pinto no cantó para despertarnos, o estábamos tan lejos de nuestra casa y por eso no lo alcancé a escuchar. Entretanto, yo miraba de reojo el bulto de la esquina esperando que el monstruo saltara en cualquier momento. El estruendo de una voz con un tono desagradable nos acabó de despertar.

—¡Buenos días señora y señoritas, bienvenidas a la cárcel de El Dovio! Salgan en fila al patio, para que tomen un baño de agua bien fría y se despierten. El que daba las órdenes era un hombre feo, calvo y con la frente tan fruncida que le daba un aspecto de ogro. Abrió el candado que aseguraba las rejas del pequeño cuarto y nos dijo:

—¡Tienen solamente diez minutos! ¡Vamos, muévanse, que después hay que hacer otra fila para desayunar! ¡Rápido que la fila es bien larga y si no se apuran se quedan sin desayuno!

Silenciosa, me quedé pensativa mirando al vacío. Ahora entendía, después de haber cometido semejante crimen con mi amado padre, ya había llegado la hora de pagar nuestra sentencia, encerradas en este sitio que ese hombre llamaba cárcel. Sí, yo también me sentía culpable, ya que no pude hacer nada para defenderlo de las garras de la leona enfurecida de mi madre.

Capítulo III

Sentada en mi silla favorita frente al mar de Miami Beach, veo los rayos del sol brillante jugueteando con las ahora ariscas olas que bailan al ritmo impuesto por el viento tibio que las convierte en espuma al llegar a la orilla de la playa. De nuevo me dejo absorber por el encanto de mis rememoraciones y veo a las dos chiquillas, entretenidas construyendo castillos en la arena, queriendo formar estructuras firmes. Me descuelgo por los vericuetos de mi memoria y caigo atrapada en el cuerpo de esa niña prisionera en la cárcel de El Dovio, a sus escasos seis años y con sus castillos destruidos...

Nos disponíamos a salir de la celda para tomar el desayuno cuando vi que el bulto se movía suavemente, sacó una mano y deslizándose, se quitó los trapos que lo cubrían. ¡Oh! es una mujer, me dije para mis adentros, sintiendo un gran alivio. Ella se levantó con movimientos de danzarina y agitando un arrugado y descolorido pañuelo rojo nos dijo:

—¿Hola, cómo estáis? Yo soy Lola, la gitana, a mucho honor ¡y olé! remató taconeando la aparecida.

Mi madre no la miró ni la saludó, salió corriendo y nos llevó a hacer la fila para tomar el baño que mucho necesitábamos después de mi orinada en el viejo colchón. Atravesamos un patio largo, el cielo estaba gris y nublado mientras una fina llovizna caía rápidamente humedeciendo el ambiente de nuestra prisión. Llegamos al área de los baños, los cuales eran cuartos de cemento sin techo, cada uno tenía una manguera de acero oxidada y cubierta de moho.

Sin pensarlo mucho, mi madre me empujó debajo del chorro de agua. Yo gritaba y lloraba de sentir el agua helada sobre mi cuerpo. No había jabón de olor ni champú. Lo único que había para bañarnos era jabón de tierra como el que hacía mi abuela de un olor no muy agradable, compuesto de cebo de novillo, ceniza de leña, lejía, penca de sábila y jugo de limón.

—Cállese, cállese, y apúrese que nos van a dejar sin desayuno —dijo mi madre. Me sacó de un brazo e inmediatamente metió a mi hermana en el chorro de agua. Ella pegó un grito:

—¡Ayayay!

Mi madre la ignoró y dejó que le siguiera cayendo el chorro de agua. Mientras tanto a mí me secaba rápidamente con un pedazo de tela. Yo tiritaba de frío, y lloraba porque mis piernas habían quedado mojadas. Ella tomó a mi hermana entre sus brazos, la estrechó contra su pecho, la secó diciéndole palabras cariñosas para que dejara de gemir. En ese momento me pude dar cuenta de la preferencia de mi madre hacia mi hermana Esther, y me pregunté por qué no era así conmigo.

La mujer que había dormido con nosotros en el cuarto llegó a bañarse y me vio llorando. Me tomó en sus brazos secando las gotas de agua de mi cuerpo con su pañuelo rojo.

—No te preocupes mi niña, cálmate ya que nos vamos a desayunar.

Yo me quedé mirándola fijamente y pude descubrir un toque de magia en sus grandes ojos negros como el azabache. Su cara era alargada y con algunas pecas que le daban una gracia especial. La cabellera era negra y ondulada y la boca rosa pálida, con dientes color marfil. Ella acarició con mucha suavidad mi cabecita. Mi madre la miró y le agradeció con una sonrisa.

—¡Vámonos pues muchachas! Ya están sirviendo el desayuno —dijo Lola, la gitana. Mi madre la siguió llevando a mi hermana de la mano y yo suspirando, pero tranquila en los brazos de la gitana. Mientras secaba mis húmedos ojos, ella me decía con voz melodiosa y su modo de hablar diferente:

—Tranquilita mi niña que ya te vamos a alimentar.

Llegamos a un comedor muy grande, había una fila larga, lleno de hombres y mujeres. Las mesas habían sido construidas de lata o aluminio, parecían del mismo material que las bancas que se usaban para sentarse. Hicimos la fila, y yo observaba todo a mi alrededor, muy callada, esperando llegar a la cabecera para tomar la comida que nos esperaba. En mi imaginación alterada veía los huevos deliciosos como los que solía preparar mi madre con sus recetas caseras. Finalmente, llegó nuestro turno, y conocí el tan deseado desayuno: agua *de panela* y *arepa* simple sin sal y sin queso.

Mi madre reconoció mi cara de decepción y me regañó:

—¿Por qué tiene esa cara? Más bien agradezca que tenemos que comer y coma ya —dijo mi madre embutiéndome un pedazo de arepa en la boca.

—¿Qué pasa muchacha? —dijo Lola— ¿Por qué tratas así la niña? Ella está muy pequeña y no entiende lo que pasa.

Yo me aferré a Lola y no me quería soltar de ella. Me sentí tan triste de ver la frialdad de mi madre para conmigo y sentí que en Lola la gitana, me podía resguardar.

—Hola Lola, soy Leonor, mucho gusto. Es que esta muchacha es muy mimada y melindrosa y no le gusta nada.

Yo agaché mi cabeza. Mi madre preguntó:

—Lola, y después ¿qué sigue?

—Tenemos que barrer el patio, regar las pocas matas que hay adornando la estatua de la Virgen María. A veces, cuando necesitan ayuda en la cocina tenemos que ir a ayudar. A las tres de la tarde sirven el almuerzo y a las seis una merienda para que después nos acostemos.

Mi madre no dijo nada, solo hizo una mueca de desagrado en su cara.

No habíamos terminado de desayunar cuando llegó otro hombre uniformado que dijo:

—Bueno, bueno, ya dejen de comer, no se pueden tardar tanto comiendo un desayuno, ¡a trabajar se dijo!

—¿Y qué voy a hacer con mis hijas? Yo no puedo hacer nada, ¿quién las va a cuidar? —preguntó mi madre.

—No mi señora, hoy tiene como trabajo barrer todo el patio. Sus hijas que se las arreglen. O, ¿qué pensó, que vienen de vacaciones? —respondió el hombre.

Los ojos de mi madre cambiaban de colores, yo sentía la cólera que la enloquecía. De pronto dijo:

—A mí usted no me viene a tratar mal, ¿qué se ha creído?

—¿Ah sí? ¿Muy alzadita? Pues se va castigada para el calabozo, aquí la domamos a las buenas o a las malas... —contestó el guardia y se la llevó a empujones. Mi hermana y yo empezamos a gritar:

—Mami...mamiiii —gemíamos. Lola la gitana, nos agarró y nos sentó en una banca al lado del jardín de la Virgen María.

—Tranquilas mis niñas, ya su mamá va a aprender a comportarse aquí, y ustedes mientras yo hago mi trabajo pueden estar aquí rezándole a la Virgen.

Yo me quedé tiesa al igual que la estatua que estaba detrás de nosotras. Sentí un vacío tan grande en mi pecho, recordé la forma en que mi madre me trató, con tanta frialdad... me sentí abandonada y solo tenía ganas de morirme.

Miré a la estatua de la Virgen y le dije:

«Sácame de aquí o llévame al cielo...», y lloré por mucho rato... Mi hermana se puso a jugar haciendo figuras en la tierra del jardín con un pedacito de palo que encontró. Mientras tanto yo observaba el jardín de la Virgen que estaba mal cuidado, tenía rosales llenos de espinas con hojas secas y casi ninguna flor. La tierra estaba reseca, y se notaba que solo la alimentaba el agua de lluvia que caía. La Virgen era desteñida y descolorida y solo tenía una pequeña veladora que alguno de los prisioneros le había puesto tal vez pidiendo por su libertad. Mi hermana se paró y salió corriendo alrededor del jardín de la Virgen que era de forma ovalada. Yo salí corriendo y ella empezó a jugar al escondido. Yo me hacía la que no la veía y de pronto fingía sorpresa como si me la acabara de encontrar. De juego en juego pasamos el resto de la mañana cuando de pronto escuchamos el sonido fuerte de una sirena y nos pusimos a gritar.

—Tranquilas niñas —respondió un hombre mientras se nos acercaba— no tengan miedo. Como no tenemos reloj, la sirena de la prisión suena para avisar que son las doce del mediodía, podemos tomar un poco de agua y seguir en nuestros quehaceres.

Nosotras lo mirábamos y no dijimos nada. Mi padre nos había enseñado a no hablar con extraños. El hombre continuó hablando:

—Yo también tengo hijos, pero ellos están afuera viviendo con su madre. Me dicen Guamas y estoy aquí por haberme robado unas gallinas para alimentar a mi familia.

—¿Qué te pasa Guamas? ¡No te metas con las niñas o sabrás de mí! —dijo Lola, la gitana, quien se acercaba con una vasija llena de agua de la cual tomaba y quería compartir con nosotras.

—Nada Lolita, yo solo vi las niñas asustadas y quise consolarlas —Lola sonrió al hombre y nos miró diciéndonos:

—Niñas, esta tarde sueltan a su mamá. Aquí en este lugar, si uno no obedece las órdenes nos llevan a un calabozo, nos encierran con llave, nos dejan a oscuras y no nos dan ni de beber ni de comer. Beban un poco de agua, yo las llevaré a la celda para que se queden allí y regreso a terminar mis tareas.

Lola nos tomó de la mano y caminamos a nuestro cuarto. Ya le había tomado aprecio por la manera en que se ocupaba de nosotras. Al llegar a nuestra celda, Lola organizó los colchones y escarbó en una mochila grande que tenía y sacó un pequeño aparato de color negro. Era un radio.

—Miren niñas, se lo dejo encendido para que escuchen unas radionovelas y se entretengan. Voy a ver cómo consigo un poco de leche para esta noche, porque aquí la comida es muy regular.

Las radionovelas eran muy populares en esa época y por lo regular la audiencia estaba conformada por las amas de casa. Pocas o ninguna de las mujeres casadas salían de la casa a trabajar y mientras hacían las tareas domésticas ya fuera cocinando, limpiando, lavando o planchando, se entretenían escuchando los diferentes dramas que transmitían diariamente. Los contenidos eran románticos y melodramáticos y gustaban mucho.

Lola la gitana, salió corriendo a continuar con sus tareas, asegurándose de dejar bien cerrada nuestra celda. A pesar de mis pocos años, sentía una soledad muy grande, era como una piedra gigante que yo cargaba sobre mis espaldas y que a veces no me dejaba respirar. Sí, mi alma se sentía en una prisión, aumentada por la frialdad de mi madre hacia mí, como si yo tuviese toda la culpa de lo que estaba pasando. Sentía un vacío inmenso por la ausencia de mi amado padre y mi hermano Alberto. Extrañaba mi lecho calientico y el olor a humo de mi casa. Quería volver a mi vida pasada, la que perdí en un segundo sin derecho a rechistar.

Pasaron muchas horas, mi hermana dormía en uno de los colchones, yo me entretuve escuchando una novela: *Crucita, la fea de Valle Grande*. De repente, apareció mi madre, estaba pálida y ojerosa. Por lo que nos contó Lola la gitana, se notaba que no había tomado ni agua. No dijo nada, estaba llorando y empezó a gemir:

—¡Qué vida tan desgraciada la mía! Aquí en esta prisión, sola y abandonada.

Y lloraba sin cesar. Yo ni me moví y pretendí que estaba dormida. En ese momento llegó Lola la gitana y vio que estábamos dormidas.

—¡Leonor! ¿Ya te soltaron? Muchacha, tuviste buena suerte.

—¿Buena suerte? Si me estrujaron y me metieron en un calabozo tan pequeño que ni te puedes parar. Yo les insultaba y les gritaba que me sacaran de allá y lo único que conseguí fue que me tiraran baldados de agua fría. Qué vida tan triste la mía...

—Pero ¿no te das cuenta Leonor? Estás en una prisión, tienes que pagar tu condena y tener buen comportamiento.

—¡Ninguna condena, Lola!, a mí no me han hecho un juicio todavía.

—No importa Leonor, esto también cuenta como parte de tu condena.

—Ayúdame Lola, ¿qué hago? No sé si podré resistir esta agonía, quisiera quitarme la vida.

Yo temblaba escuchándola y fingiendo que estaba dormida. Mi madre estaba al borde de la locura. No entendía aún lo que le había pasado.

—Bueno muchacha, con mi compañía y mi amistad cuenta desde ahora. Yo te puedo leer el futuro: leo la palma de la mano, la ceniza del cigarrillo y las cartas, ah y además el chocolate. Aprendí estas artes y algo de magia desde muy niña con mi familia y te puedo ayudar. Pero cuéntame, ¿qué te pasó? tu eres muy linda, ¿por qué estás aquí?

Mi madre se tranquilizó un poco con las palabras de Lola y le dijo:

—Ahora que las niñas están dormidas, voy a contarte la historia de mi vida.

Capítulo IV

La gente del pueblo comentaba que yo era una mujer muy linda, por mi esbelta cintura, mis amplias caderas y mi temperamento alegre. En los años cincuenta me eligieron reina de belleza de La Celia-Caldas. Hubo un tiempo en que vivimos en la ciudad de Manizales en donde me enamoré de uno de los líderes del partido Liberal que era el partido contrario al de mi familia, el Conservador. Mis parientes se opusieron rotundamente a esta relación, pues las familias eran enemigas políticas.

Mi novio y yo planeamos casarnos en secreto, y huir tan pronto terminara la boda. De imprudente, le conté a mi mejor amiga quien me traicionó y ella les contó a mis hermanos. Con engaños y mentiras me montaron en un automóvil y me llevaron a Bogotá en donde me confinaron en la Orden del Carmelo como novicia. Yo me desesperé y entré en una depresión total estando en el convento de las Carmelitas. Me sentía traicionada por mi propia familia y estaba desilusionada de saber que había sido apartada del gran amor de mi vida por asuntos políticos. No recibí comida ni bebida durante una semana.

Las monjitas del Carmelo tratando de ayudarme a salir del doloroso trance y entre otras cosas, para que me ocupara en algo, me llevaron hilos, telas y tijeras para que me interesara en el bordado. Me enteré por una visita de un amigo de la familia que, en Manizales, mi novio estaba muy triste, mi familia le mintió diciéndole que yo no lo amaba y que me había ido de monja pues mi verdadera vocación era la de seguir a Dios por el resto de mi vida. Esta revelación me deprimió tanto que intenté suicidarme cortándome las venas de los brazos con unas tijeras. Para evitar que cometiera otra locura me encerraron en un cuarto bajo llave de donde no podía salir.

—Leona, ¿y qué enseñan en esos conventos? —preguntó Lola con curiosidad.

—Enseñaban bordado, costura, cocina, y economía del hogar, solo para las novicias. Pero... baja la voz Lola, porque las niñas se pueden despertar.

—Y ¿qué pasó que no te volviste monja?

—En un momento de desesperación y aprovechando un descuido de las monjas me escapé del convento con la esperanza de volver a ver a mi amado. Imagínate cual sería mi decepción cuando el día que regresé a Manizales, me enteré por una de mis tías que mi novio y toda su familia se habían ido de la ciudad y nadie supo para dónde.

—Y ¿tu familia te aceptó sin problemas? ¿qué te pusiste a hacer, Leona?

—Sí, a mi familia no le quedó otra alternativa que aceptar mi decisión y como tenían una fonda en donde se servía comida y un almacén aledaño de insumos agropecuarios que estaba ubicado en el centro de la ciudad, allí mismo empecé a trabajar.

—¿Cómo conociste a tu marido, Leona? —preguntó Lola la gitana.

Leona se quedó pensativa organizando sus recuerdos y suspirando contestó:

—Una mañana muy temprano llegó al almacén un hombre alto y muy cortés, vestía un traje azul oscuro y zapatos negros muy bien lustrados.

—Buenos días señorita, ¿puedo ver a don Jorge? Tengo que cerrar un negocio con él hoy. Preguntó el visitante.

—Buenos días señor, ¿se puede saber quién es usted? Mi hermano tuvo que salir de la ciudad hoy y no regresará hasta el próximo lunes.

—No me diga que usted es la hermana de don Jorge. ¿Dónde había estado? ¿Acaso se escondía de mí? Respondió coqueteándome.

Yo no había tenido contacto con un hombre por muchos años, a los únicos que veía era a mis hermanos varones a los cuales miraba con resentimiento por haberme apartado de mi novio. Me gustó la forma tan cortés de coquetear y le respondí con una pícara sonrisa:

—No me he escondido...aquí estoy. Estoy ayudando a mis hermanos a ordenar las finanzas del negocio y a hacer un conteo del inventario de todo lo que hay en el granero. Sonriendo le guiñé un ojo.

—¿Cuál es su nombre?

—Yo me llamo Gabriel Prado, mucho gusto en conocerla señorita.

—Muchas gracias don Gabriel, yo soy Leonor. Le haré saber a mi hermano que usted lo está buscando. Lo siento, tengo que continuar con mi trabajo.

—Conmigo, usted no necesitaría trabajar nunca. Yo tengo una finca cafetera en Villa María y estoy buscando una niña bella para formar una familia.

¿Nos podríamos volver a ver otra vez? Si usted está de acuerdo, le pediré permiso a sus hermanos para visitarla la próxima semana —continuó el hasta entonces desconocido.

Terminé la conversación con un remedo de sonrisa y despidiéndome salí a continuar con mis actividades dentro de la tienda. Después de este encuentro, comencé a pensar mucho en Gabriel, él era buen mozo, muy cortés e independiente, y me ofrecía seguridad y estabilidad. Muy dentro de mí, no había perdonado a mi familia por haberme apartado del amor de mi vida, por todo ese dolor que sentí con la separación, por secuestrarme y dejarme confinada en esa prisión con nombre de convento. Yo realmente quería escapar de mi familia.

—¿Oye guapa y cómo fue que te casaste con él? Preguntó Lola con emoción.

—Gabriel apareció el siguiente lunes que era cuando regresaba mi hermano de su viaje. Hablaron de negocios y le pidió consentimiento a mi hermano mayor, mi padre había muerto años antes, para frecuentarme con intenciones de matrimonio. A mi familia no le gustaba este candidato para mí, pues no pertenecía a nuestra clase social.

Esa noche, cuando estábamos cenando en compañía de mi madre y mis otros hermanos, mi hermano mayor opinó: «Gabriel, es un pelagatos con solo una pequeña finca cafetera, aunque se ve buena persona, no tiene el nivel de nuestra fortuna. En vista de que Leonor ya va a cumplir veinte años y con esa edad corre el riesgo de quedarse beata, vamos a tener que aceptarlo como su futuro marido». Con la bendición de mi hermano Jorge y en general de mi familia pude aceptar sus visitas las cuales empecé a disfrutar. Me sentía segura con él, y me trataba muy bien como mujer. Decía que me quería cuidar y que yo sería la reina de su hogar. Todo eso me gustaba de él, pero, Lola, para contarte un secreto, nunca me enamoré verdaderamente de Gabriel. Yo seguía amando a mi primer amor.

Después de tres meses de noviazgo, nos casamos en una ceremonia muy sencilla. De sorpresa, mi Gabriel me dio la noticia que había cambiado su finca de Villa María que quedaba a pocos minutos de Manizales, por una finca en un pueblito cafetero situado en el Departamento del Valle del Cauca y que nos íbamos a vivir e instalar allí de forma definitiva.

—¡Muchacha, qué historia tan emocionante! ¿Y, cómo era esa finca? —preguntó Lola la gitana.

El primer día que llegué a la finca, quedé fascinada con la frescura del aire, el color rojizo de la tierra, y los platanales cargados con enormes racimos de plátanos verdes que al madurar irían a parar a la estufa de leña que había en la casa. Las plantas de café *arábico*, cultivadas en la parte montañosa del terreno estaban sembradas en forma escalonada, según la variedad del café.

En medio de la granja se elevaba una casa grande de dos pisos con cinco habitaciones, con mucha luz y todo lo necesario. Era el comienzo de una nueva vida, respirando este aire tan puro y en compañía de un buen esposo. Empezamos la cría de gallinas ponedoras acompañadas obviamente del gallo que hacía las veces de reloj para despertar a los trabajadores. Teníamos algunas vacas que se ordeñaban todos los días y con esa leche se preparaba el queso y la mantequilla. Disfrutando de todas esas maravillas, yo estaba feliz y quería tener una familia bien grande, con muchos hijos, con este marido tan bueno que me había conseguido. Veía mi futuro con prosperidad y mucha felicidad.

—¡Guapa, eso era una maravilla! Ni en sueños me hubiera imaginado yo algo parecido —dijo la gitana.

—En la finca había otra casa más pequeña, donde dormían los trabajadores que llegaban para recoger la cosecha del café cada siete meses. La rutina siempre era la misma, procesarlo en la despulpadora, lavarlo y secarlo al sol. Entonces se continuaba con un proceso de selección y, para terminar, se vendía directamente al Comité de Cafeteros de Versalles.

—Me imagino el trabajo tan fuerte que tenías en esa casa tan grande —dijo Lola con curiosidad.

—En los tiempos de cosecha, había trabajo para todos, ya que a los trabajadores además de proveerlos de alojamiento se les alimentaba. Gabriel había empleado algunas señoras vecinas para que ayudaran con estos quehaceres por lo que yo era solo la reina de la casa, ya que también tenía un mayordomo llamado Jeremías quien se encargaba de que la finca estuviera en perfecto orden y no faltara absolutamente nada. Con lo único que yo le colaboraba a Gabriel era con el cálculo del jornal que se pagaba a los trabajadores. Él era muy receloso con el manejo del dinero. Yo le hacia el cálculo y organizaba los paquetes con el jornal de cada uno, para que él los entregara al mayordomo y este los distribuyera. Gabriel no quería que ningún hombre sea quien fuera se me acercara o tuviera contacto conmigo, porque era un hombre bastante celoso.

Los jornales se pagaban todos los sábados en la tarde y los trabajadores tenían el domingo libre para atender al servicio de la Santa Misa. La mayoría de ellos enviaban una pequeña parte a sus hogares y el resto se lo gastaban en los bares y cantinas que casi siempre estaban ubicados en el centro del pueblo. Allá bebían cerveza o aguardiente todo el día y podían tener hasta encuentros sexuales con mujeres de la «*vida alegre*».

Fui muy feliz con Gabriel, hasta que quedé embarazada de mi primer hijo Alberto. Me dieron muchas náuseas y subí mucho de peso. No quería comer pues estaba perdiendo la figura del cuerpo con el que había conquistado a mi marido. Me volví muy sensitiva y muy posesiva y quería estar con Gabriel todo el tiempo lo que era muy difícil puesto que él tenía mucho trabajo por hacer en la finca a pesar de contar con Jeremías que era su mano derecha.

Por allá cuando estaba en el octavo mes de mi primer embarazo, tuve una sorpresa inesperada: llegó una prima de Gabriel a pasar una temporada en la finca. Se llamaba Clarisa, y era el tipo de persona que le gustaba vestirse de manera llamativa para resaltar su pequeña estatura, su cabello rubio, y sus ojos azules. Su actitud y maneras me disgustaron desde el comienzo. No sabía que ella había acordado previamente con Gabriel para quedarse con nosotros, pues él nunca me lo comentó.

El primer día que Clarisa llegó a nuestra casa, noté que se reía por cualquier cosa. Me dijo irónicamente:

—¿Hola Leonor, cómo estás? Luces muy mal... ¿recuerdas que nos conocimos en tu matrimonio? Fui una de las pocas invitadas. Tú eras muy bonita.

—Yo no creo que estar embarazada sea algo malo. Estoy cambiada por el proceso de mi primera maternidad. Me he sentido muy enferma, pero estoy segura de que cuando nazca el bebé voy a olvidar este tiempo tan duro para mí. Además, ¿viniste a ayudar o a criticarme?.

Clarisa no contestó y salió inmediatamente.

Sin pedir permiso Clarisa se instaló en la habitación que quedaba exactamente frente a nuestro cuarto. Cada día ella se vestía con su manera habitual para mostrar sus esbeltas piernas y sus senos que, aunque pequeños, eran muy bien formados. No veía que ayudara con los quehaceres o actividades de la finca, solo daba órdenes a nuestros empleados como si ella fuera la dueña de la casa.

Gabriel viajó a Manizales a cerrar unos negocios de la venta de la cosecha de café con mis hermanos y regresó al finalizar la semana. Esa noche yo estaba cansada y de mal humor, ya no soportaba más vivir con Clarisa y le dije:

—Gabriel ¿cómo te atreviste a traer a esta mujer a nuestra casa? ¿tú tienes algo con ella? ¿tú ya no me quieres porque estoy gorda y fea? Dime la verdad, quiero saber.

Gabriel se asustó de ver mi crisis, sentía mis celos e inseguridades y me contestó:

—Leonor, relájate, cálmate por favor. Yo te quiero mucho, tú eres la mujer de mi vida, tenemos una linda casa, vivamos un día a la vez, sin angustiarnos ni preocuparnos. Mira la belleza de las montañas, la abundancia de comida, de agua, de leche y miel. Y más ahora que nos va a llegar un niño o una niña que sé que llenará nuestras vidas con mucha felicidad. ¿Cómo puedes dejar que esos pensamientos negativos invadan tu alma y tu mente? Yo trabajo muy duro diariamente por ti, por nuestra familia. Por favor entiende que tienes mi fidelidad y lealtad. Confía en mí.

—Las palabras de Gabriel me calmaron y descansé esa noche entre sus brazos. Él era un buen hombre, trabajador y con un gran corazón.

Al siguiente día, Clarisa tongoneando el cuerpo cantaba por toda la casa. A mí me seguía molestando la forma como se vestía. Me quedaba en mi cuarto la mayoría del tiempo para no tener una confrontación con ella y mantener paz en nuestra casa. No sabía que ella guardaba muy malas intenciones. Con el tiempo me enteré de que cuando Gabriel estaba soltero, tuvieron un romance el cual su familia no aprobó porque eran primos hermanos.

Entendí tiempo después que ella había llegado a mi casa a seducir a Gabriel. La entrometida de Clarisa quería ser la señora de la casa y quedarse con la pequeña fortuna que habíamos hecho con nuestro arduo trabajo. En el último mes de mi embarazo tuve que quedarme en la cama hasta la fecha del nacimiento por orden del médico del pueblo. Clarisa aprovechó esta oportunidad para cada día estar más cerca de Gabriel.

Finalmente, el bebé llegó. Nació de diez libras y media, con grandes ojos azules, y completamente calvo. Mi pequeño Alberto...que tristeza, yo aquí en esta cárcel y sin saber en dónde estará mi hijo...

Mi madre hizo una pausa y no dejaba de llorar recordando a mi hermano Alberto, que había desaparecido aquella trágica noche. Vi de reojo como Lola la gitana la abrazó y le dijo:

—Leonor, duerme ya, estás cansada y no has probado bocado alguno y por estar hablando hemos perdido la hora de la merienda. Voy a pasar por la cafetería para ver si puedo convencer a uno de los guardias y puedo traer algo de comer para ti y las niñas. Yo ya estoy enseñada a comer mal, llevo más de seis meses aquí, pagando un crimen que no cometí.

Mi madre asintió con la cabeza. Se veía muy triste. Lola salió en busca de lo prometido.

Capítulo V

La respiración acompasada de Esther era el único sonido que se escuchaba en aquella celda en donde las tres esperábamos a Lola. Continué fingiendo que dormía, pero mi estómago hacia ruidos extraños del hambre que me devoraba porque solo habíamos tomado el desayuno y agua al mediodía. Lola regresó al rato, hablando con entusiasmo:

—Vamos Leonor, niñas, despierten. Le leí la palma de la mano a uno de los guardias y he aquí que he conseguido algo de comida. Lo traje en este recipiente para que podáis comer.

Mi madre tomó a mi hermana entre sus brazos y le empezó a dar a cucharadas la comida. Por lo que veía era una sopa de plátano, con un trozo de carne con más grasa que carne. Cuando Esther se sintió saciada, mi madre me llamó:

—Ada, siéntese acá conmigo. Tiene que comer algo. No quedó caldo del sancocho, pero hay plátano y carne.

Probé un poco de plátano y lo mastiqué despaciosamente. A mí no me gustaba comer carne y quería evitarlo a toda costa. Mi amigo el pollito, mi mascota, no estaría allí para ayudarme a evitar comer lo que no quería. Suspiré.... Mi madre partió con sus dedos un pedazo de carne con gordo y me dijo:

—Ada, cómete este pedazo de carne y el gordo también. Siempre has sido tan raquítica y flacuchenta, tienes que engordar.

Tan pronto mi madre me metió el primer bocado de carne en la boca, no lo pude evitar y empecé a sentir nauseas como si fuese a vomitar.

—Leonor ¡basta ya!, no le des eso a la niña, ¿no ves que no lo soporta?

Lola, mi salvadora, me desprendió del brazo de mi madre y me dio un pedazo de arepa seca que le había quedado. Al final de cuentas con tal de no comer carne, yo ya me sentía satisfecha.

—Mañana, tenemos que estar pendientes de no perder la comida de las tres de la tarde, es la más importante porque nos dan algún tipo de carne. Es la única que nos dan en todo el día —dijo Lola con fuerte tono.

Cuando ya habíamos terminado nuestra escasa cena, un guardia se acercó gritando:

—Bueno, a dormir, vamos a apagar todas las luces, mañana hay que madrugar. Recibimos un trabajo grande para hacer y entre todos los reclusos tendrán que finalizarlo para mañana antes de la comida —diciendo esto, el guardia tomó un candado que estaba atado a una cadena cerró las dos puertas de la celda y salió con paso firme.

Mi madre nos dijo susurrando para evitar que la escucharan:

—Vamos niñas a dormir. Ya es tarde y tenemos que descansar.

Mi hermana se me acercó y se acostó conmigo en el pequeño colchón en donde yo estaba. Yo la abracé y de inmediato se quedó dormida. Cerré mis ojos, pero no tenía sueño, presentía que mi madre quería que nos durmiéramos para continuar contándole su historia a Lola, historia que no me quería perder. Cuando mi madre pensó que yo estaba profunda, le dijo:

—¿Quieres que te siga contando la historia de mi vida?

—Claro que sí, Leonor, cuéntame.

—No me llames Leonor, prefiero que me llames por mi apodo que es Leona.

—¡Muy bien puesto ese apodo! De verdad que eres como una leona. ¡Cómo te comportaste con el guardia! Ja ja...

—Shhh, no hagas ruido que se despiertan mis hijas, le dijo mi madre a Lola —y continuó contando su historia:

—Cuando nació Alberto, nuestro primer hijo, Gabriel se sentía orgulloso por tener a un hombre como su primogénito. Esto significaba para él que su apellido Prado tendría continuación. Poco a poco me fui recuperando y atendía muy bien a mi hijo, pues antes de ir al convento de Las Carmelitas yo atendía a mis cuñadas después de sus partos. Las dietas posparto consistían en guardar cama por cuarenta días, comiendo todo el día caldo de gallina y agua de panela con leche de cabra para que les pudiera bajar más leche. Gabriel fue muy considerado conmigo e hizo todo lo posible para que Clarisa se alejara de la finca y no estuviera muy cerca de mí. Un día cualquiera, la muy desagradecida, desapareció sin despedirse de mí. Como mi embarazo fue tan complicado, el médico le recomendó a Gabriel que si queríamos tener más hijos deberíamos tener mucho cuidado con mis embarazos, pues de lo contrario mi vida y la vida del bebe estarían en peligro de muerte. Tanto mi familia como mi educación fueron ceñidas de forma muy estricta a los mandatos de la Religión Católica, la cual prohibía en esa época o por lo menos así lo proclamaba el sacerdote del pueblo, el uso de cualquier método de planificación familiar, a excepción del «Método del Ritmo», el cual era un método natural.

Yo me sentía feliz cuidando a mi hijo, mientras Gabriel trabajaba muy duro en la finca. Cada día era más próspero el negocio. Teníamos un mayordomo llamado Jeremías, quien era el tipo de persona que siempre saludaba con una sonrisa y quitándose el sombrero el cual hacía girar entre sus enormes manos. Cojeaba un poco de la pierna derecha por un accidente que tuvo al caerse de un caballo. Me caía muy bien, pues era la mano derecha de Gabriel.

Jeremías le tomó mucho cariño a nuestro hijo Alberto y siempre estaba muy pendiente de que no nos faltara nada cuando Gabriel tenía que viajar y negociar la venta de la cosecha de café.

—¿Y qué pasó después, guapa?

—Planificando con el ritmo quedé embarazada de Esther. Por recomendación del médico me la pasaba todo el tiempo en la casa grande, sin realizar mayor actividad excepto ayudarle con el cálculo de los jornales y el manejo de las finanzas de la finca. Gabriel estuvo muy pendiente de mí, le delegó parte de su trabajo al mayordomo y me traía el médico para que me viera en casa todos los meses; contrató a una niñera para que cuidara a Albertico; comía casi siempre conmigo para evitar que yo bajara las escaleras y me saciaba todos mis antojos del embarazo. En este período, creo que Gabriel se enamoró mucho más de mí, tal vez por la convivencia tan cercana, y además no subí mucho de peso, la piel de mi rostro se veía fresca y rejuvenecida y él decía que cada día me veía más hermosa. Nos sentíamos muy felices al saber que muy posiblemente el hijo que esperábamos iba a ser una mujercita y acordamos que al completar la parejita ya no tendríamos más hijos. Con ayuda del médico y con mi amado esposo a mi lado nació sin complicación alguna, una hermosa niña: Esther, de piel color canela, ojos color miel, cabello castaño muy claro. Gabriel y yo resplandecíamos de la dicha al ver en nuestros brazos a la pequeña bebé.

Pasaron casi dos años y aunque había acordado con Gabriel el no encargar otro bebé, yo en él fondo quería aumentar nuestra familia y no volví a llevar mis cuentas para planificar. Quedé embarazada de Ada, pero no sabía cómo contarle a mi esposo, no sabía cuál iba a ser su reacción. Una calurosa mañana, en que tenía muchas náuseas, vi que un jeep se paró al frente de la casa. Una mujer se bajaba con maletas, no lo podía creer, era nuevamente Clarisa, mi pesadilla.

—¡Hola a todos! Aquí estoy nuevamente para acompañarlos. Estuve en Villa María con mi familia y son demasiado problemáticos, me echaron de la casa y ahora no tengo en donde vivir.

Salí lentamente de mi casa para confirmar que realmente se trataba de esta horrible mujer.

—Leonor, por favor, déjame quedar con ustedes, no tengo a donde ir —dijo con tono suplicante—. ¿Estás enferma? Te veo muy pálida, ¿qué te pasa?

—No es nada —contesté con tono disgustado y firme— solo algo que comí al desayuno me cayó mal.

Gabriel llegó más tarde, encontró a Clarisa instalada y me dijo:

—Ayudemos a esta pobre mujer que se la pasa rodando de casa en casa. Voy a ver si le pongo algún oficio.

Yo me empecé a sentir muy débil, Gabriel viajaba cada vez más comprando ganado y negociando con mucha anticipación las cosechas de café. Él estaba dedicado a la ampliación de la finca y no sabía aún de mi embarazo. Jeremías nuestro mayordomo siempre estaba muy pendiente de mí y notó que me sentía muy enferma.

—Mi señora Leonor, ¿quiere que vaya al pueblo y llame al médico? don Gabriel llega hasta el fin de semana.

Observé que Clarisa fisgoneaba desde la ventana.

—Sí, Jeremías. Por favor, me siento muy mal.

Jeremías salió tan rápidamente como le permitían sus piernas, montó en un caballo y se dirigió al pueblo. Horas más tarde, Jeremías estaba de regreso en la finca acompañado del médico. El doctor me examinó y me dijo que tenía aproximadamente tres meses de embarazo y de acuerdo con mi historia clínica, con este embarazo yo debería permanecer en cama o correría un grave peligro. Le supliqué que no comentara nada sobre este embarazo, pues Gabriel no sabía nada y prefería darle la noticia personalmente tan pronto llegara. Cuando salió el doctor de mi habitación, Clarisa entró con una actitud desafiante y descaradamente coqueta, como siempre con la falda muy corta, luciendo unos zapatos altos de plataforma y unas medias de malla que le daban un toque de mujer insinuante y vulgar.

—Leonorcita querida, —dijo irónicamente— ¿tienes algún secreto que no quieres revelar? Veo que Jeremías te frecuenta mucho... y sin querer, escuché la noticia del doctor….

Yo quedé congelada en ese momento, le vi la cara a Clarisa como la de mi peor enemiga, sin embargo, le contesté con firmeza:

—Clarisa, no es tú problema. Cualquier cosa que hubieses escuchado no es de tu incumbencia. Aquí en mi casa yo soy la que mando y la que doy las noticias.

Mientras estaba en cama, Clarisa aprovechó para estar pendiente de la llegada de Gabriel. Según Jeremías, que después me contó, escuchó como Clarisa le decía a Gabriel en el corredor de la casa:

—Parece que Leona te está escondiendo algo... —sonrió y salió caminando a su habitación dejando a Gabriel lleno de dudas. Gabriel la siguió y le preguntó:

—¿Qué pasa Clarisa?, ¿sabes algo que yo no sé?

—De pronto... pero, no me quiero meter en problemas con Leona... Si me prometes que nunca vas a decir quién te lo dijo te lo cuento después. Ah, nos vemos mañana en la casita de los trabajadores a las tres de la tarde... —diciendo esto salió con su andar de siempre.

Gabriel estaba muy ansioso porque había notado que yo guardaba un profundo silencio y permanecía en la cama solo diciéndole que no me sentía bien, que ya se me pasaría. Aún no encontraba la forma de confesarle lo de mi embarazo. Yo no tenía alientos de nada y además no me podía parar de la cama. Muchos detalles de la casa que estaban bajo mi cargo se empezaron a deteriorar, además no había podido trabajar organizando las finanzas de la finca porque había pasado en cama ya varios días. Jeremías me mantenía al tanto de los movimientos de Clarisa, pues veía que no tenía buenas intenciones.

Capítulo VI

Al día siguiente, antes de las tres de la tarde, Clarisa salió de la casa grande vestida con ropas muy sugestivas. Lucía una blusa negra transparente que dejaba ver sus pechos y una falda diminuta de color blanco que mostraba sus carnosas piernas. Se dirigió a la casa de los trabajadores. Gabriel dudaba si debía asistir o no a esta cita, pero su curiosidad pudo más que su buen juicio y llegó a la hora convenida. Ella se había asegurado de que a esa hora ninguno de los trabajadores estuviera cerca de esa casa. Quería estar a solas con Gabriel para ponerlo en contra mía y con la firme intención de seducirlo.

—Yo pensé que no vendrías, ya son más de las tres de la tarde. ¿Cómo estás cariño mío?

—Clarisa, no empieces con esas cosas. Vine solamente a saber ¿qué es lo que me tienes que decir?, ¿cuál es el misterio? ¿qué es lo que está pasando con Leonor?

—Relájate querido, ven a mí, anda, dame un abrazo. Yo ya he estado sola por mucho tiempo. ¿Es que no te acuerdas de nuestro romance que sucedió mucho antes de que conocieras a Leonor? Yo debería estar ocupando su lugar.

—Eso fue un error. Sabes bien que nuestra relación era un imposible. Estoy muy enamorado de Leonor y nunca le seré infiel.

—Tranquilo querido, tómalo con calma... podemos pasar tiempo juntos, sin compromisos. Yo solo quiero divertirme además que me gustas mucho... ¿No te has dado cuenta? Para tu información, tu esposa tiene un secreto... ella se embarazó y creo que ese hijo no es tuyo. Desde que llegué, el mayordomo no se le aparta del lado... ¿No lo has notado?

En ese momento, Clarisa inyectó en Gabriel el veneno de la desconfianza. Los celos e inseguridades personales que él siempre había tenido por la disparidad social de nuestro matrimonio salieron a flote.

—¡No, eso no puede ser! ¡Voy a reclamarle a Leonor! Si ella me ha estado engañando, ese fruto de su vientre no me pertenece. Siento mucho odio, no los quiero ni a ella ni a esa criatura que viene en camino. Voy a matar a Jeremías así me tenga que ir a la cárcel.

Clarisa lo miraba asustada por su reacción, pero dejó entrever una sonrisa de agrado porque ya había conseguido su objetivo: separarme de Gabriel.

—Tranquilo Gabrielito, tómese un aguardientico, aquí traje una botella para que nos emborrachemos —mi esposo, llorando se lo aceptó y tomaba uno tras otro.

Jeremías estaba escondido escuchando todas las mentiras de Clarisa. Deslizándose suavemente para que no notaran su presencia, se dirigió a la casa grande a contarme con detalles la conversación entre ellos dos. Esa noche, Gabriel se quedó dormido por la borrachera en una de las camas de los trabajadores y al parecer Clarisa también, pues ni Gabriel durmió en nuestra habitación ni tampoco sentí a Clarisa entrar a la suya. Yo me sentía morir de la desesperación.

Al día siguiente, llegó Gabriel con la cara enrojecida de rabia a nuestro cuarto y cerró la puerta de un golpe seco.

—¡Leonor! ¿Cómo te has atrevido a traicionarme? ¿Cómo es posible que te hayas enredado con Jeremías el mayordomo?

Yo temblaba, nunca había visto a Gabriel tan enojado, yo desconocía a ese hombre, ese no era mi esposo.

—Gabriel, ¡por favor escúchame, por favor escúchame! ¿Te estás enloqueciendo? ¿Por qué te estas comportando de esta manera? Todos estos años de matrimonio los he dedicado a cuidarte a ti, a nuestra casa y nuestros negocios. ¿Qué es lo que dices de Jeremías? Pero... si él es tu mano derecha —enfaticé con desespero.

—Y la tuya también ¿verdad? ¿Qué has estado escondiéndome? Dímelo de una vez porque no tengo paciencia para esperar.

—Sí Gabriel, te lo voy a decir: tengo tres meses de embarazo de nuestro tercer hijo. No te lo había dicho porque habíamos quedado en no tener más hijos y pensé que te enojarías al enterarte. Por error me equivoqué en las cuentas y quedé embarazada. Le respondí llorando sin parar.

—Ah yaaa, muy bonito, ahora entiendo. Tuviste un romance con Jeremías y quedaste embarazada y por eso no me lo dijiste… —contestó Gabriel con sarcasmo.

—No por favor, no digas eso, Jeremías es el empleado más fiel que tienes. Cada día, ese mayordomo se ha dedicado a cuidar de la finca y de nosotros. Yo te quiero y nunca te he sido infiel. Por favor recapacita, ¿quién te ha influenciado para que pienses tan mal acerca de mí?

—No te creo Leonor, contestó Gabriel con lágrimas en los ojos. ¿Por qué entonces mantenías en secreto tu embarazo? ¿Tenías planes para huir con él? Vas a saber muy pronto cual será el castigo por tu falta —salió del cuarto casi corriendo y oí como gritaba llamando al mayordomo. Jeremías se acercó y le dijo:

—Sí don Gabriel, ¿en qué le puedo servir?

—Con que engañándome con Leonor en mi propia casa. Desagradecido, yo que te di trabajo, comida y casa gratis por tanto tiempo.

Jeremías respetaba mucho a Gabriel y no tuvo el valor de contestarle, solo agachó la cabeza guardando un silencio sepulcral

—¡Lárguese ahora mismo de esta finca si no quiere que lo mate! —le gritaba Gabriel al pobre de Jeremías.

Sentí los pasos de Jeremías bajando por las escaleras. Después me dijo una de las señoras de la cocina que el mayordomo empacó sus pertenencias y salió de la finca pronunciando una sola frase una y otra vez: "Yo no hice nada malo, soy inocente, soy inocente...".

Después de ese incidente, Gabriel cambió de manera radical conmigo y su conducta se tornó cruel y controladora. Antes se me respetaba en la casa, y estaba a cargo del manejo y finanzas de la hacienda. Yo era la guía y consejera, él decía que yo era la estrella de su vida. En los días que siguieron a nuestro enfrentamiento, Gabriel se empezó a levantar muy tarde, pues se la pasaba bebiendo aguardiente con Clarisa. Al parecer, Clarisa había sido adicta al alcohol en el pasado, motivo por el cual ningún miembro de la familia la quería recibir en su casa. Ella aprovechó esta oportunidad para crear una crisis en mi matrimonio y además envolver a mi esposo en su misma adicción. Yo sufría y lloraba encerrada en mi habitación, sin poder hacer nada ya que debía cuidar el bebé que crecía en mi vientre. Las señoras que ayudaban en la casa se encargaban de cuidar a Alberto, un torbellino de tres años, y a Esther que ya estaba cerca de los dos años.

Pasaron varios meses, y ya estaba yo en mi tercer trimestre de embarazo, cuando una mañana Gabriel medio borracho, se acercó a mi cama y me dijo:

—Leonor, ¡levántese ya! tiene que cocinar para los trabajadores, hoy no vinieron las señoras de la cocina.

Me levanté toda mareada y sosteniéndome de las paredes caminé hacia la cocina. Me agarré el estómago, acomodando la faja especial que el doctor me había recomendado para sostener el vientre, hasta que finalizara mi embarazo. Para poder cocinar, me tenía que sentar en un taburete pequeño de madera pues me sentía muy débil. Algunos trabajadores se compadecían de mí y me ayudaban a picar los plátanos verdes en cuadros pequeños que se cocinarían con los *frijoles bola roja* para servirlos a los trabajadores con arroz blanco, plátano maduro frito y carne asada o un huevo frito. Gabriel casi no me hablaba pues estaba convencido de que el bebé que llevaba en mi vientre no era hijo suyo. Aunque estaba rodeada de mucha gente en la finca, yo me sentía completamente sola y desamparada.

Gabriel y Clarisa se la pasaban juntos, y poco a poco los negocios se fueron descuidando. Al verlos, yo estaba más que convencida que ellos tenían un romance. Él se veía deprimido, resentido y decepcionado y se emborrachaba escuchando canciones de despecho. Gabriel no recordaba todo lo que yo le había ayudado para que la finca progresara, cómo organicé las finanzas, cómo mantenía la casa grande de bien decorada lo cual había sido un gran orgullo cuando lo visitaban algunos de sus amigos. La granja se empezó a deteriorar, no había contratado a otro capataz, no había suficientes personas que ayudaran a mantener el jardín, la huerta, el cafetal, la platanera. Había muy pocas personas porque el dinero empezaba a escasear. Mi único consuelo era que ya no tenía que cocinar para cincuenta trabajadores sino para diez.

El sonido de la brisa fría proveniente de las montañas arrullaba la noche de aquel diciembre de 1965, y movía suavemente las hojas de los árboles que rodeaban la casa. Gabriel, como era habitual, había salido para el pueblo acompañado de Clarisa. Yo estaba en la casa grande con los pocos trabajadores que quedaban. A pesar de mi tristeza, me encontraba tranquila, pues esa noche observé algo muy especial: entre las nubes se alcanzaba a divisar una pequeña y fulgurante estrella. El árbol de azahar que estaba cerca de la ventana de mi cuarto emanaba su aroma cautivante envolviéndome y confortándome. Al bajar a la cocina, con la ayuda de una de las mujeres del servicio, sentí un chorro de agua tibia corriendo por mis piernas.

—Bertica, ¡rompí fuente! qué voy a hacer, no he cumplido aún ni los ocho meses de embarazo.

—Ay señora, déjeme ver si doña Anita la partera que vive cerca de aquí puede venir a socorrerla. Vamos y la llevo a la casita de los trabajadores para acostarla, usted no puede subir las escaleras.

Bertica, mi ayudante salió después de dejarme acomodada en una de las camas de los trabajadores. Al poco tiempo llegó en compañía de doña Anita la partera de la vereda.

—Salgan todos de aquí, necesito agua caliente y muchas toallas blancas, este bebé está por nacer, ¡Vamos! ¡Muévanse! —dijo la mujer con voz de mando. Sentí un fuerte dolor y de pronto Anita grita:

—¡Puje con fuerza que ya el bebé viene *pa' fuera*!

—¡Ya salió! Es una niña muy pequeñita y flaquita, pero es muy hermosa. Su pielecita es rosadita y tiene mucho cabello.

Yo muy emocionada lloraba, no sabía si de alegría por ver a mi niña entre mis brazos o de saber que estaba teniendo a mi hija sola, en compañía de una partera, sin que mi esposo me acompañara en este importante acontecimiento. No podía creer que mi parto hubiese sido tan fácil y rápido, después de un embarazo tan traumático.

Anita la partera, cortó el cordón umbilical, limpió la niña y me la entregó diciendo:

—Esta niña traerá mucha luz a tu vida. Ella ha sentido en tu vientre todas las emociones negativas, el rechazo de su padre, tu cansancio y tu tristeza. Ella será todo lo contrario a esto, será la estrella que guía a los que se encuentren con ella. Es muy delgada, muy pequeña, pero sobrevivirá.

Sonreí escuchando todo lo que me decía Anita. Más que una partera parecía una pitonisa.

Capítulo VII

Arropé a la niña con cuidado, pues la vi muy frágil. Pensé en las palabras de la partera y decidí que la bautizaríamos como Adaluz. La felicidad de tenerla en brazos y pensar que él se alegraría al verla, me duró solo unos minutos, pues Gabriel llegó esa noche muy borracho y ni siquiera entró a mi cuarto. Bertica se quedó a cuidarme esa noche y al día siguiente, fue a buscar a Gabriel a la habitación en donde había dormido para que viniera a conocer la niña. De mal humor y enojado, él le contestó:

—Ahora no quiero verla. Esa niña no es hija mía.

—Don Gabriel no diga eso, doña Leonor está sufriendo mucho por su indiferencia.

Horas más tarde, Bertica me contó que Gabriel salió de prisa sin responderle nada. Por los rumores que circulaban en la finca me enteré que Gabriel y Clarisa se la pasaban en el pueblo intoxicados con el consumo de alcohol mientras yo me las arreglaba atendiendo todos los asuntos de la finca con los pocos trabajadores que aún permanecían, para evitar una pérdida total.

Empezaron a llegar notificaciones de parte de la Caja Agraria y de algunos proveedores, para que nos pusiéramos al día con nuestras cuentas porque de lo contrario nuestra propiedad sería embargada. Gabriel había recibido préstamos de esa entidad bancaria para la ampliación de la finca y adicionalmente había recibido anticipos de dinero sobre la cosecha de café a futuro. Debido al estado de alcoholismo en el que se encontraba Gabriel, ya casi ni venía a dormir a la casa. A veces llegaban los dos caídos de la borrachera, abrazados y trastabillando y a duras penas lograban llegar a la casita de los trabajadores donde quedaban fundidos.

Yo sufría en silencio y no era capaz de decir nada por miedo a que Gabriel se tornara violento en una de sus «rascas» y porque tampoco quería perder nuestra finca ni a mi esposo. Nunca le daría el gusto a Clarisa de separarme de Gabriel, ni de quitarnos lo poco que aún nos quedaba. Con uno de los trabajadores que salía para Manizales le mande razón a mi madre, quien ya era una anciana, para que viniera a acompañarme. Le escribí pidiéndole perdón por haberme alejado tantos años de ella y le mandé un frasco lleno de lágrimas para que se pudiera percatar de mi sufrimiento. Mi anciana madre llegó con dos maletas dos semanas después.

—Hija mía, no te reconozco, ¿qué te ha pasado? ¿Por qué andas sin zapatos y cocinando para los trabajadores? Esa no era la vida que yo quería para ti —mi madre me abrazaba y lloraba de verme en semejante estado de deterioro físico y espiritual.

—Tranquila hija querida, estaré aquí una temporada para acompañarte y ayudarte con tus hijos. Yo nunca dije nada, pero ese pelagatos de Gabriel nunca me gustó, pero como tus hermanos insistieron yo no puse objeción alguna a tu matrimonio.

Pasamos horas enteras esa tarde y los días siguientes, contándole con pelos y señales todo lo que me había pasado por culpa de Clarisa. Mi madre se instaló en una de las habitaciones y estaba preocupada porque se dio cuenta que en toda la semana no había visto a mi marido.

—Leonor, qué vamos a hacer con Gabriel, según uno de los trabajadores, no deja de tomar...

—Ay madrecita, solo le pido al altísimo que Gabriel reflexione.

No había terminado de decir la última palabra cuando sentí el trote de un caballo. Un hombre se apeó del caballo y nos preguntó:

—¿Está doña Leonor? Le traigo malas noticias: Don Gabriel y Clarisa fueron encontrados en una pieza de un hotel en el pueblo en un estado de alta intoxicación. La vida de ambos peligra.

Mi madre me dijo:

—Anda Leonor, ve al pueblo para ver que puedes hacer por Gabriel, yo me quedo con los niños y estaré muy pendiente de Ada. Algo prepararé para la comida.

Me puse pantalones y botas de montar y me subí en el mismo caballo del hombre que nos trajo la noticia. Fui al hospital y afortunadamente, al parecer Gabriel se estaba recuperando, pero Clarisa había tenido daño cerebral irreversible con fatales consecuencias. Días más tarde, Gabriel salió del hospital, pero fue recluido de inmediato en un centro de rehabilitación para el alcoholismo. Clarisa, cuando despertó, no sabía ni quién era. De todas maneras, tuve que pagar la cuenta de los dos, echando mano del poco de dinero que quedaba en el banco. Gabriel, por fortuna, se recuperó satisfactoriamente y entendió la gravedad de su conducta. Comprendió el gran daño que el alcohol le había ocasionado con tremendo perjuicio para las finanzas y, lo que era peor, para la estabilidad emocional de su familia. Ya de nuevo en casa, una mañana me dijo:

—Leonor, perdóname, no sé cómo pude dudar de ti… yo te prometo que vamos a restaurar nuestra familia.

Tomó a la niña en sus brazos, abrazándola y besándola, mientras le decía:

—Mi pequeña Ada —utilizando por primera vez, su primer nombre— nunca me perdonaré el haberte negado y despreciado. Perdóname hija mía, dedicaré a ti mi vida entera.

Para mí ya era demasiado tarde, ya le había perdido el cariño o algo del amor que algún día había sentido por él. En mi corazón solo abrigaba resentimiento, me hubiese querido separar de él, pero mi religión y mi familia no me lo permitirían, así como tampoco quería ser la comidilla de nuestros vecinos. La Caja Agraria y los proveedores de la finca nos embargaron y tuvimos que entregar la propiedad. Mi madre tenía algunos ahorros y nos los dio para que compráramos otra propiedad, más pequeña y en otro pueblo lejos de Versalles, para cortar cualquier nexo con Clarisa. Cuando nos mudamos a El Dovio, me contaron algunas personas de Versalles que Clarisa había perdido la razón y caminaba harapienta por el pueblo, cargando una talega llena de trapos viejos y con la mirada perdida en el horizonte: la gente la llamaba «la loca del pueblo».

Con el dinero de mi madre, compramos otra casa aquí en El Dovio y Gabriel alquiló un terreno para sembrar café. Él estaba muy arrepentido por haberme tratado tan mal en mi embarazo y por haber rechazado a Ada como hija. Poco a poco la relación con Gabriel empezó a mejorar y sentí que realmente lo había recuperado. Él empezó a acercarse a la niña y a vivir cada vez más pendiente de ella, por lo pequeñita y lo debilucha y por el remordimiento que lo consumía. Sentí que Ada me estaba robando la atención de su padre, pues se convirtió en su favorita. Aunque vivíamos en una casa más pequeña me sentía más tranquila sin tantas labores y preocupaciones financieras, y solo dedicada a cuidar mi familia. Me volví a sentir segura viviendo con él, después de haberme prometido y jurado fidelidad y amor eterno otra vez.

En el fondo de mi corazón nunca acabé de perdonarlo por completo. El tiempo pasó y un día conocí un ingeniero civil que había venido desde Bogotá a manejar las obras de pavimentación de la carretera que pasaba en frente a nuestra casa. El ingeniero me miraba con admiración cada vez que me veía pasar por la calle y a decir verdad me parecía un hombre muy atractivo. Un día me atreví y le pregunté:

—¿Señor, no se cansa demasiado manejando esa maquinaria tan pesada?

—No me diga señor, me llamo Antonio y soy el encargado de la obra de pavimentación del pueblo —me respondió.

Cuando Gabriel salía a trabajar yo aprovechaba para ofrecerle agua iniciando así alguna conversación. A veces le daba a probar algunos de mis manjares recién preparados. Me comentó que viajaba mensualmente a Bogotá para rendir un reporte de su trabajo. A su regreso se presentaba con cajas de leche en polvo para que nutriera muy bien a mis tres hijos.

Gabriel y yo tratábamos de volver a ser felices, pero nuestra relación se había ido deteriorando poco a poco. Cuando los vecinos le contaron de mi amistad con el ingeniero, Gabriel se enfureció y en un ataque de celos me enfrentó, y me dijo que me iba a dejar y me iba a quitar todo, pues la casa que habíamos pagado con dinero de mi madre estaba obviamente a nombre de los dos.

La noche de la tragedia, él me aseguró que se iba a quedar con la casa y con nuestros hijos. Forcejeamos por unos papeles, y con los ánimos caldeados le enterré un cuchillo que guardaba detrás de un cuadro y por eso estoy aquí.

Cuando mi madre terminó de contar su historia a Lola la gitana, yo aún estaba despierta, acurrucada al lado de mi hermana para evitar que ella se diera cuenta que había escuchado todo. Ahora entendía un poco mejor lo que había sucedido. Lo que no comprendía era cómo mi madre sentía celos de mí. ¡Yo era tan pequeña! Me sentí muy triste y aturdida. Al mismo tiempo sentí compasión por mi madre al conocer su vida, pensando que este relato se parecía a las radionovelas que yo escuchaba, solo que esta vez yo formaba parte de la trama y conocía a todos los personajes de la historia, que quizás algún día merecería ser contada.

—Leona, como siento todo lo que te ha pasado... —dijo Lola en voz muy baja para no hacer mucho ruido. Mi madre solo emitió dos suspiros.

—Leona, tu eres bella y exuberante. Confía en mí que te voy a enseñar mi magia gitana que te ayudará a encontrar el amor de tu vida. Pero, muchacha, acostémonos ya. Has hablado tanto que mañana vas a estar sin voz, además ya debe ser de madrugada.

—Mi Dios te pague Lola por escucharme. Me siento muy triste y desdichada.

—Nada de eso muchacha —contestó Lola...— acuéstate tranquila y mañana hablamos. Acuérdate que mañana tenemos mucho que hacer.

Nunca olvidaré el frío tan intenso que sentí esa noche, lo mismo que las ganas de llorar que casi no podía contener. Me sentía destrozada por dentro. A pesar de mis pocos años, tenía muchas preguntas sin respuestas: entonces, ¿Mi madre no amaba realmente a mi padre? ¿Quién era realmente mi padre? ¿El mayordomo de la finca de Versalles o don Gabriel Prado? ¿A mi madre le gustaban otros hombres y había engañado al pobre de mi papá? Pero yo aun así con todas estas dudas, amaba al único padre que conocí: don Gabriel Prado.

Sentí un gran vacío en el alma, me sentí sola, abandonada, y pagando una condena en una prisión por no haber podido defender a mi padre. Me sentí huérfana de padre y madre, pues ahora entendía la causa de la frialdad de mi madre para conmigo. Cansada, de no poder llorar ni poder expresar a gritos mis emociones, me dormí sin respuesta a mis preguntas, sumergida en aquella oscura y nebulosa noche que parecía no acabar nunca.

—¡Bueno! ¡Ya! ¡A levantarse todas! Hay mucho por hacer el día de hoy. Tenemos que alistar más de quinientos uniformes para el ejército, ¡cada vez hay más chusma y guerrilla en esta región! —gritaba uno de los guardias.

Abrí pesadamente mis ojos, rascándome la cabeza. Me parecía que apenas hacía unos minutos me acaba de dormir. Por entre las rejas de mi prisión entraban ya pequeños rayos de luz que quizás me darían un poco de calor e iluminarían un poco mi vida.

Mi madre se paró en seco, y me zarandeó diciendo:

—Ada, despierte que tenemos que salir a tomar el baño, muévase pues —después, acarició suavemente a mi hermana para despertarla— vamos Esthercilla... vamos... despierta.

Mi hermana se fue despertando poco a poco. Yo las miraba a las dos sin pronunciar palabra.

—¡Buenos días mis niñas! —dijo Lola la gitana levantándose aún somnolienta por la trasnochada.

—¡Muchacha! Qué es esa cara, ánimo que el día empieza y ya verás que nos traerá muchas sorpresas...ya se enterarán...

Las palabras de Lola me llamaban mucho la atención. Ya la había escuchado hablando con mi madre de sus poderes mágicos. Además, me parecía chistosa la manera como hablaba, metiendo la lengua entre los labios cuando pronunciaba algunas palabras. Su última frase me había dejado intrigada. ¿Qué sorpresas nos traería el nuevo día?

Capítulo VIII

—¡Leonor, encárgate de Esther que yo me encargo de Ada! —dijo Lola, y uniendo la acción a la palabra me tomó de la mano, recogió mí ropa y salimos de la celda rumbo a los baños. Me paré debajo de la regadera y cerré los ojos para no ver el chorro de agua fría que siempre me paralizaba. Abrí la boca para gritar, cuando de pronto escuché una mágica melodía que me tranquilizó de inmediato. Era Lola la gitana que entonaba un estribillo: *"El hada gitana comienza a cantar, para que la niña Ada no vuelva a llorar"*.

Llenando de agua fría la misma vasija de aluminio que utilizaba algunas noches para llevarnos la comida, empezó a verter agua sobre mi cabeza repitiendo ese estribillo. La verdad es que ese día confirmé que Lola poseía ciertos poderes mágicos, pues sentí un chorrito de agua tibia rodando por mi piel y vi que un halo de pequeñas estrellitas de colores envolvía todo mi cuerpo.

—Lola, que rico se siente... —le dije sonriente.

—Es el amor niña mía, solo el amor...

Después del baño, nos alistamos y salimos a hacer la fila del comedor. Cuando estábamos esperando el desayuno habitual de arepa con agua de panela caliente, uno de los guardias se paró frente a la fila e informó:

—¡Paren muy bien las orejas! para hoy tenemos que alistar quinientos uniformes. Esta región ha sido militarizada ya que se han reportado movimientos guerrilleros. Las mujeres plancharán los uniformes y revisarán que tengan los botones completos y los hombres se encargarán de doblarlos y empacarlos por tallas.

Cuando el hombre acabó de hablar nos sentamos a desayunar, y al terminar, mi madre nos dejó jugando en el jardín de la Virgen. El horario de la cárcel comenzaba con el baño bien temprano y un escaso desayuno de 7:00 a 7:30 de la mañana. Luego, a los reclusos se les asignaba el trabajo del día. Al mediodía, escuchábamos el sonido perturbador de la sirena de la cárcel, al que nunca me acostumbré, indicándonos un descanso breve, de solo quince minutos. Durante este lapso mi madre o Lola nos llevaban a la celda, en donde por lo regular Esther a veces jugaba conmigo o a veces dormía. Yo me entretenía escuchando las radionovelas en el aparato que Lola me había prestado y ellas regresaban a terminar sus labores. Ese día, mi madre y Lola la gitana volvieron a la celda para llevarnos al almuerzo, única comida completa, que servían a las tres de la tarde pues la cena era reemplazada por una pobre merienda que se servía a eso de las siete de la noche. Estábamos haciendo la fila, cuando anunciaron que servirían un delicioso *sancocho* de gallina ¡tremenda sorpresa!

A pesar de mi corta edad, las conversaciones entre Lola y mi madre me causaban una profunda curiosidad. Yo fingía que jugaba con mi hermana, pero realmente, mis oídos estaban bien atentos. De pronto escuché cuando mi madre le preguntó a Lola:

—Lola, con lo mala que es la comida de este lugar, ¿será posible que nos den hoy *sancocho* de gallina? o es que nos están jugando una broma.

—Ja, ja, no es una broma muchacha. Lo que pasa es que el General Beltrán, quien es la máxima autoridad de esta prisión y de la jurisdicción vendrá esta semana. El viene a supervisar el manejo de la institución y de ahí dependerá que ratifique a las personas en sus cargos o vuelen cabezas.

¡Ay Dios mío!, pensé para mis adentros, ¿cómo así que volarán cabezas?

Mi madre respondió:

—Ah, ya entiendo. Y... ¿qué tal es ese General?

—Es el tipo de hombre que no muestra sus emociones fácilmente, pero con su presencia domina e inspira respeto. Leona, es la oportunidad para que le muestres tu belleza, tu sensualidad. Yo te voy a ayudar con una de mis pociones mágicas: tengo el perfume del *Pájaro Macuá* que te vas a aplicar en todo tu cuerpo el día que venga el General. Te vas a poner tu mejor vestido y tus zarcillos tintineantes —añadió con picardía la gitana.

—Estoy segura que el General caerá rendido ante tu belleza. Eres nuestra única esperanza para poder salir de este infierno de celdas húmedas y malsanas.

Cada vez que escuchaba a Lola la gitana, reafirmada mi creencia en sus grandes poderes mágicos. No tuve más tiempo de seguir escuchando los planes que Lola y mi madre tenían para salir del presidio, porque me distraje cuando me sirvieron el famoso *sancocho*. Mis ojos se abrieron con sorpresa al ver en el plato, una deliciosa sopa con una presa de gallina, y trozos de plátano verde, yuca, papa, cebolla y cilantro. Estábamos todas tan hambrientas que nos chupamos hasta los huesos del pobre animal que había parado en nuestro plato.

Mi madre nos llevó de regreso a la celda donde pagábamos nuestras culpas. Pensaba que al menos, Lola y mi madre se entretenían trabajando en la prisión y Esther dormía o jugaba, y se veía conforme con la situación porque nunca se quejaba. Pero yo, aunque me distraía con las historias de las radionovelas, me agobiaba mirando las rejas de esa celda y las paredes de esa prisión que me separaban de mi otra vida, esa vida que me arrebataron en un instante sin derecho a rechistar. Cuando ellas regresaron de sus labores diarias, oí decir a mi madre:

—Lola, tengo un fuerte dolor de cabeza. Planchar toda esa cantidad de uniformes no fue nada fácil.

—Yo también estoy agotada, contestó la gitana. Pobrecitas las niñas, ni tiempo tuvimos de llevarlas a comer la merienda de las siete; pero aquí les traemos un poco de chocolate caliente. Gracias a Dios hoy tuvimos un almuerzo tan bueno que veo difícil que lo repitan.

Al beber ese chocolate nos volvió el alma al cuerpo. La noche estaba más fría que las otras noches así que ellas juntaron los colchones, y Lola nos abrigó con sus numerosas cobijas. Por la forma en que Lola me trataba, me sentía apreciada y eso me hacía feliz, pero al mismo tiempo, sentía una tristeza infinita de ver la frialdad con que me trataba mi madre. Prácticamente, aunque yo era la más pequeña, estaba muy pendiente de Esther y Lola se preocupaba más de mí que Leona mí madre. Pasaron los días y una mañana, nos despertaron más temprano de lo acostumbrado:

—¡Rápido todos, a levantarse!, vengan todos al patio, les vamos a hacer unos anuncios especiales.

Mi madre nos levantó y nos llevó apuradas al patio de la cárcel para escuchar el anuncio o más bien las órdenes del guardia:

—Hoy hay que barrer el patio, lavar baños y deben esmerarse con la limpieza. Todo debe estar listo para recibir al General Beltrán que llega mañana. Cuando el General pregunte por el trato que reciben en esta cárcel y por la calidad de la comida, tienen que responder que se les trata muy bien, y con mucho respeto, y que la comida es deliciosa. Recuerden el *sancocho* de gallina que se comieron hace poco, y ni una palabra de los castigos en los calabozos. Si alguien llega a decir algo al General, se le impondrá un castigo más severo.

Todos los presos salieron cabizbajos a tomar el baño y después a desayunar, asintiendo que iban a seguir las órdenes. Todos los días, mi madre y Lola regresaban a la celda muy agotadas ya que además de sus labores, debían venir a buscarnos a las horas de la comida principal y de la merienda. Ese día en que el guardia anunció la llegada del General, noté que ellas intercambiaban miradas maliciosas y se reían con frecuencia. Sentí que tenía que estar atenta a esos planes de conquista con el tal General que llegaría al día siguiente. Cuando ellas pensaron que estábamos dormidas, Lola la gitana y mi madre empezaron a hablar y a planear el encuentro con el General:

—Leoncita, mañana te vas a poner ese vestido color mango *biche* que tienes y que resalta tu pequeña cintura y tus caderas. Maquíllate bien y no olvides aplicarte esta loción del *Pájaro Macuá*. Este olor hechizará al General y se enamorará perdidamente de ti —vaticinó la gitana.

—¿De verdad Lola? Me da un poco de miedo, la verdad no me imagino una relación con un militar, yo con este temperamento que tengo.

—Tienes que confiar en mí. Para que estés tranquila, te voy a leer la ceniza del cigarrillo, y veremos si realmente ese hombre es para ti.

Yo escuchaba silenciosa los planes de conquista. Asombrada me preguntaba cuál sería la magia con que la gitana vería el futuro de mi madre. La curiosidad no me dejaba dormir, y no podía escuchar muy bien porque estaban en la otra esquina de la celda, al parecer prendiendo un cigarrillo.

—¡Lola!, mujer, ¿qué haces? Aquí no se puede fumar. ¿De dónde has sacado esos cigarrillos? —Lola contestó con una carcajada tapándose la boca:

—Le leí la mano a uno de los guardias, me dijo que todo lo que le había dicho era cierto y me regaló estos dos cigarros.

Con disimulo me deslicé como un gusano por el colchón para escuchar de cerca lo que ellas hablaban. No quería perderme ni una palabra de esos planes. Estaban tan ocupadas practicando la magia de Lola la gitana, que ni se percataron de mí presencia.

Mi madre tomó el cigarrillo y lo aspiró varias veces.

—Lola, mira la ceniza, dime ¿qué me muestra?

—Ummm, ummm... lo que me imaginaba. Este hombre mañana va a quedar prendado de tus encantos. Mira fijamente estas pequeñas cenizas, me muestran que es un hombre con dinero y poder, ahí lo estoy viendo... y...bastante apasionado. Si logras atraparlo, conseguirás lo que quieras de él... ¿sí ves esas cenizas blancas? Significan que el General te va a corresponder en el amor. ¿Sí ves cómo la ceniza está derechita? Quiere decir buena suerte.

—De verdad Lola, ¿mi suerte va a cambiar?

Yo estaba paralizada. Lola la gitana con sus hechizos nos sacaría de esta prisión, ella era nuestra única esperanza. Me entristecí pensando que mi madre quería cambiar a mi padre por este señor. Lola le susurró a mi madre:

—Ahora sí, a dormir que mañana hay que madrugar.

Después de semejante desvelada, me dormí profundamente. Al día siguiente, antes de que los guardias llamaran para despertarnos, mi madre y Lola ya estaban levantadas, aunque aún era de noche. Estaban organizando la ropa que mi madre se pondría. Lola era consciente de la hermosura de mi madre y tenía la esperanza de que si mi madre lograba conquistar al General nos mejoraría la suerte. Nos despertaron poco a poco y fuimos las primeras en tomar la ducha. Al parecer, Lola la gitana había conseguido que la noche anterior nos dejaran la celda sin el candado. Ellas se encargaron de vestirnos y peinarnos de una manera diferente. A mí, me hicieron crespos y a mi hermana le hicieron dobles trenzas.

Mi madre se maquilló sus hermosos ojos de tonos amarillos, y se delineó los labios con un lápiz y los rellenó con un rojo color carmín. La verdad no tenía que esforzarse mucho para mostrar su belleza. Se puso el vestido verde *biche* corto que Lola le había recomendado. El vestido tenía una cinta de terciopelo negro que se pasaba por entre un encaje blanco y que le marcaba la cintura. La cabellera ondulada y brillante, le caía por debajo de los hombros.

—Leona, ven para acá que te voy a aplicar el elixir del *Pájaro Macuá*.

Mi madre se acercó para que Lola la gitana le aplicara el perfume que conquistaría al General. Cuando ya estábamos arregladas, listas para salir a desayunar, llegaron los guardias sin gritar abriendo las celdas. Uno de ellos hizo el amague de abrir la nuestra.

Hicimos la fila para el desayuno y que sorpresa al encontrar una comida diferente: Agua de panela con leche, huevos pericos y *mogollas* de pan. « ¡Uy que delicia el manjar que nos espera! Me dije para mí misma».

—¡Lola, mira, cambiaron la comida!, ¿y esto es por la llegada del General?

—Claro que sí muchacha, ¿viste como no hemos recibido ni un solo grito?

Me contaron que el General llegó anoche, ja, ja... les ha caído de sorpresa —dijo Lola la gitana guiñando uno de sus ojos. Ese día realmente el desayuno era un delicioso manjar para todos los presos y todos lo desaparecimos en un santiamén. De repente un guardia empezó a hablar en frente de todos:

—Hoy tenemos una reunión y unos invitados especiales. No hay mucho que hacer en la prisión, pues logramos la meta de alistar los quinientos uniformes que solicitó el General y además las instalaciones están muy limpias.

Nos llevaron a un salón muy grande, en donde nos hicieron sentar a todos en unas bancas largas de madera. Esther miraba con ansiedad a su alrededor y me pellizcaba y me codeaba. Yo sonreía. Los guardias nos sentaron en las sillas de atrás, pues al parecer no querían que llamáramos la atención con algún llanto o chillido por los cuales éramos conocidas ya que éramos las únicas niñas de la prisión. Nos hicieron parar para escuchar el Himno Nacional, izaron la bandera y apareció el tan esperado General Beltrán. Lo recuerdo muy bien: era un hombre apuesto de piel oscura, no sabía si era el color de su raza o estaba muy quemado por el sol recibido en sus batallas de guerra, según recordaba era lo que hacían los generales de los cuentos de mi padre. Sus brazos eran fuertes y tenía un reloj grande y cuadrado en la muñeca izquierda. Tenía las cejas pobladas y casi unidas sobre los ojos café, claros, parecidos al color de la miel de las abejas.

El General Beltrán habló mucho. Tal vez era un discurso para los adultos que los niños no alcanzamos a entender. Al final presentó a dos misioneros que dijo habían llegado de lejos, dizque de los Estados Unidos de América: Ron y Rita. Era una pareja de viejitos que venían en una misión a la cárcel de El Dovio. Al parecer, el General había pedido ayuda humanitaria. Según lo que contaron, gracias a ellos habíamos podido blanquear el agua de panela corriente del desayuno con un poco de leche y disfrutar las deliciosas mogollas de pan. De lo poco que entendí de lo que dijo el General, los misioneros también nos iban a educar en el tema de la Religión Católica y a enseñarnos las primeras letras. Otras personas hablaron y yo ya estaba cansada porque la reunión fue demasiado larga para mí. Además, veía muy difícil que en medio de todo ese tumulto el General pudiese ver a mi madre. Sonó la sirena, indicando como siempre que era el mediodía. La reunión finalizó y uno de los guardias dijo:

—Ahora todos pueden ir al patio. Ron y Rita quieren hablar con algunos de ustedes. Los demás pueden relajarse un poco en las bancas que están en el jardín de la Virgen, además ya casi es hora de almorzar.

Al parecer la llegada del General había traído buenos cambios. Por ejemplo, el almuerzo, que también hacía las veces de comida, por lo visto lo iban a servir más temprano y más abundante y el desayuno había mejorado muchísimo. Los prisioneros salieron al patio, pero como nos encontrábamos al final del salón, mi madre prefirió esperar hasta que este se desocupara un poco. Lola tomó de un brazo a mi hermana y a mí me cogió de la mano de tal manera que mi madre quedara libre para que caminara con libertad. Ella salió caminando al compás de sus tacones con la elegancia que la caracterizaba y que hacía que no pasara desapercibida. Además, ella se había untado la poción mágica del *Pájaro Macuá* que Lola le había proporcionado, así que, si el plan de Lola la gitana se cumplía, el General quedaría hechizado ese mismo día.

El General estaba en la puerta y yo estaba atenta a observar como la presa caería en las redes de nuestra Leona. Al salir del salón, mi madre pasó en frente del General. Vi cómo el hombre abrió los ojos mirándola de pies a cabeza embelesado por su belleza. Mi madre le respondió con una sonrisa furtiva, pero que dejaba ver sus dientes perfectos y noté cómo sus miradas se encontraban. Ella se había asegurado de pasar bien cerca del General para que pudiera aspirar el ungüento mágico que Lola le había untado por todo el cuerpo. Salimos al patio, y mi madre muy nerviosa le dijo a Lola:

—¿Viste cómo me miró el General Lola? Estoy temblando... qué hombre tan atractivo... Pero que desilusión, no me dijo nada.

—Sí Leona, vi como el General te miró, ja, ja. A veces no se necesitan las palabras. No puedes dudarlo ni por un segundo. Mis hechizos son bien efectivos, y ese perfume del *Pájaro Macuá* no falla.

Salimos de allí para encontrarnos con los misioneros y porque no, quizás con el mismísimo General Beltrán.

Capítulo IX

Lola y mi mamá caminaron hacia la rotonda donde estaba la estatua de la Virgen para acercarse al grupo de presos que escuchaban a uno de los misioneros. Esther y yo veníamos corriendo detrás, y ya estábamos llegando cuando me resbalé y caí al suelo. El misionero se acercó corriendo y me alzó de la mano diciéndome:

—No importa cuántas veces te caigas, lo importante es que te levantes con más bríos que antes. ¿Cuál es tu nombre? —me preguntó sonriendo con dulzura.

—Me llamo Ada y esta es mi hermana Esther —contesté levantándome y sacudiéndome el vestido.

—Yo me llamo Ron —me contestó el misionero limpiando los anteojos redondos que usaba y pasando la mano por su cabeza llena de canas.

—Vengan y nos unimos al otro grupo para presentarles a Rita mi esposa.

Rita era el tipo de mujer que se cortaba el cabello muy corto y parecía que no comía por su apariencia pálida y delgada como la de una vela. Al ver su cabello color lavanda me acordé de las flores del huerto de mi casa. Teníamos que escucharlos con mucho cuidado pues hablaban raro y nos costaba trabajo entenderlos. Contó que él y su esposa Rita estaban pensionados y que se habían unido a una misión de las Naciones Unidas, al enterarse de todas las necesidades básicas que deberían ser suplidas en la población carcelaria y en las escuelas públicas. Ron nos abrazó a mi hermana y a mí y dijo con voz apagada:

—Que tristeza ver niños en una cárcel. Este no es un lugar para ustedes.

Una voz fuerte e impactante retumbó en el patio:

—Lo sé Ron y estoy de acuerdo con usted. Esta fue una de las principales causas por las que pedí ayuda humanitaria. Al enterarme que aquí en la población no existe una institución organizada que pueda cuidar a los niños mientras sus padres o madres pagan sus condenas. Además, soy consciente que la institución carcelaria no cuenta con los suficientes recursos para proveer a los reclusos con alimentos que los nutran.

Todos volteamos a mirar sorprendidos: ¡El General Beltrán estaba al lado de nosotras! Al parecer, el General sucumbió al hechizo del Pájaro Macuá.

—¡Guardias! ¿Qué está pasando que no han llamado para el almuerzo? Ya casi son las dos de la tarde.

—Sí mi General, ya confirmo con la cafetería para hacer el llamado. Respondió un guardia.

—Muchas gracias General por su respuesta al misionero. Se nota que usted es un hombre de buen corazón —dijo mi madre con su voz melodiosa y mirándolo fijamente. El General le devolvió la mirada y le dirigió una sonrisa.

En ese momento Ron le dice al General:

—General, ¿es consciente que tener niños en una prisión es una violación a los derechos humanos? Ese es uno de los motivos más importantes por los que estamos aquí. Esta situación debe corregirse.

-Sí, Ron. Soy consciente de ello. Pero yo preferiría que tratáramos esos temas en la reunión que hemos programado para mañana.

¿Derechos humanos? ¿Acaso los niños tenemos algún derecho? Me quedé pensando que querían decir esas frases.

El General se dirigió a mi madre y le dijo:

—Señora, me gustaría hablar con usted esta tarde. Espere noticias mías.

Mi madre con tono firme, le respondió:

—Sí mi General, como usted diga, estaré pendiente.

Realmente Lola es un hada gitana... su magia funcionó... pensé.

El cielo azul sin nubes me produjo una sensación de calma. Era como una señal de que algo muy bueno ocurriría.

En ese momento, se escuchó el llamado de un guardia para pasar al comedor:

—La cafetería está abierta para el almuerzo, caminen en forma ordenada.

Todos salimos con paso rápido a hacer la fila para el almuerzo, que por primera vez se iba a servir antes de las tres de la tarde. Cruzaba mis dedos con ansiedad para que en el almuerzo no fueran a servir ese caldo grasiento de carne y papa que por lo regular nos ofrecían y que para que yo lo comiera, era una verdadera faena entre mi madre y Lola. Nos acercamos al comedor y empecé a observar cómo uno de los cocineros vestido todo de blanco y con un gorro que cubría su cabello servía un delicioso platillo que tenía una presa pequeña de pollo coloreado de amarillo y acompañado con papas y arroz blanco. ¡Qué delicioso manjar nos esperaba!

Este día realmente había traído sorpresas: buena comida, misioneros y lo más importante el hechizo del General Beltrán, pues no había pasado mucho tiempo desde que salimos del salón de la reunión cuando él ya estaba acercándose a mi madre.

Después de terminar nuestro almuerzo volvimos al patio. Esther y yo fuimos a jugar al jardín de la Virgen, cuando llegaron Ron y Rita, y se unieron a nuestro juego. Nos contaron cuentos de hadas parecidos a los que algún día nuestro padre nos contaba. Nos trataron con dulzura y nos hablaron de la existencia de los milagros. Lo que ellos no sabían era que yo tenía mi propia hada que era Lola la gitana y que su magia ya había empezado a hacer milagros. Estuve tan entretenida que no me di cuenta de que mi madre y Lola la gitana se habían ido sin avisarnos. Al rato llegaron por nosotras para llevarnos a la celda. Estábamos agotadas y caímos como unas piedras encima de uno de los colchones.

—Adita, Esther, despierten, vamos a tomar la merienda, ya son las siete de la noche, nos dijo Lola.

—Y ¿mi madre? —respondí— ¿En dónde está?

—La mandaron a llamar de las oficinas. Nos veremos con ella más tarde en la cafetería.

¡Ah! yo me imaginaba en dónde andaba mi madre. No era usual que mi madre fuera a las oficinas de la prisión. Yo había escuchado cuando el General le dijo que quería hablar con ella. ¿Qué estará pasando? ¿Cómo sería ese asunto del hechizo? Me carcomía la curiosidad y ya sabía que tendría otra noche de desvelo para escuchar lo que mi madre, con pelos y señales, le contaría a Lola la gitana sobre la entrevista con el General. Cuando llegamos al comedor mi madre no nos estaba esperando. Lola se encargó de ayudarnos con la comida esa noche. Como yo me había acostumbrado a la escasez de ésta, el comer tanto ese día me había causado indigestión. Regresamos a nuestra celda después de la comida y allí estaba mi madre.

—¿Cómo les fue con la comida? Yo no alcancé a bajar, estaba en el segundo piso en las oficinas... —dijo con voz nerviosa tratando de explicar su ausencia.

—Tengo mucho sueño y no me siento muy bien —le respondí con doble intención. Ya quería escuchar lo que había pasado con el General. Esther y yo nos acostamos mientras Lola la gitana y mi madre se quedaron conversando. Tan pronto notaron que ya estábamos dormidas, Lola preguntó:

—¡Guapa, mira que me tenías en ascuas!, cuéntame, ¿te pudiste ver con el General?

—¡Sí Lola! Me entrevisté con el General. Un guardia me llevó a su oficina que está en el segundo piso. Tan pronto llegué y lo vi frente a mí, me sonrojé y me corrió un aire caliente por todo el cuerpo. Él se quedó tieso mirándome fijamente de pies a cabeza y vi que su mirada se fijaba en mis labios y en mis ojos. No decía nada, todo era silencio. Me invitó a que me sentara y él también se sentó. De pronto me dijo:

—Doña Leonor, gracias por atender mi llamado. Tenía muchos deseos de conversar con usted. Cuéntame que fue lo que le pasó, por qué está aquí.

—¿No lo sabe mi General?

—Conozco lo que dice el reporte, pero quiero escuchar su propia versión.

Le conté la historia triste de mi vida desde que me casé con Gabriel, su infidelidad, sus borracheras y su maltrato físico y emocional. Además, que mi esposo me había amenazado con quitármelo todo, inclusive a mis hijos. A pesar de su firmeza, lo vi conmovido con mi relato. También le conté de las condiciones precarias en que vivíamos en la cárcel, y de la escasez de comida. No me importaba que los guardias me volvieran a castigar. Él tenía que saber lo que pasaba realmente en la prisión como la autoridad a cargo. Me dijo que confiara en él, que nos iba a ayudar.

Escuchando lo que decía mi madre, sentí decepción y tristeza. Estaba describiendo a mi padre como si fuera un monstruo, a ese ser que tanto nos quiso y yo tanto quería. Las lágrimas salían de mis ojos sin que lo pudiese evitar, y un suspiro me traicionó.

—¿Qué le pasa a esta muchacha? —exclamó mi madre— ¿Por qué llora? Qué pereza, hasta dormida llora —dijo mi madre con desdén. Lola la gitana se me acercó y me secó las lágrimas. Y empezó a cantarme su estribillo:

"El hada gitana comienza a cantar, para que la niña Ada no vuelva a llorar". En un dos por tres y como por arte de magia me quedé dormida de verdad.

Pasaron los días, y los meses con la nueva rutina: baño, desayuno a las siete de la mañana, almuerzo después de que sonaba la sirena, juegos en el patio de la cárcel, y después pasábamos la tarde en la celda con mi gran compañero el radio. En esos meses escuché muchas radionovelas: *Kaliman, Arandú el príncipe de la selva, Madre Tierra, El Gavilán Colorado, Natasha me están matando*, y muchas más que estimulaban mi imaginación, haciéndome crear historias y personajes con todo lo que ocurría en ese lugar.

La cena-merienda seguía sirviéndose a las siete de la noche y los domingos en la tarde Ron y Rita que sabían mucho de jardinería, traían tierra fresca y semillas de diferentes plantas casi listas a florecer. Yo disfrutaba escarbando la tierra y ayudando a hacer los huecos para la siembra, pues recordaba cuando observaba a mi padre hacer lo mismo en nuestra huerta. Además de la jardinería, nos regalaron cuadernos y lápices de colores y nos enseñaban a hacer planas de palitos y bolitas para que nuestras manos se empezaran a adiestrar en el arte de las letras según decía Ron. Dentro de este programa especial con los misioneros, también trajeron unos enfermeros para vacunarnos. La comida y el trato habían mejorado mucho desde la llegada del General y yo pensaba que a lo mejor todas estas cosas tan buenas que nos estaban pasando habían sido traídas por la magia de Lola la gitana.

También nos trasladaron de la celda a dos cuartos que quedaban en el primer piso debajo de las oficinas. Uno de los cuartos tenía dos camas, con buenos colchones y buenas cobijas. En una de ellas dormíamos Esther y yo. Lola la gitana dormía en la otra. El otro cuarto había sido dispuesto para mi madre, quien trabajaba en las oficinas del segundo piso durante el horario de la comida, y como a veces trabajaba más de la cuenta regresaba muy tarde. Yo sospechaba, por lo que había escuchado la noche en que se planeaba el hechizo del General, que, a lo mejor, mi madre ya había apresado en sus redes al tan respetado señor.

Mis sospechas se confirmaron cuando una noche sin haber terminado la comida y con el permiso de Lola la gitana corrí rápidamente a mi cuarto. Estando allí, sentí ruidos en la habitación de mi madre quien tenía la puerta cerrada. Salí de mi cuarto despacito y miré por entre las rendijas de la puerta y vi como ese hombre grande y corpulento, el General, abrazaba a mi madre y trataba de besarla diciéndole:

—Leonor, Leonor, me atraes muchísimo, me gustas tanto, eres tan hermosa... amo tu cuerpo, tu alma, tu mente... —y volvía a abrazarla otra vez. Mi madre no decía nada, solo se dejaba llevar por el ímpetu del General.

Las pupilas de mis ojos se dilataban al ver semejante escena de amor como las de las radionovelas. El General se separó suavemente de ella y le dijo:

—Leonor, ¿qué vamos a hacer?

Mi madre solo le sonreía coquetamente y lo miraba con sus ojos resplandecientes mostrándole su boca carnosa con provocación. El General la tomó nuevamente entre sus brazos y ¡la besó! Sonrojada y con el corazón saltando en mi pecho al ver esas escenas iba a salir corriendo a meterme en mi cuarto, cuando escuché al General diciendo:

—Leonor, no te había contado para no darte falsas esperanzas, pero ya estoy moviendo algunas conexiones para sacarlas de esta situación. ¡Te juro que las voy a sacar de esta prisión!

—Ay mi General, por favor no se olvide de ayudar también a Lola que es inocente y está en esta prisión por un robo de joyas a uno de sus clientes. Ella me jura que no lo hizo, solo que fue víctima de una traición de su mejor amiga quien quería quitarla de su camino.

—Claro que sí Leonor, yo he visto que ella es tu mano derecha y es la que se encarga de las niñas mientras tú estás conmigo.

Después de varios minutos de estar observando por la rendija de la puerta, me cansé de ver a mi madre en los brazos de otro hombre que no era mi padre y me fui a la cama, con los pensamientos enredados en mi cabeza como una madeja, que no podía ni quería desenredar. Por una parte, quería desesperadamente salir de la prisión para recuperar la vida que había perdido con mi familia y por otra parte pensaba: salir de la prisión ¿a dónde? Mi madre ahora sostenía un romance con el General. No sabía si odiarlo o quererlo, no sabía si era mi salvador o mi condena. Los días pasaban con la misma rutina de siempre solo que yo ya era otra persona. Ya no quería escuchar las radionovelas, ya no quería jugar en el jardín de la Virgen con Esther, ya no me importaba comer o no comer. Empecé a distanciarme aún más de mi madre. Como siempre, a ella lo único que le preocupaba era mi hermana Esther y ahora su romance con el General. Una noche después de la comida, mi madre entró al cuarto y dijo:

—¡Buenas noticias! ¡Tengo buenas noticias!

—¡No me digas, guapa!, cuéntamelo todo y rápido que me muero de la curiosidad —respondió Lola la gitana con emoción.

¿Qué buenas noticias traía mi madre? Ni me inmuté con su emoción.

Capítulo X

—El General ha movido sus influencias y ha conseguido que nos aceleren el juicio. Será cosa de unas semanas — dijo mi madre.

—¡Pero qué buena noticia, guapa! Ya era hora de que esto se moviera. ¿Te fijas?, ¿recuerdas lo que te dije? Lo mío no falla —le respondió Lola como en clave.

Yo sabía de lo que estaban hablando, el hechizo para el General había sido un éxito. Lo que no entendía muy bien era ese asunto del juicio. ¿Cómo sería eso? Lo había escuchado en una de las radionovelas, pero me daba miedo el solo escuchar esa palabra.

—Leoncita, ¿le pudiste hablar al General de mi caso? Por favor no me vayas a dejar aquí encerrada.

—¡Lola por Dios! Claro que sí, yo se lo dije hace mucho tiempo. Él sabe cómo me has ayudado con las niñas.

Yo las escuchaba silenciosa. Ya veía que se acercaba la hora de mi liberación. Quería salir corriendo de esa prisión que me ahogaba, de esa rutina diaria que cada día se hacía más monótona. A pesar de semejante noticia, mi ánimo estaba por el suelo, seguía decepcionada de mi madre.

Pasaron unas dos semanas, cuando un día, un guardia llegó con dos sobres, uno para mi madre y otro para Lola. Las dos abrieron con nerviosismo los sobres que recibieron. Cada una leyó en silencio y de pronto se miraron y gritaron al tiempo:

—¡Llegó la hora del juicio! Es este próximo viernes.

—Mi juicio es a las 2:00 de la tarde, ¿y el tuyo? — preguntó Lola la gitana.

—El mío es a las 9:00 de la mañana. Debemos prepararnos, niñas. Ese día vamos a ir con nuestra mejor ropa y zapatos embetunados. Ustedes entrarán conmigo al juicio.

¡Ay Dios mío! Ya sabía yo que a mí también me iban a enjuiciar, pues yo no hice nada para salvar a mi padre esa noche siniestra que me cambió la vida.

—¡Por fin vamos a ser libres! ¡Vamos a salir de esta prisión! —gritó mi madre con seguridad y emoción.

El tan esperado viernes llegó. Lola como siempre se encargó de nuestro baño el cual yo disfrutaba al escuchar su mágico estribillo y más ahora que gozábamos de mejores instalaciones. Recuerdo que nos vistió con el mismo traje que usamos para ir a la presentación del General. Con cuidado limpió los zapatos blancos de Esther y embetunó mis zapatillas negras. A Esther le hizo una cola de caballo y a mí me inventó unos lindos crespos utilizando un líquido pegajoso para que no me despeinara durante el famoso juicio.

—Niñas, es muy importante que hoy se estén muy quietecitas cuando estén en el salón con el juez. No vayan a gritar ni a llorar —nos dijo Lola con suavidad.

Mi madre mientras tanto se había puesto un vestido de tela negra adornada con flores blancas y tacones altos. El vestido le marcaba su bella figura. Se maquilló sus grandes ojos y se encrespó las pestañas y como siempre, se pintó los labios de ese rojo carmín.

Eran aproximadamente las 8:30 de la mañana cuando salimos las cuatro al desenlace tan esperado: obtener nuestra libertad. Caminamos por varios corredores y llegamos a una sala grande con una tarima en el centro donde había un escritorio y una silla. En la parte de abajo había cuatro sillas al lado derecho y cuatro sillas al lado izquierdo. Detrás de estos muebles, unas cuantas bancas largas de madera completaban el escenario.

El General estaba allí para recibirnos y nos ayudó para que nos sentáramos con mi madre en las cuatro sillas del lado izquierdo. Él y dos hombres más que lo acompañaban se sentaron en las sillas del lado derecho. Junto a ellos, estaban otras tres personas, dos hombres y una mujer. Lola se sentó en las bancas de madera largas y vi como llegaban algunas personas que nunca había visto ¿Qué vendrían a hacer aquí? Me preguntaba.

De pronto entró un hombre ni alto ni bajo, de ojos verdes y cabello color café vistiendo una capa negra, corbata roja y dejaba entrever las mangas y el cuello de una camisa blanca almidonada, parecida a las que usaba mi padre los domingos cuando se vestía para asistir a la Santa Misa. Lo miré con detenimiento pues se me pareció a mi padre. Mi madre dijo en voz baja: «¡Es el juez!».

El hombre se sentó frente al escritorio que quedaba en el centro. Se agachó y puso una especie de martillo de madera encima de la mesa y le dio un fuerte golpe con ese mazo diciendo:

—Señor Fiscal, puede empezar.

Uno de los hombres que estaban con el General se puso de pie y empezó a leer en voz alta la historia de la noche más triste de mi vida. Cuando terminó llamaron a mi madre y la sentaron en una silla que estaba en la parte de abajo de donde estaba el juez. Ella alzó su mano derecha y juró que diría la verdad. Le pidieron que contara su historia, la que yo me sabía de memoria y en donde ella se refería a mi pobre padre como el peor monstruo de uno de esos cuentos que algún día me había leído. Le hacían preguntas y daban vueltas y vueltas sobre la misma historia. No entendía porque me recordaban hora tras hora lo que había pasado en esa tenebrosa noche. Mi madre repetía y repetía:

—¡Fue en defensa propia!

El Juez le dice al fiscal:

—La acusada puede sentarse. Y que pase adelante la defensa.

El otro hombre que estaba sentado con el General pasó adelante. Yo había notado que ellos cuchicheaban mientras mi madre estaba haciendo su confesión. Este hombre, al que el juez llamó «la defensa», empezó a hablar con una cantidad de palabras que no entendí. Lo único que pude concluir es que pedía la libertad para mí madre. Lo que yo no escuché en ningún momento era que pidiera la libertad para Esther y para mí. Mis ojos se llenaron de lágrimas. Qué iba a pasar con nosotras, ¿quién podría entonces liberarnos de nuestra prisión? Tan pronto este hombre terminó de pedirle al juez la libertad para mi madre, el juez dice a todos los presentes:

—Vamos a tener un receso de unos quince minutos. El jurado va a deliberar y luego entregará el veredicto para proceder a su lectura.

El General inmediatamente se paró y le dio la mano a mi madre para que se sentara junto a nosotras. Ella se veía muy tranquila, pues tenía la seguridad de que iba a salir de la prisión. Por un lado, el General se lo había prometido y ahora con todo lo que había dicho el segundo hombre exigiendo su libertad, ya para ella eso seguramente era un hecho. Mientras tanto yo me sentía sin ilusión y sin esperanza, nadie había pedido mi libertad ni la de la pobre Esther y nadie me iba a regresar a mi padre. Observé como las otras tres personas que estaban sentadas junto al General fueron hasta el escritorio del juez y se secreteaban con él. Le entregaron un sobre y luego volvieron a su puesto.

Pasados los quince minutos, el juez le pega a la mesa con el martillo de madera y dice:

—Señoras y señores, su atención por favor. Ha llegado el momento de conocer la decisión del jurado.

Abrió el sobre que tenía en sus manos y dijo:

—Teniendo en cuenta que el señor Gabriel Prado, la víctima, no murió y que la acusada, Leonor de Prado, actuó con premeditación pues se encontró en el expediente que mantenía un cuchillo escondido en su cuarto, el jurado ha determinado que la acusada es culpable de intento de homicidio y se le asigna una condena de dos años de prisión. Sin embargo, en virtud del memorial preparado por el General Beltrán, en donde indica que la acusada laboró más de dos mil horas durante un año de prisión; ese año contará como parte de su condena y por tener dos menores de edad con ella, la acusada pagará el año restante de su condena encerrada en su casa, es decir se le dará la casa por cárcel. He dicho y se cierra la sesión.

Grité y lloré a pesar de las recomendaciones de Lola la gitana. Como no iba a gritar si el amor de mi vida, mi padre, estaba vivo. No hubiera importado que me hubiesen condenado por muchos años más de prisión si esos años de encierro me hubieran devuelto a mi padre. Grité de alegría al enterarme de que mi padre estaba con vida, pero grité de tristeza pues no dijeron en donde se encontraba. ¿Cómo estaría mi padre? ¿Nos estaría esperando en nuestra casa? ¿Estaría cuidando nuestra huerta, las gallinas y el gallo pinto? Y ¿mi hermano, estaría con él? O definitivamente se lo había llevado *La Llorona* aquella noche.

Mi madre se puso pálida cuando escuchó la sentencia. El General se paró inmediatamente y le habló, luego se acercaron a nosotras.

—Niñas, vamos a salir de la cárcel y nos vamos para la casa.

En ese momento se acercó Lola sonriente y nos dijo:

—Mis niñas, por fin van a vivir en una linda casa como se lo merecen. Leona, entiendo que no es lo que esperábamos, pero al menos ya no van a estar confinadas en esta cárcel y un año pasa muy rápido.

—Sí Lola, estoy bien. Hubiese podido ser peor.

Sin embargo, había escuchado una de las conversaciones entre Lola y mi madre, cómo ella soñaba con ser algún día la esposa del General. Ahora que anunciaron que mi padre estaba vivo eso ya no podía suceder. Yo esperaba que mi padre la perdonase y que pudiésemos volver a nuestro hogar.

—Ya pasó la hora del almuerzo, déjenme invitarlas a comer algo en el restaurante que está en frente —dijo el General.

Lola y mi madre nos tomaron de las manos para salir del salón y caminar hacia la calle. Por fin yo respiraba el aire de la libertad y en ese momento me sentí muy feliz al saber que mi padre había sobrevivido, aunque más tarde regresaría a mi cruel realidad de saber que no lo podía tener cerca de mí. Cruzamos la calle y llegamos a un restaurante llamado El Polo. El General escogió una mesa grande para sentarnos todos juntos. Empecé a deleitarme con los olores de la comida que desde hacía mucho tiempo mi olfato no sentía. El mesero nos indicó los platos del día: chuleta *valluna*, *sancocho de gallina*, *frijoles con garra y bandeja paisa*. Y como siempre, mi madre escogió por mí.

—Comparte una *bandeja paisa* con Esther. Ese plato viene con frijoles, arroz, huevo frito, chicharrón, carne molida y plátano maduro frito.

—No es necesario, Leonor, deja que cada una de las niñas escoja lo que quiera —dijo el General.

—Muchas gracias, pero no, es demasiada comida. Esther no come mucho y a Ada no le gusta nada.

Lola nos dividió el plato que la verdad traía bastante comida. ¡Todo me supo a gloria! ¡Qué diferencia comer fuera de una prisión! Estábamos terminando de saborear semejante manjar cuando el General nos dijo:

—Ahora que terminen de comer vamos a acompañar a Lola, su juicio empieza en media hora.

Todas nos apuramos a terminar para llevar a Lola al juicio que la esperaba. ¡Pobre Lola! Yo esperaba que le dieran la libertad. Por lo que escuché en una de tantas noches de mis desvelos, ella realmente no había cometido ningún delito grave, todo había sido una mentira. Llegamos al mismo salón y solo pudieron entrar el General y Lola. Ni a mi madre ni a nosotras nos dejaron entrar por lo que nos fuimos para nuestra habitación a rezar y a esperar la última decisión. Al rato, llegó Lola gritando:

—¡Soy libre, soy libre!

—¿De verdad Lola? Me alegra mucho saberlo. ¿Qué pasó? ¿Qué dijo el juez? —preguntó mi madre.

—No presentaron ninguna prueba que indicara que yo me había robado esas joyas. Buscaron en mi casa y tampoco encontraron nada. Espero que ahora mi marido Ernesto el gitano me pueda recibir. Qué tristeza, el nunca creyó en mi inocencia.

Mi madre se le acercó y la abrazó y yo me le acerqué para darle otro.

—Y ¿el General? Preguntó mi madre.

—Se quedó revisando unos papeles y organizando nuestra salida de la cárcel. Estoy muy agradecida con él por haber abogado por mí y lograr que nos aceleran el juicio. De lo contrario, quién sabe cuántos años más tuviésemos que permanecer en la prisión hasta que un alma caritativa hubiese revisado nuestros casos.

¡Oh! ya el General estaba organizando nuestra salida, qué emoción. Estaba segura de que volveríamos a nuestra bella casa. ¿Cómo estaría mi casa? ¿Quién habría cuidado nuestro jardín, y las flores que colgaban en los corredores? ¿Quién habría alimentado a nuestras gallinas y a nuestro gallo pinto?; y el piso de madera ¿alguien lo habría brillado? Las horas siguientes se me hicieron eternas. Estaba ansiosa por volver a corretear por el patio y no volvería a gritar si mi madre me bañaba con agua fría, porque nada ni nadie podrían opacar la felicidad que me embargaba.

En lo único que pensaba era en nuestra entrada triunfal de regreso a nuestro hogar.

Capítulo XI

Nos recostamos en nuestras camas para descansar un rato después de tantos acontecimientos. Mi madre estaba esperando ansiosa al General Beltrán para enterarse cuando saldríamos para nuestra casa. Pasaron varias horas y el General regresó con varias maletas y una caja grande de cartón.

—Leonor, por favor empaquen que ya las voy a sacar de esta prisión.

—General, ¿vamos a mi casa, verdad? —preguntó mi madre.

El General no respondió y salió otra vez. Mi madre y Lola empezaron a empacar las maletas. La caja de cartón la utilizaron para almacenar todas las cobijas de Lola.

—Leonor, ¿están listas? Ya contraté un carro para llevarlas a su nueva casa —dijo el General que había vuelto a entrar a nuestra habitación.

—General, como así que, a nuestra nueva casa, ¿acaso no vamos a mi casa?

El General guardó silencio y llamó a unos guardias de la prisión para que nos ayudaran a sacar las maletas. Yo estaba muy ansiosa de volver a mi mundo real y no dejaba de pensar que mi padre al estar vivo, muy posiblemente volvería a buscarnos. Salimos las cuatro detrás del General, lo mismo que los guardias que nos ayudaban sacando las maletas y la caja de cartón.

Ya en la calle, un automóvil negro y largo nos estaba esperando. Los guardias entraron las maletas y con dificultad acomodaron la caja de cartón. El General se sentó adelante con el chofer y nosotras cuatro nos sentamos en la silla de atrás. Pasaron varios minutos cuando el carro hizo una parada en una casa que tenía un letrero, pero como no sabía leer no supe qué decía. Lola emocionada y triste a la vez nos dijo:

—Guapas, he llegado a mi casa, las voy a extrañar mucho —dijo con los ojos humedecidos de tanto llorar.

Salió un hombre alto y viejo con anteojos que tenía un pañuelo de colores amarrado a la cabeza. Lola se bajó del carro y el hombre se dirigió hacia ella diciéndole:

—Esposa mía, tienes que perdonarme por favor. Cómo he podido desconfiar de vuestra honradez —dijo con tono muy triste abrazando a Lola.

Lola lo abrazó fuertemente llorando, emocionada de haber obtenido su libertad y por consiguiente de recuperar a su familia. Ese era Ernesto el gitano que nunca la visitó.

—¡Leoncita! ¡Adita! ¡Mi amada Esther! Cómo las voy a extrañar. Pero no se preocupen, tan pronto me organice nuevamente con Ernesto las voy a visitar.

Todas la abrazamos llorando. Y yo sentí cuánta falta me haría Lola la gitana, mi hada madrina. Cómo la extrañaría de ahora en adelante, sus baños y sus cantos mágicos y tanto amor que me dio... El carro volvió a arrancar dejando parte de mi corazón con mi querida Lola. Mi madre y Esther también estaban tristes, pero no igual que yo.

Pasaron varios minutos después de que Lola nos dejó cuando el carro paró frente a una casa vieja y grande que quedaba en una esquina. Pude divisar su fachada, era de dos pisos, con puertas largas color verde oscuro desteñido: cuatro puertas en el primer piso y cuatro puertas en el segundo piso. El techo era de color café bien desgastado, parecía una casa triste y abandonada por sus dueños. Me preguntaba ¿por qué habríamos parado allí? El General se bajó del automóvil y nos dijo:

—Bueno, ya llegamos a nuestro destino.

Mi madre se bajó de inmediato del carro y asustada le preguntó:

—General, y ¿por qué hemos venido a esta casa? Yo pensé que nos llevaría a la casa de mi propiedad.

—Leonor, no te tengo buenas noticias. La casa fue embargada por algunos acreedores que tenía tu marido y fue rematada hace varios meses. Lo siento mucho, no pude hacer nada para recuperarla, aunque créeme que traté de hacerlo.

—¿Qué está diciendo General, que he perdido mi casa? ¿Lo único que nos quedaba después de tanto trabajo y esfuerzo? —dijo mi madre llorando de desconsuelo. Nosotras también la acompañábamos llorando silenciosamente.

—¿Qué vamos a hacer mi General? ¿Y vamos a vivir aquí?

—Si Leonor, van a vivir en este lugar. Fue la única casa disponible que encontré. Fue difícil conseguir algo mejor porque con el asunto de tu condena de un año de casa por cárcel nadie quiere tenerte cerca. Pero no te preocupes, yo las protegeré.

¿Vivir allí?, me preguntaba, ¿en esa casa abandonada y vieja que parecía más una casa de espantos? No podía entender por qué el destino se encargaba de jugarme otra mala pasada. Yo quería regresar a mi verdadero hogar.

—Esta casa no me gusta —dijo Esther llorando. Mi madre la abrazó y la consoló diciendo:

—No digas eso Esther, esto es lo que tenemos por ahora —yo quería llorar y gritar pues me sentía entrando como a un cementerio, pero no dije nada.

El General abrió la puerta de entrada del primer piso y nos llegó un olor como a madera vieja. Era muy oscura, fría y lúgubre. Era tarde, casi de noche cuando entramos a la casa. Lo primero que vi fue un salón con dos sillas y una mesa bajita redonda, después entramos a un cuarto que tenía dos camas. El General le dijo a mi madre:

—Aquí dormirán las niñas.

Continuamos caminando por un corredor y nos dirigimos a una segunda habitación en donde había una cama grande.

—Esta es tu habitación, Leonor —y luego pasamos por dos habitaciones más que estaban vacías.

Finalmente llegamos a la cocina: había una mesa larga de madera con algunos platos y tazas, dos ollas, un sartén, cucharas, tenedores, cuchillos y en una esquina, una mesa redonda con cuatro sillas. En la parte de afuera, en el patio de la casa había un lavadero y un tanque y al lado estaba el sanitario y la ducha a la intemperie lo que me recordaba los baños de la prisión. El patio se veía descuidado, la hierba crecía muy alta y todo estaba invadido por la maleza que no dejaba ver nada más. No pude observar si en ese patio había algún animal. Miraba por todos lados y no veía escaleras que nos condujeran al segundo piso. ¿Qué misterio tenía aquella casa con un segundo piso y no tenía escaleras para subir? Me preguntaba, pero no encontraba la respuesta.

—Muchas gracias General, usted no solo se encargó de buscar la casa, sino que también nos la ha dotado para que vivamos con comodidad. Le quedaré eternamente agradecida —le dijo mi madre al General, acompañando sus palabras con una amplia sonrisa y levantando los brazos al cielo.

—Leonor, era algo que tenía que hacer, no podía seguir viéndolas en una prisión, me alegro mucho que ya han quedado instaladas. Debo volver a la oficina y más tarde regreso —dijo saliendo a la calle para subirse al automóvil negro que lo había estado esperando.

Mi madre con su rigidez de siempre empezó a organizar y a limpiar la casa mientras Esther y yo descansábamos en las dos sillas que estaban a la entrada. Ella entró a nuestro cuarto tendió las dos camas, nos llamó y nos puso pijamas nuevos para que nos acostáramos. Se encargó de que Esther se durmiera a los pocos minutos y después salió y se fue a su cuarto. Me acosté y me disponía a dormir cuando mirando hacia el techo veo una araña de color café oscuro que me miraba con ojos chispeantes y desafiantes, balanceándose en su telaraña. Me quedé quieta en mi cama cuando sentí ruidos arriba de ese techo, era como que si alguien caminara para un lado y para otro. Miraba a la araña y pensaba si a lo mejor ella estaba enojada de ver que estábamos invadiendo su casa, o me estaba avisando de algún espanto que moraba en ese lugar. Cantidad de pensamientos pasaban por mi cabeza, y sentí un escalofrío por todo el cuerpo, mi piel parecía más bien piel de las gallinas de mi casa y estaba tan asustada que salí corriendo y llorando al cuarto de mi madre. Noté con desesperación que mi voz se había quedado atrapada en mi garganta. No podía expresarle con palabras cómo me sentía y me metí en su cama de un salto para sentir su protección.

—Ada, qué le pasa, ¿ya está chillando otra vez? Nada de eso, camine vamos para su cama a dormir. Para eso tiene una cama para usted sola.

Me tomó de un brazo, me sacó de su cama y me llevó a la mía. No notó que yo no podía hablar y no me dio tiempo para mostrarle la araña y explicarle de los ruidos que había escuchado y que provenían del segundo piso de la casa. Lloré toda esa noche, sentía mucho miedo y soledad. Me metí entre mis cobijas para no encontrarme con la mirada de la araña, pero a pesar de ello, seguía escuchando los mismos ruidos. Eran como pasos de personas grandes, como si alguien habitara en ese lugar. Solo pensé en mi hada la gitana. ¡Lola ven a ayudarme por favor!

Pasaron varias horas, no podía dormir, cuando sentí que alguien llegó. Mi madre se levantó y dijo:

—General, ¿cómo está? Entre por favor que la noche está fría.

¡Ay qué descanso! Había llegado el General como por arte de magia, de la magia de mi hada la gitana. Ya con el General durmiendo en la casa yo me sentía más tranquila ya que sabía que él lucharía con cualquier fantasma que estuviera en la casa y con seguridad lo vencería. Noté como entre los dos entraron varios paquetes caminado en las puntas de los pies y hablando muy bajito para no despertarnos. Me dormí a los pocos minutos.

A la mañana siguiente me despertó el canto lejano de un gallo. Tenía la esperanza de estar escuchando a mi gallo pinto, pero la verdad es que lo había escuchado bien lejos. Me levanté despacio y miré hacía el techo con temor y vi que la araña había desaparecido, por lo que sentí algo de alivio. Luego me dirigí a la cama de Esther, quería despertarla dándole los buenos días, pero cuál fue mi desconsuelo al confirmar que yo había perdido el habla. ¿Qué me había pasado? ¿La araña era una bruja realmente y se llevó mi voz? ¡Oh! Seguramente esa casa estaba embrujada. Con lo único que podía expresar mi tristeza y preocupación por este acontecimiento era con mis lágrimas. Todos esos relatos que aprendí escuchando las radionovelas en la cárcel estaban en mi cabeza listos para salir cuando llegáramos a mi casa. Yo quería compartir esas emociones con mis padres y mis hermanos, pero ahora viviendo en esta casa embrujada no sabía cuál sería mi destino. ¿En dónde estaría Lola la gitana?. Me preguntaba desconsolada.

Mi madre nos llamó desde la cocina para que fuéramos a desayunar. Salimos corriendo de inmediato porque estábamos hambrientas y noté la ausencia del General. La cocina estaba llena de provisiones de comida: arroz, papas, maíz, todo en abundancia y todo puesto en perfecto orden. Por lo visto, el General nos dejó bien dotada la cocina y se marchó. Pensé.

Nos sentamos en el comedor, mi madre había preparado un buen desayuno compuesto de arepa con queso y carne asada con mucha cebolla y tomate y un delicioso café con leche. Nos sirvió en abundancia. Esther se comió todo con apetito y yo solo me comí la arepa con queso y parte del guiso. No me provocaba comer carne, porque ella siempre le dejaba un pedazo de gordo que a mí me disgustaba.

—Ada, se come todo lo que le serví. Acuérdese de la vida que vivimos en la cárcel.

Yo le contesté con movimientos de mi cabeza que no quería y se enfureció pegándome muy duro con su mano en mi brazo derecho. Yo solo lloraba, pero no podía decir nada con palabras por lo que su furia fue peor.

—¡Hable, muchacha desagradecida! ¡Hable, conteste!

Yo lloraba y no le podía responder... Estaba maltratándome cuando llegó el General:

—¡Leonor! ¿Qué estás haciendo? ¿Por qué maltratas así a Ada? —la interrogó el hombre con cara seria.

—No quiere hablar, esta *rechinada* a no contestarme, es tan terca esta muchacha...

—Espera... Ada ven, ¿qué tienes? ¿Te sientes bien? Dime algo. Me preguntó el General con cierta dulzura.

Yo lo miré a los ojos, llorando y le mostré mis labios con mis dedos tratando de explicarle que no podía hablar.

—Ada, ¿no puedes hablar? ¿no te salen las palabras?

Yo le respondí con un no con movimientos de cabeza. El General tomó a mi madre de su brazo y la llevó a una esquina de la cocina para decirle:

—Leonor, así no puedes tratar a la niña. Durante los últimos días las niñas han pasado por situaciones muy difíciles e impactantes, ellas ya entienden mucho de lo que pasa: el juicio, las noticias del padre, la pérdida de la casa. Todos los seres humanos tienen respuestas diferentes y por lo que veo Ada ha sufrido una especie de trauma emocional que a veces se manifiesta afectando las cuerdas vocales.

—Ya hablé con Lola y va a venir a ayudarte con las niñas — dijo el General.

—Pasado mañana vendrá por ellas para matricularlas en la escuela que queda a unas cuadras de esta casa.

—Gracias General —respondió mi madre sin darle mayor importancia a mi problema de la voz.

—Espero que Ada estando en otro ambiente, rodeada de niños de su edad pueda mejorar. Ya contraté a una persona para que venga a cortar el pasto y a arreglar un poco el patio. Quiero que las niñas tengan espacio para jugar —concluyó el General.

Mi madre no se atrevió a decir nada, solo le sirvió el desayuno y nosotras nos fuimos a cepillarnos los dientes en el lavadero y después de un rato cuando me calmé nos fuimos a jugar dentro de la casa. Todas las noches que vivimos en esa casa me acostaba bien arropada con mis cobijas y muy atemorizada pues tan pronto todos dormían, alguien, a lo mejor el espanto que habitaba en la casa empezaba a caminar en el segundo piso y al parecer yo era la única que escuchaba sus pasos porque ni Esther ni mi madre ni tampoco el General cuando se quedaba allí se quejaron de escucharlos. Imaginaba que alguien había quedado atrapado allí sin poder salir y ahora me atormentaba para que yo lo ayudara.

Un día, que recuerdo muy soleado, llegó mi querida Lola.

—¡Guapas! ¿Cómo habéis estado? ¡Pero qué casa tan vieja muchacha! Aquí asustan...

Tan pronto sentí la voz de mi hada la gitana corrí a sus brazos, la abracé, aunque no le podía expresar con mi voz la felicidad que me causaba verla. Yo le quería contar que una bruja en forma de araña me había robado mi voz en la primera noche que llegué a esa casa, pero no pude. Sabía también que no tenía que decirle nada porque ella ya había percibido la presencia de brujas o fantasmas en la casa tan pronto llegó. El General pensaba otra cosa porque él no sabía lo que me pasó con la araña aquella noche.

—Ay Lola, mi amiga, siquiera viniste a ayudarme. Yo me voy a enloquecer en esta casa tan fea y tan vieja y sin poder salir, encerrada como en una cárcel. Ada cada vez se porta peor, y ahora no me quiere hablar, está obstinada a no hablar, ella es muy rebelde —dijo mi madre con desesperación.

—Leona, pero ¿qué estás diciendo? ¿por qué piensas así de la niña?, el General me puso al tanto, él fue quien me contrató para que te ayudara. De lo contrario Ernesto no me hubiera dejado venir pues debo ayudarle con su sastrería. Bueno, manos a la obra, voy a ayudarte a arreglar a las niñas pues me las llevo para matricularlas en la Escuela *Policarpa Salavarrieta*. Es urgente que aprendan por lo menos a leer y a escribir.

Lola la gitana salió esa misma mañana con Esther y conmigo camino a la escuela para inscribirnos. A mí me llamaba mucho la atención el poder aprender a leer y a escribir, aunque no sabía cómo eso podía ser posible pues a duras penas aprendí a hacer bolitas y palitos con Ron y Rita, los misioneros de la cárcel.

Caminamos un rato, y luego tuvimos que subir una carretera empinada para llegar a la escuela del pueblo. La pobre Lola estaba muy cansada pues tenía que estar pendiente de Esther para que no se apartara mucho de su lado y estar pendiente de que yo no me le soltara de su mano. La escuela tenía dos corredores largos, uno con muchos salones llenos de pupitres y tableros verde oscuro al frente de cada salón. Los techos eran altos y de teja. El otro corredor tenía unos cuantos salones que eran las oficinas. El patio era de tierra firme. Ese día vi muchas filas de niñas vestidas todas con blusa blanca de mangas cortas y falda delantal de diminutos cuadros rojos y blancos. En el centro del patio estaba la misma bandera que teníamos en la prisión. Lola entró en una oficina y habló con una señora para inscribirnos. Ese mismo día nos midieron los uniformes para que regresáramos al día siguiente. Aunque yo me sentía emocionada de asistir a la escuela y así aprender a leer y a escribir, sentía mucho miedo al no poder hablar y me daba mucha pena estar con otras niñas pues no estaba acostumbrada.

Regresamos a la casa vieja en donde ahora vivíamos. Lola se quedó toda la tarde ayudándole a mi madre a terminar de limpiar la casa y nos acompañó hasta que sirvieron la comida, que estaba bien rica y que con la ayuda y la paciencia de Lola la devoré con facilidad. Era tan grande el cariño que Lola y yo nos teníamos que cuando ella estaba conmigo, a mí se me olvidaba que había perdido el habla, pues nos comunicábamos con el pensamiento. Afortunadamente, después de que el General la contrató para que nos ayudara, Lola llegaba todas las mañanas, se encargaba de alistarme, uniformarme y darme mi desayuno mientras que Esther cada vez era más independiente. Después nos íbamos las tres caminando a la escuela. A pesar de que Esther era más grande que yo, la dejaron en el mismo salón, pero nos pusieron en el último puesto. Yo sentía que las profesoras nos miraban con recelo pues escuché que decían:

—Esas son las hijas de esa vieja Leona… es una criminal… deberían irse del pueblo, no queremos gente de semejante calaña.

Al escuchar esas frases yo sufría en silencio. Todas sabían que estuvimos prisioneras, todas sabían lo que le hicimos a mi padre. Sentí el rechazo por parte de ellas, me sentía impotente, sin poderles explicar que mi padre estaba vivo, que habíamos pagado nuestras culpas en una prisión y que aún mi madre seguía encerrada en una casa embrujada y, por si fuera poco, mi voz había quedado aprisionada en mi garganta. Además, estando sentada en las bancas de atrás yo no entendía nada. Esther pidió que la pasaran para adelante porque decía que no veía muy bien desde lejos. Observaba como ella podía entender mejor que yo y a los pocos días de haber entrado ya estaba haciendo planas de escritura a sus ocho años. ¿Cómo era posible que yo ya con siete años y todo lo que tenía en mi cabeza producto de historias y radionovelas y a mi mente no le entrara nada de lo que las profesoras enseñaban? Pasaron varios meses y mi voz no regresaba. Lola me llevó al hospital del pueblo por petición de mi madre para ver que se podía hacer para que recuperara mi voz, pues cada día estaba más preocupada. Yo estaba escuchando cuando el doctor le dijo:

—Mi señora Lola, en estos pueblos no hay muchos recursos, lo único que puedo decirle es que, así como perdió la voz así le va a volver. No hay un remedio para devolvérsela solo deben tener paciencia —dijo el galeno.

En la escuela, yo no aprendía nada, solo hacia planas de caligrafía todo el tiempo, pero no podía entender como combinaban las letras para poder leerlas. Algo en mi cabeza no estaba bien y la pobre Lola no había podido hacer nada con su magia para arreglármela.

Mi madre estaba pasando por una situación muy difícil porque ningún vecino se acercaba por nuestra casa, a los niños se les prohibía acercarse a Esther o a mí. Estábamos completamente aisladas. Mi madre colocó un letrero en la entrada de la casa que decía *"Se teje paño"* según me leyó mi hermana, pues yo no podía leer. Ella quería ser útil y ganarse algún dinero trabajando desde su casa en el arte del tejido y el bordado el cual había aprendido en el convento de Las Carmelitas. No tuvo suerte, ni un alma tocó nuestra puerta para solicitar los servicios del tejido. Mi madre se sentía bien triste por ello. Esther y yo nos la pasábamos jugando entre las habitaciones vacías de la casa vieja y el patio en donde solo había un pequeño árbol que daba unos frutos verdes ácidos que comíamos. Era un árbol de feijoa. Nunca escuché o vi señales de mi padre y me entristecía el saber que a lo mejor ya nos había olvidado, sin embargo, aún guardaba la esperanza que algún día regresara.

Nuestra única compañía era Lola y el General Beltrán, porque en la escuela también éramos como un cero a la izquierda, como decía mi madre, por lo que muy pocos niños se nos acercaban. Yo no sabía si era por haberme convertido en una niña muda, pues me miraban raro o por lo que decía la gente del pueblo acerca de mi madre. Un día, la profesora de matemáticas, a la que llamábamos señorita Teresa, una mujer gorda y alta, de tez blanca y cabello largo castaño claro con dos trenzas que le colgaban a cada lado de los hombros, empezó a explicarnos como se hacía el número dos en el tablero. Lo hacía de una manera tan difícil de entender para mí porque lo hacía empezando por la parte de abajo. Me llamó:

—Ada, pase al tablero para que haga el número dos.

Yo pasé al tablero, pálida del miedo, ella había sido una de las personas que escuché hablando mal de nosotras y estar en frente de todas las otras niñas, me aterrorizaba. Ay Dios mío y ahora ¿qué voy a hacer? Pensé. Tomé la tiza blanca en mi mano derecha y traté de hacer el número dos como ella me lo había explicado con la mala suerte que escribí un garabato que ni medio se parecía. Esa mujer se enfureció conmigo, se me acercó y me empezó a golpear una y otra vez en mi espalda dejándome casi desmayada ya que no podía gritar. En ese momento tocaron la campana para salir, ella me tomó de un brazo y casi arrastrándome me dejó sentada en una banca del corredor. Yo lloraba y lloraba sin parar. Afortunadamente Esther vio todo lo que pasó y cuando Lola llegó le contó:

—Lola, la señorita Teresa le pegó muy duro a Ada en la espalda.

—¡Mi niña, ¡qué estáis diciendo! ¿Y por qué le pegó?

—Porque Ada es muy bruta y no sabe escribir en el tablero —respondió Esther.

Lola me abrazó y me consoló y me miró la espalda. Aún estaba enrojecida por los golpes que había recibido.

—¡Esto no se queda así! ¡No saben con quién se han metido!

Lola nos tomó de la mano y se dirigió con nosotras a una de las oficinas. —Necesito hablar con la directora ahora mismo —dijo muy enojada.

La directora la atendió y Lola le explicó acerca del maltrato que yo había recibido, mostrándole mi espalda enrojecida y que yo me sentía muy adolorida.

—Ustedes deben tener consideraciones especiales con la niña, ella no es como los demás. Las voy a acusar con el General Beltrán.

Yo recordaba lo que Ron y Rita, los misioneros, nos habían enseñado cuando estábamos en la prisión: "Nadie tiene derecho a maltratarte" y me estaba dando cuenta que la señorita Teresa no estaba aplicando esa norma.

Lola salió con nosotras de la escuela hacia la casa vieja en donde nos esperaba mi madre. Yo caminaba despacio y no me sentía muy bien. Cuando llegamos a la casa, mi madre vio mis ojos rojos de llorar y le preguntó a Lola:

—Lola, mujer ¿qué le ha pasado a Ada? ¿Por qué viene en estas condiciones?

—Ay Leonor, si te contara, una maestra de la escuela golpeó a Ada porque no pudo con una lección.

—¡No, eso sí no...! ¡A mis hijas no las toca nadie! Yo soy la única que las puede tocar. Voy a ir hasta la escuela y acabaré con esa desgraciada así tenga que volver a la cárcel —gritó mi madre cual leona enfurecida lista a defender a sus cachorros.

—Muchacha, ¡cálmate por favor! Cómo se te ocurre que vas a dañar todo lo que has hecho hasta ahora, ya casi cumples tu condena.

Lola salió de la casa y al rato volvió con un puñado de hierbas de caléndula y le indicó a mi madre que preparara una bebida porque me iba a hacer una curación. Cuando la bebida ya estuvo lista tomó las hierbas que se habían cocinado, las sacó de la olla y armó un emplasto que puso entre su pañuelo rojo y descolorido, me dio a beber un pocillo de su brebaje y me llevó para mi cama, me puso el emplasto en mi espalda adolorida y me cantó otra vez el estribillo:

"El hada gitana ha venido a cantar para que la niña Ada no vuelva a llorar"

Me quedé dormida con su magia. Esa noche, fue la única noche en que no sentí los pasos del fantasma que habitaba la casa. Efectivamente, al otro día Lola y mi madre le contaron todo al General Beltrán quien se enojó mucho e hizo que expulsaran de la escuela a la tal señorita Teresa. Aunque yo me sentí mucho mejor después de la curación que mi hada había hecho en mi espalda, no volvimos a asistir a esa escuela. Mi madre nos empezó a enseñar algo de caligrafía y de números.

Escuché cuando una tarde, el General le dijo a mi madre:

—Leonor, ya llevas ocho meses de prisión en la casa, y por tu buen comportamiento he conseguido que te disminuyan la sentencia por los cuatro meses que te faltan. Esta semana me llega la resolución y voy a sacarlas de este pueblo.

¿Qué? ¿Ya íbamos a salir de la casa embrujada? ¿Qué planes tendría el General para nosotras?

Capítulo XII

La lluvia golpea con fuerza los ventanales a prueba de impacto que había hecho instalar tiempo atrás en la casa de Miami Beach. Observo como la furia del viento huracanado destroza las buganvilias y agita con frenesí los copos de las palmeras que a semejanza de núbiles doncellas parecen danzar en un frenesí apocalíptico en esa noche iluminada por relámpagos.

El huracán *Katrina* llegaba a *Hallandale Beach* y *Aventura* en el sur de la península de la Florida, dejando a muchos sin electricidad. Aunque al tocar tierra en la Florida se debilitó, más tarde se volvió a intensificar al entrar en el Golfo de México para ir a descargar toda su fuerza destructora en la ciudad de New Orleans donde cambiaría la vida de muchos de sus habitantes para siempre.

En esa noche oscura, en medio del fragor de la tormenta me sumerjo paulatinamente en la década de los años setenta, la época de mi niñez y en los acontecimientos que también cambiaron mi vida para siempre. Mi alma se desliza por entre las montañas de la Cordillera Occidental para llegar a ese pueblito metido entre ellas, El Dovio, en donde la pequeña Ada trataba de entender en medio de su inocencia si los seres humanos tienen algún derecho y por qué la vida le estaba jugando malas pasadas. Ada había cumplido ocho años cuando el General Beltrán confirmó la partida.

—Leonor, ya tengo todo arreglado. Aquí tengo la resolución de tu libertad, con la disminución de tu condena. Las voy a llevar a otra ciudad que también está bajo mi jurisdicción, se llama Toro. Es mucho más grande, nadie las conoce, hay muy buenas escuelas y van a vivir en la cabecera municipal. Allá también van a tener un mejor servicio médico y espero que nos puedan ayudar con el problema de Ada —acompañando sus palabras con un gesto de manos continúo diciendo: —Así que ha empacar… la mudanza es esta semana.

¡Uy nos vamos a ir de la casa embrujada! Me emocioné por dentro. Yo tenía la esperanza que al salir de allí mi voz iba a regresar. Pero ¿y mi hada la gitana? ¿se iría con nosotras? me pregunté. Mi madre le contó a Lola ese mismo día que nos iríamos del pueblo. Ella se alegró mucho por nosotras, pero se entristeció por nuestra partida.

—¡Ay guapa! Bien por ustedes que la vida les mejora. Por mí, me iba a acompañarlas, pero mi marido no me lo permite. Mi Adita y mi pequeña Esther, les doy mi bendición —nos abrazó y lloró de corazón.

A mí me secó mis lágrimas pues yo aún no podía hablar y me sentía muy triste al saber que Lola ya no estaría más con nosotras.

—Adita mía, recuerda que te quiero y mi alma siempre va a estar contigo. Llámame cuando me necesites que allá estaré. Leona, por favor controla tu temperamento, prométemelo.

—Sí, Lola, te lo prometo.

Las dos se abrazaron y Lola se fue llorando. Pude ver desde la lejanía su vestido largo de flores de distintos colores que casi rozaba el suelo de la calle y su cabeza agachada por la congoja.

El General organizó nuestra mudanza, trajo un camión en donde metieron todos los muebles. El automóvil negro que lo llevaba de un lugar a otro, nos esperaba para llevarnos a nuestra futura casa. Mi madre estaba muy feliz de empezar una nueva vida y Esther también estaba contagiada de su alegría, pues cantaba y brincaba sonriente. El General le dio la orden al chofer del camión para que siguiera adelante y nosotros nos subimos en el automóvil negro. Él se sentó en el puesto delantero y mi madre y nosotras nos hicimos en el puesto de atrás. Salimos de El Dovio, lugar que me trajo dolores y tristezas, pero también muchas alegrías cuando vivimos en nuestro hogar, en mi bella casa, cuando nuestra familia estaba completa, cuando yo podía hablar, gritar y llorar y corretear por el patio a las gallinas.

El carro se dirigió por una carretera polvorienta y sin pavimentar y empezó a subir lentamente por el borde que rodeaba la montaña. Desde allí se empezaba a divisar el color verde de los platanales y cafetales y las pequeñas casas de los habitantes. A medida que avanzábamos en el camino, nos íbamos alejando cada vez más y más de mi casa paterna y de mis días en la prisión en donde había aprendido lecciones de jardinería, catecismo y caligrafía con los misioneros y todo ese mundo mágico que se había quedado muy dentro de mí, producto de escuchar las radionovelas y de mi convivencia con Lola la gitana, mi hada madrina quien siempre iba a estar conmigo acompañándome y consolándome en espíritu como ella me lo dijo la última vez que nos vimos. No quería recordar esos trágicos momentos en donde la vida nos cambió por completo, pero sin querer regresaban a mi memoria. No quería recordar la rudeza con que mi madre me trataba y la preferencia que tenía para con mi hermana Esther y no quería recordar la golpiza que me dieron el último día que asistí a la escuela. Mi corazón estaba lleno de esperanzas de empezar una nueva vida y sabía que algún día, el más inesperado de todos, mi padre regresaría a buscarnos.

El carro en el que nos transportamos daba vueltas y vueltas subiendo a lo alto de la montaña desde donde las casas y edificaciones se divisaban como puntos en la distancia.

—Ya estamos en la cima de la Cordillera Occidental y ahora vamos a bajar rumbo a La Unión, después sigue la ruta a Toro —explicaba el General Beltrán, rompiendo el silencio dentro del carro.

Mi madre se quedó dormida y yo tomé a Esther de la mano y ella se recostó sobre mí tratando de mirar por la ventana. Yo llevaba mis ojos bien abiertos para divisar los nuevos paisajes y caminos que nos conducirían a una nueva aventura y mis oídos estaban bien atentos para escuchar las explicaciones del General. Desde la cima de la montaña divisábamos a lo lejos la inmensidad del Valle del Cauca, con sus cultivos de caña de azúcar y girasoles que parecían más bien reflejo del astro rey, el sol. El carro comenzó a descender montaña abajo, dando vueltas hasta que empezamos a divisar desde la distancia un terreno grande, muy verde y completamente plano. Un largo y caudaloso río, pasaba al lado de la población. En el camino, nos encontramos con muchos *jeeps* descapotados que levantaban nubes de polvo de la carretera y venían repletos de campesinos que agarrados de los marcos y de los bultos de café se dirigían a poblaciones vecinas para vender el producto tan apreciado de su trabajo, los granos secos de café listos para trillar y algunos otros vegetales y aves de corral que finalizarían en las ollas de los habitantes de la región. Esther miraba el paisaje con curiosidad, y me preguntaba como si yo le pudiera responder:

—Y ¿en dónde estamos ahora? —mi madre se despertó en ese momento y preguntó:

—¿Por dónde vamos?

—Ya se empieza a ver el verdadero valle de la región, estamos llegando a la Unión, donde hay muchos cultivos de uvas, y ese río que ven es el río Cauca —dijo el General.

Desde lo lejos se empezaba a divisar el pueblo de La Unión, que era paso obligatorio para llegar a nuestra última morada: Toro. Cada vez nos acercábamos más y alcanzábamos a divisar la torre de una iglesia parecida a la de El Dovio. Cuando estábamos al pie de la montaña, el carro se deslizó por un terreno muy plano en donde mi mirada se perdió en los grandes cultivos de verdes enredaderas retorcidas llamadas viñedos, cuyas vides crecían aprisionadas en estructuras de alambre, de donde salían grandes racimos de uvas verdes y moradas.

—Esta región es muy rica en fruticultura. Se cultivan muchas variedades de uva, maracuyá, melón, mora, lulo, papaya y muchas más —nos explicaba el General.

—¡Qué rico! Vamos a comer muchas frutas —replicó Esther.

El terreno ahora era completamente plano y el clima era calientico, muy agradable. Ya me sentía feliz de saber que no volvería a pasar esas noches frías y tenebrosas que pasé en la casa embrujada.

—¡Cuidado! ¡Cuidado! —gritó mi madre y el chofer que venía a una buena velocidad frenó en seco.

—Miremos, parece que es un animal dijo Esther.

Todos nos bajamos a socorrer el animal y cual fue nuestra grata sorpresa al ver a un perrito de color negro y que nos gruñía mostrándonos los dientes. El perrito tenía el hocico chato y su pelito estaba bien enredado. Yo me le acerqué invocando a mi hada madrina, la gitana con mi pensamiento:

—Lola, mi hada, ayúdame con este animal —el perro se tranquilizó y lo tomé en mis brazos. Yo sabía que mi hada madrina siempre estaba conmigo. Mi madre lo miró por todas partes y dijo:

—Es un machito y es de raza pekinés —les hice señas para preguntarles si podíamos quedarnos con el perrito, al parecer Esther me entendió porque gritó:

—Quedémonos con el perrito, ¡quiero tener un cachorro!

—Por ahora vamos a quedarnos con él porque no lo podemos dejar desamparado —dijo mi madre.

—Sí, se pueden quedar con él. Es muy difícil que alguien lo reclame, aunque vamos a estar muy atentos y lo tendremos que devolver si vemos o escuchamos algún anuncio en el camino —respondió el General.

—¡Qué lindo! Qué alegría —decía Esther muy contenta con la noticia.

Nos subimos al auto. Esther y yo bien juntitas pusimos el perrito en nuestras piernas y lo acariciábamos con las manos con mucho cariño. Estábamos muy emocionadas de tener este pequeño personaje con nosotras, pues sería nuestro compañero de juego. Yo cruzaba los dedos para que no apareciera dueño alguno.

—¡Ya sé qué nombre le pondremos! Cachaco —dijo mi madre.

—Cachaco, Cachaco —replicó Esther.

—Pasando La Unión vamos a hacer una parada en San Luis, que también pertenece a La Unión y que es famoso por sus *pandeyucas, pandebonos y trabuco* —dijo el General.

Allí mismo paramos y comimos esos deliciosos panecillos elaborados con harina de yuca y queso y tomamos trabuco, una rica y refrescante bebida con sabor a vainilla y a canela. Cachaco también se comió un *pandeyuca* completo en un abrir y cerrar de ojos.

—Pobre animal, estaba bien hambriento —dijo mi madre.

Terminado nuestro descanso, el General nos indicó que después nos toparíamos con San Antonio, una vereda pequeña que pertenecía al municipio de Toro y que a un lado de este pequeño caserío nos encontraríamos con la entrada que nos llevaría a nuestra nueva casa. Esther y yo nos manteníamos atentas para divisar el paisaje, yo pegada a la ventana del carro que permanecía abierta, respiraba profundo el olor de los pastizales y de la tierra fresca humedecida con rastros de lluvia.

—¡Miren esas vacas! Allá, allá —decía Esther emocionada señalando con el índice.

Empezamos a ver manadas de toros y las vacas que amamantaban a sus terneros y otras que caminaban por largos terrenos cubiertos con pasto verde y amarillo. Ese olor que había percibido empieza ahora a cambiar por un olor a boñiga combinado con el olor de las plantas de la región. Seguimos avanzando cuando diviso una entrada exuberante, en donde a cada lado se ven grandes árboles verdes y frondosos y cuyas ramas se abrazan entre ellas para formar un arco y darle la bienvenida a los visitantes y nuevos moradores del pueblo.

—Esta es la entrada a Toro y esos árboles son samanes, los cuales fueron plantados hace muchos años. Cuando lleguemos al pueblo vamos a pasar por la plaza de mercado, la iglesia y el parque principal y más adelante vamos a encontrar la casa en donde van a vivir —nos dijo el General.

¡Oh, ya casi llegamos! Y que calorcito tan rico el que se siente. Pensé.

Poco a poco vamos viendo grupos de casas, algunas viejas y otras más nuevas. Ya en el centro del pueblo se veía bastante actividad cuando pasamos por la plaza de mercado que era totalmente cubierta y en las afueras de ella se veían los *jeeps* atafagados de diferentes productos y que al parecer los campesinos bajaban para llevarlos para la venta como en nuestro pueblo. El carro pasó despacio por entre la multitud tratando de evitar atropellar a alguno de los habitantes. Ya se alcanzaba a divisar una torre alta de color terracota con un reloj grande, era la torre de la iglesia. Al frente, había un parque con árboles verdes de diferentes variedades y bancas alrededor para que sus habitantes pudieran disfrutar del clima de la región. Recuerdo que uno de los árboles tenía grandes ramas y melenas colgantes en donde se balanceaba un oso perezoso, disfrutando la brisa de la tarde.

Finalmente, el carro paró y el chofer del camión y dos hombres más ya nos estaban esperando para entrar nuestras pertenencias a la nueva casa. Esther y yo nos habíamos deleitado viendo todos esos bellos paisajes y escuchando las explicaciones del General, ahora en compañía de nuestro perrito. Miré con detenimiento nuestro nuevo hogar, era una casa pequeña, casi nueva en comparación con la casa vieja en donde habitamos en El Dovio. La puerta principal estaba pintada de color amarillo igual que el marco de la ventana. Estaba ubicada en una esquina al lado de una colina. En el patio había algunas plantas y un árbol de aguacate. Como teníamos pocas cosas los tres hombres bajaron los muebles y los acomodaron rápidamente. El interior de la casa estaba conformado por una sala, dos cuartos amplios, uno lo ocuparía mi madre y el otro lo ocuparíamos Esther y yo. Había una puerta que separaba las habitaciones y la sala de la cocina y el patio y un corredor en donde se acomodó el comedor. La cocina tenía una estufa de leña y un pilón para pelar el maíz.   Ya en la casa, y disfrutando de ese clima tan agradable, mi madre bañó el perrito en el lavadero, lo peinó y nos lo dio para que lo secáramos y lo calentáramos. Mientras nosotras nos entreteníamos con el nuevo miembro de la familia, ella preparó un buen chocolate para todos el cual acompañamos con *pandeyucas* que habíamos comprado en San Luis. Cachaco, nuestra mascota, ya se paseaba por toda la casa y se dejaba acariciar de nosotras. Más tarde nos fuimos a la cama a descansar.

—Bueno, mañana vamos a levantarnos bien temprano para ir a matricularlas a la escuela, Esther debe mejorar su lectura y Ada al menos que aprenda a leer y a escribir —dijo mi madre.

—Yo también debo madrugar, voy a una misión especial, tengo que regresar a El Dovio —replicó el General—. Leonor, no te preocupes por nada, yo hablé con el dueño de la casa y le dije que éramos una familia. Ellos vendrán mañana a conocerlas y les darán la bienvenida.

Esa noche dormí plácidamente. Esther se subió a mi cama y se quedó profunda y a Cachaco le organizamos una camita a los pies. Al día siguiente, el canto de los pájaros y el mugido de una vaca llamando a su ternero me despertaron. La casa estaba casi en las afueras del pueblo y por su ubicación cerca de la colina, pasteaban algunos rebaños de bovinos. Aunque mi madre no preparó arepas ese día, podía sentir el olor del humo de las chimeneas de las casas vecinas y el quiquiriquí de más de un gallo que habitaba en los alrededores y además los ladridos de Cachaco. Ella ya se había levantado y nos había preparado el desayuno y también nos había alistado la ropa que llevaríamos ese día.

—Apúrense, debemos ir a la escuela —ordenó mi madre y agregó: —Qué pesar que el General no pudo conseguirles cupo en el colegio de las monjitas, pues ya el año lectivo empezó y no hay excepciones .

Me di cuenta que el General no estaba, por lo visto había madrugado más que nosotras, pensé.

—Les voy a pedir que me prometan que nunca nadie va a saber de nuestro pasado, todo eso quedó enterrado en El Dovio desde el momento en que salimos de allá. Esta es nuestra nueva vida —dijo mi madre con sus ojos llenos de lágrimas.

Esther y yo asentimos con la cabeza en señal de obediencia. Por lo visto, a mi madre se le olvidaba que Esther era callada y aparentemente nada le molestaba porque nunca se quejaba y que yo había perdido mi voz desde la primera noche que pasamos en la casa embrujada y, por lo tanto, era imposible que alguien en el pueblo pudiese llegar a conocer nuestro secreto. Después de que terminamos nuestro desayuno nos bañamos y nos alistamos y salimos caminando con mi madre a la escuela La Inmaculada Concepción.

—Y, ¿qué vamos a hacer con Cachaco? —preguntó Esther.

—Él se quedará cuidando la casa —respondió mi madre. Y salimos caminando para la escuela.

Era la primera vez después de mucho tiempo que a mi madre se le veía una sonrisa en su cara, era la primera vez después de mucho tiempo que mi madre caminaba libremente. Caminamos varias cuadras, se notaba que era una población organizada y los habitantes eran gente muy amable. Llegamos al parque del pueblo que quedaba al frente de la iglesia.

—Miren, allí está la escuela que buscamos —gritó mi madre. Entramos a la Escuela, la cual era grande y quedaba en una esquina diagonal a la iglesia y frente al parque principal. La directora nos atendió rápidamente, preguntó nuestros nombres y edades y nos dijo:

—Hola, soy Gabriela la directora de la Escuela. Ya está todo listo, están inscritas para el primer curso de primaria, ya pueden empezar mañana a las ocho de la mañana. Tienen una semana para que vengan con sus uniformes.

—Doña Gabriela, tengo que contarle que Ada perdió la voz de un momento a otro hace casi un año. No han encontrado causa porque sus cuerdas vocales están bien.

—¿Qué dicen los doctores entonces? ¿La niña volverá a hablar?

—Los médicos dicen que es lo más seguro pero que debemos tener paciencia.

—Lo tendremos en cuenta para hacerle un seguimiento especial.

—Ay señora directora, Esther la otra niña, es muy callada, pero es bien inteligente.

—Gracias por la información doña Leonor. Ahora vamos al salón de clases en donde van a estar las niñas.

En esa escuela solo estudiaban niñas, todas llevaban uniforme de cuadros entre verde y azul oscuro, era una bata con botones adelante y mangas a la mitad del brazo. La escuela era de forma rectangular y muy grande con un patio igual al de la escuela de El Dovio. La Directora nos llevó al salón de clases asignado: Curso Primero A y nos presentó a doña Soledad, la directora del curso. Ella era el tipo de persona que tenía una sonrisa amable para todo el mundo. Era una señora alta de piel muy blanca, cabello negro corto y anteojos grandes.

—Doña Soledad, estas son las niñas Prado.   La familia acaba de llegar al pueblo.

—Niñas, bienvenidas a la Inmaculada Concepción, esta será su nueva casa —dijo la profesora con cariño.

—Ay doña Soledad —le dijo mi madre— ya le informé a la señora Directora que Ada perdió la voz hace casi un año. Le puedo asegurar que ella escucha bien y entiende todo y lo que dicen los doctores es que de un momento a otro ella va a recuperar su voz y, por otro lado, Esther es una niña inteligente, pero de carácter introvertido —le aclaró con preocupación.

—No se preocupe doña Leonor, las niñas van a estar en mi curso y yo me encargaré de que aprendan todas las lecciones. Ada de pronto nos da la sorpresa y volverá a hablar cuando menos lo esperemos —contestó doña Soledad.

Yo me sentí muy feliz al escuchar a mi nueva profesora hablando con tanta seguridad de mi sanación. Me cayó bien la tal Maestra Soledad. Ella estaba segura de que yo aprendería a leer y que pronto volvería a hablar. Por otra parte, mi madre por fin volvió a sonreír, aunque yo sabía que ella sufría por dentro, agobiada por el enorme pasado que cargaba sobre sus espaldas.

Capítulo XIII

Con nuevas ilusiones y esperanzas, regresamos con mi madre a la nueva casa de la colina. La opinión de doña Soledad sobre mis capacidades para aprender a leer y a escribir a pesar de no haber recuperado el habla me llenó de alegría e infundió en mí una confianza que nunca había tenido.

—¡Qué bien se siente estar libre! ¡Qué bien se siente poder moverse de un lugar a otro!. Recuerden que esto se lo debemos al General Beltrán —dijo mi madre.

Esther y yo asentimos con la cabeza. La verdad, el solo hecho de yo no tener que escuchar todas las noches los pasos del fantasma en aquella casa vieja y embrujada, ya para mí era un descanso. Estábamos muy agradecidas con el General Beltrán por habernos sacado de la prisión y de El Dovio.

—¿Mami, podemos ir a jugar a la colina? —preguntó Esther.

—Claro que sí, vayan a jugar, el vecindario, se ve seguro. Los dueños de la casa vienen a visitarnos más tarde, estén pendientes de mi llamado —contestó mi madre.

Esther y yo corrimos a jugar a la colina cercana acompañadas de nuestro perrito Cachaco y vimos que algunos niños subían como cabras hacia la parte alta de la colina cubierta de un suave pasto verde, y luego se deslizaban colina abajo sobre unos costales hasta llegar a la parte plana. Esther y yo nos miramos y con señas acordamos hacer lo mismo. ¡Qué felicidad! la de bajar rodando por la colina, sentir la agradable brisa de la tarde acariciando mi cara, aspirar el olor a pasto húmedo, escuchar los sonidos de las aves que pasaban por encima de nosotras y las carcajadas de Esther. Cachaco no nos quiso acompañar en nuestra osada aventura, pero se acostó cómodamente a recibir un baño de sol en la parte plana de la colina. Dos de los niños se acercaron y observaron como Esther y yo nos comunicábamos por señas.

—Oiga, niñas, ¿ustedes son mudas?

—Yo no, solo Ada, ella es la muda —respondió Esther.

—Somos Yolanda y Álvaro y vivimos en la tercera casa, en la misma cuadra en donde ustedes viven. ¿Quieren que juguemos los cuatro? Pueden usar estos costales extras, así se deslizan mejor y más rápido.

—¡Sí, sí! —contestó Esther y yo asentí con mi cabeza.

Y así fue como conocimos a los vecinos con los que jugaríamos casi todas las tardes. Esther metida en un costal y yo en otro con Cachaco nos deslizábamos por la colina después de regresar de la escuela y de haber terminado nuestras tareas.

—¡Niñas!.... —llamó mi madre desde una esquina.

Esther y yo salimos corriendo para la casa. Cuando llegamos, estaba de visita un señor mayor medio calvo y encanado y dos mujeres: una alta bien delgada de cabello negro y cara alargada, y la otra mucho más joven.

—Niñas, ellos son los dueños de la casa: Don Marcelino y sus dos hijas Rebeca y Alicia.

—Doña Leonor, que linda familia tiene. Nosotros estamos muy contentos de tenerlos como inquilinos. Yo tengo una tienda de víveres en la esquina de la plazuela de árboles. A la orden lo que necesite. El General, su esposo la dejó muy recomendada.

—Sí don Marcelino, somos muy felices los cuatro, digo los cinco con nuestro perrito *Cachaco*. Más tarde pasaré por la tienda para pedir unas cosas que necesito.

—Doña Leonor, no olvide que vivimos en la finca que queda más arriba. Aquí todo es cerca y a lo mejor han visto algunas vacas que vienen a pastar a nuestra colina. Además, si quiere contratar el servicio diario de leche a domicilio, me dice y se le traen los litros que ordene —dijo don Marcelino.

Por lo visto, el General nos había dejado muy bien instalados. Teníamos casa, comida en abundancia y hasta leche de vaca recién ordeñada. ¿Qué más podíamos pedir?

Todos los días nos levantábamos bien temprano para ir a la escuela. La primera vez que mi madre abrió la llave de la regadera para bañarnos, tuve la grata sorpresa de sentir que el agua que caía de la ducha era tibiecita. Disfruté ese baño placentero, sintiendo la presencia invisible de mi hada gitana, enviándome su cariño. El desayuno variaba, pero por lo general era una taza de café con leche o chocolate y *buñuelos* o *pandebonos* calienticos que mi madre le compraba a una vecina. Mi madre era bien estricta con nuestro aseo personal. Revisaba minuciosamente que nos hubiésemos cepillado los dientes, que nuestros uniformes estuvieran impecables y los zapatos bien brillantes.

Durante las dos primeras semanas nos acompañó y recogió de la escuela, para que aprendiéramos el camino, pues la escuela no quedaba muy lejos de la casa. Después de eso nosotras caminábamos solas de ida y regreso. En la escuela había mucho orden. Todos los días hacíamos filas por grupos, escuchábamos el himno nacional y luego íbamos a nuestro salón de clase. Doña Soledad se propuso enseñarme a leer y a escribir y a que Esther pudiera leer de corrido, pues en la escuela de El Dovio, solo aprendió a leer deletreando muy despacio. Nosotras nos sentábamos en la primera fila del salón bien cerca al escritorio de la profesora. Cuando era la hora de reforzarme la lección, doña Soledad se sentaba a mi lado y con su mano guiaba la mía para que pudiera hacer las letras del abecedario. Me miraba siempre a los ojos mostrándome con los movimientos de su boca como se pronunciaban las combinaciones de letras y vocales con muchísima paciencia y dedicación y las dos aprendimos a comunicarnos con señas y mirando el movimiento de nuestros labios. Esther había dejado de ser tan tímida, hablaba mucho más y se veía muy alerta en las clases. Cada mañana había un descanso, en donde jugábamos un rato en el patio descubierto y después hacíamos fila para tomar un vaso de leche calientica acompañado de una rica mogolla de pan, como las que nos daban los misioneros en la cárcel de El Dovio.

Al término de la jornada escolar regresábamos a la casa, nos cambiábamos el uniforme y tomábamos nuestro almuerzo. Después de cepillarnos los dientes y hacer las tareas, mi madre pasaba a supervisar que hubiésemos cumplido con todos nuestros quehaceres y con su permiso salíamos a jugar con nuestro perrito Cachaco y con los vecinos. Algunas veces jugábamos a hacer *comitivas*: nuestros amigos traían papas o arroz y nosotras sacábamos de nuestra cocina la sal, cebolla y otros ingredientes y en el patio de la casa juntábamos pedacitos de leña que prendíamos con una vela y cocinábamos en trastes pequeños esos ingredientes. La comida quedaba tan fea que ni siquiera el pobre Cachaco se la podía comer.

El General Beltrán regresaba a la casa para estar con nosotros todos los fines de semana. En las mañanas cuando se levantaba, mi madre le ofrecía un café tinto y le compraba el periódico. Yo observaba cómo el leía la primera página y para pasar a la segunda hoja doblaba el periódico a la mitad y así sucesivamente leía todas las páginas. Por último, escribía letras en unos cuadritos a los que él llamaba crucigrama. Tan pronto el General terminaba de leer el periódico yo lo tomaba y empezaba a imitar la forma en que él lo doblaba hasta que aprendí a doblarlo de la misma forma que lo hacía el General. Aunque podía reconocer muchas letras, no podía leerlo pues todavía no había aprendido a leer.

Al General le gustaba muchísimo el orden y la limpieza de mi madre, lo mismo que la disciplina nuestra de llegar a casa, comer algo y hacer las tareas antes de salir a jugar. Una tarde nos dijo:

—Niñas, las veo muy estudiosas. Si ganan el año, de premio, las llevaré a que conozcan el Zoológico de *Matecaña*, en Pereira, una ciudad muy bonita, que queda a unas horas de aquí.

—¡Qué rico! ¡Sí General, vamos allá, nunca hemos paseado! Yo ya sé leer, solo me falta leer más rápido y mejorar mi ortografía —gritó Esther.

Yo brinqué de alegría y le sonreí al General. ¡Me sentía tan feliz de poder obtener ese premio que él nos estaba prometiendo! ¿Pero cómo iba a ganar el año si no podía vocalizar ni una letra? Debía esforzarme más para aprender a leer y a escribir y hacerme entender. Estaba segura de que, como Esther, yo también me iba a ganar el premio y conocer ese zoológico. Mi madre sonrío y siguió con los quehaceres de la casa.

Una tarde el General se apareció en la casa con un aparato de cuatro patas que tenía una pantalla grande y lo ubicó en una esquina de la sala. Contrató a uno de los vecinos para que se subiera al techo e instalara una antena. Cuál fue mi sorpresa cuando nos llama:

—¡Niñas, vengan! Les quiero mostrar algo:

El General prendió el aparato. Inmediatamente pudimos ver las imágenes de personas hablando dentro de ese aparato. "Increíble, ¿cómo se meterían allí?", pensé.

El General nos explicó:

—Esto es un televisor. Está conectado a una antena que toma la señal de una antena principal que transmite los programas. Les compré este aparato para que se entretengan después de hacer tareas, y no siempre tengan que salir a jugar a la calle. Pueden ver algunos programas educativos para niños y Ada puede mirar con autorización de Leonor alguna telenovela que es lo mismo que las radionovelas, pero con las imágenes de los personajes —y me miró haciéndome un guiño de complicidad.

Con un gesto de alegría correspondí sonriendo.

—A mí me gusta ver peleas de boxeo y las competencias de ciclismo —agregó el General.

Esa misma noche el General sintonizó una pelea de boxeo. Ni a Esther ni a mi madre les interesó. Yo me quedé a su lado y veía al General emocionado con la pelea de dos hombres en pantalonetas y sin camisa. Me empecé a interesar por el boxeo.

Un sábado en la tarde don Marcelino, el dueño de la casa, aprovechando que el General estaba en casa vino a saludarnos:

—Buenas tardes mi General, ¿cómo le ha ido? ¿Quedó satisfecho con los arreglos que mandó a hacer a la casa?

—Todo estaba como ordené don Marcelino y ¿cómo está usted? Muchas gracias por cuidar de mi familia. ¿Cómo lo puedo ayudar?

—Le vengo a hacer una invitación. En nuestra finca, se ordeñan las vacas todas las madrugadas a las cuatro de la mañana. Me gustaría que viniera con su esposa y las niñas para que ellas disfruten de esa experiencia —dijo don Marcelino.

—Gracias don Marcelino, me gusta la idea y sé que a las niñas y a Leonor les va a encantar. Iríamos mañana en la madrugada porque regreso el lunes al cuartel general.

El General nos comentó de la invitación y todas aceptamos emocionadas. A la mañana siguiente, a las 3:30 de la madrugada mi madre nos despertó para que nos levantáramos y nos arregláramos para ir al ordeño de las vacas de don Marcelino. Cuando salimos los cuatro, estaba muy oscuro, pero la luna llena todavía iluminaba los campos, facilitando nuestro ascenso a la finca como toda una familia. Al llegar, don Marcelino nos recibió con café caliente y nos llevó al establo en donde estaban las vacas. Dos de sus trabajadores nos llamaron para que nos acercáramos. Entramos a un corral lleno de vacas y terneros donde los animales comían pilas de pasto seco en unos recipientes en forma de canoa. Mis ojos quedaron prendados de un ternerito que estaba tomando leche de los pezones de su madre la vaquita. A los pocos minutos, uno de los hombres separó el ternerito de su madre y empezó a halar sus ubres suavemente para que saliera la leche que depositaba en un balde de acero.

—¿Quieren tomarse un vaso de leche caliente? —dijo don Marcelino.

—Claro que sí, probemos cual es el sabor de la leche recién ordeñada —dijo Esther.

Uno de los trabajadores nos sirvió a cada uno de nosotros, los invitados, un espumoso vaso de leche espesa y calientica que nos bebimos rápidamente. Estuvimos un rato en la finca de don Marcelino quien además de darnos una vasija grande con leche, nos empacó una *cuajada* para que nos la comiéramos con *melado* de panela cuando llegáramos a la casa. Realmente disfrutamos mucho ese día pues pudimos contemplar un amanecer al aire libre después haber estado encerradas en una prisión donde eran igual los días y las noches. Aunque me empezaba a sentir segura con el General cerca a nosotras y aprendía muchísimo de él no dejaba de sentir el vacío provocado por la ausencia de mi padre. No podía entender por qué mi padre a pesar de que estaba vivo nunca se había aparecido a buscarnos ni a preguntar por nosotras.

Mi madre además de cocinar para todos y cuidar a Cachaco, se le dio por hacer más oficio y puso en la puerta de la entrada un letrero *"Se teje paño"* y muchos de los vecinos traían sus prendas de vestir con algún roto para que mi madre lo arreglara y de esa manera obtenía un dinero extra para sus antojos. Aunque mi madre era un poco solitaria, se hizo amiga de una de las vecinas que vino a presentarse tocando la puerta de la casa.

—Buenas tardes doña Leonor, ¿cómo está? Mucho gusto, soy Isabel viuda de Correa, su vecina, la madre de Alvarito y Yolandita —dijo la mujer torciendo la boca hacia un lado mientras hablaba.

Isabel era el tipo de mujer de maneras afectadas y ridículas y que no miraba a los ojos cuando hablaba. De mediana estatura, tobillos anchos, cabello castaño corto y rizado, ojos cafés y descuidada en su apariencia personal.

—Buenas tardes Isabel, quíteme el "doña", me gusta que me digan Leona —dijo mi madre con tono seco.

Isabel empezó a frecuentar nuestra casa prácticamente todos los días y mi madre se acostumbró a su compañía, aunque a mí no me caía nada bien. La observaba detalladamente y ella pensaba que como yo estaba muda y no podía hablar, tampoco podía escuchar, por lo que no le importaba darle malos consejos a mi madre cuando yo estaba presente.

—Hola Leona, ¿no te aburres tan solita con esas ausencias de tu marido? Yo después de haber enviudado no quise estar con una sola persona y tengo varios amigos con los que tengo mis encuentros.

—¡Isabel cállate! ¿Cómo te atreves a hablar así delante de Ada? Ella ha escuchado todo lo que has dicho.

—¿Cuál es el problema?, esa muchachita no entiende de estas cosas de adultos...

Yo sentía que esa mujer escondía algo, y que podría ser una mala influencia para mi madre. No me gustaba esta mujer en nuestras vidas.

Habían pasado ya muchos meses desde nuestra llegada a la casa en Toro, cuando el General llegó de sorpresa. En la tarde del día siguiente yo estaba escondida detrás de una puerta cuando lo escuché diciéndole a mi madre:

—Leonor, créeme que no me gusta dejarlas solas. No quiero que la gente piense que no tienes esposo. La prisión de El Dovio quedó muy bien organizada después de mi gestión, pero ahora, me han encomendado nuevas misiones y debo ausentarme por más tiempo.

—¿Pero, por qué General? ¿Cuáles son esas misiones tan importantes? —preguntó mi madre.

—Es una misión secreta, por favor no vayas a comentarlo con nadie en el vecindario. En estos momentos estoy en un programa de erradicación de cultivos de marihuana y cultivo de hoja de coca en la región. Afortunadamente los Estados Unidos, nos ayudan con el financiamiento de este programa y estoy trabajando con la Federación Nacional de Cafeteros de Colombia, para que nos apoyen con la educación a los campesinos en la siembra de café y así poder sustituir esos cultivos dañinos por el grano.

—Lo entiendo, General. Yo la verdad no salgo de la casa, y menos ahora que no llevo las niñas a la escuela. La gente del pueblo sabe que somos una familia.

—Esa es otra situación que me preocupa. Por mi rango, yo no debería estar en una relación en donde no esté casado. Aquí nadie lo sabe pues le dije al dueño de la casa que eras mi esposa porque no quería exponerte a habladurías. Ya estuve mirando lo de la anulación de tu matrimonio y no está nada fácil, empezando porque tu marido no aparece y el trámite debe llegar hasta Roma, Italia. De tu divorcio olvidémoslo, pues mientras exista el Concordato entre el gobierno y la Iglesia Católica eso es imposible.

—¿Es decir que estás pensando en dejarme? —respondió mi madre llorando.

—¡Leonor, eso nunca! —respondió el General levantando los brazos y con la angustia reflejada en su cara.

—¿No sabes cuánto te amo? Nunca dudes de mi amor por ti. Alguna solución vamos a encontrar.

"Pobre de mi madre y de nosotros si nos deja el General". Pensé.

—Leonor, no te había contado porque quería darte la sorpresa, pero para que no dudes ni por un momento de mi amor por ti, te lo voy a decir ahora: he comprado una casa de cinco cuartos, comedor, cocina y un salón grande. La casa está localizada frente a la plaza del pueblo y me la entregan en tres meses. En el salón grande podrías organizar un almacén de víveres para que tú lo atiendas y nada les haga falta. Te voy a dejar dinero y las instrucciones por si me pasa algo o me demoro en la misión puedas hacerlo por ti misma.

—¡Increíble! —gritó mi madre— ¡Qué bueno eres!

Yo también quedé muy impresionada. Pensé que realmente el General había quedado bien hechizado con la poción mágica que mi hada madrina le había proporcionado. Antes de que mi madre y el General se dieran cuenta que los había escuchado salí bien despacio y me fui a jugar con Esther y los otros niños a la colina. Noté que un hombre de pelo y barba blanca, ya viejo, vestido con ropa andrajosa estaba caminando por los alrededores. ¿Quién sería ese hombre? Me pregunté. Nunca lo había visto. Corrí a mostrárselo a Esther y a mis amigos y cuando ellos miraron no vieron a nadie. ¿Sería entonces mi imaginación? De todas maneras, le pedí a Lola mi hada madrina que me protegiera.

El General se ausentó por un largo periodo, y mi madre se dedicaba a tejer paño y a conversar con Isabel la vecina con la que hicieron una gran amistad. Como siempre, yo estaba pendiente de escuchar lo que hablaban; sentía que yo no le agradaba a esa señora porque siempre me criticaba:

—Leonor, mira a Ada, come sin ganas, come con asco. Yo de ti la cogía y le daba unas buenas palmadas para que aprenda a comer bien.

Mi madre en lugar de defenderme me llamaba la atención atendiendo sus quejas:

—Ada, ¡compórtese!, coma con ganas —decía mi madre.

Yo me apuraba y disimuladamente le daba la comida que no quería a mi perrito Cachaco quien siempre se ubicaba debajo de la mesa del comedor. Por fin había conseguido un nuevo cómplice. Un día al amanecer sentí que algo raro estaba pasando con mi cuerpo. Sentía escalofrío y náuseas, y no me sentía con alientos para levantarme de mi cama. Mi madre fue a mirar que me pasaba.

—Ada, muévase, le va a coger la tarde para ir a la escuela, vamos levántese ya.

Le hice señas a mi madre con mi cabeza y le indiqué que no me sentía bien. Se enojó y me sacó de la cama de un brusco jalón.

—Nada de eso, se levanta ya, a mí no me venga con esos cuentos.

Se veía bien disgustada y yo sin poder explicarle con palabras cómo me sentía de mal. Me levanté y me bañé con mucho desgano y casi no pude tomar el chocolate del desayuno porque seguía con las náuseas. A pesar de mi terrible malestar nos arreglamos y salimos caminando para la escuela. Ya en la escuela, entretenida con mis estudios al lado de mi querida profesora Soledad, todas mis dolencias se me quitaron con la leche calientica y la mogolla que comimos durante el receso. Sin embargo, tenía un mal presentimiento, como si algo malo me fuera a suceder. Miré al cielo y estaba gris y nublado como anunciando tormenta.

Llegó la hora de nuestra salida de la escuela, Esther y yo salimos corriendo al sentir pequeñas gotas de lluvia sobre nuestra cabeza, pues no nos queríamos mojar, ya que no habíamos traído los paraguas. Aminoramos el paso porque ya íbamos llegando a la calle que quedaba a una cuadra de nuestra casa cuando miré de reojo y vi que alguien se acercaba despaciosamente. ¡Era el hombre viejón de barba blanca que había estado merodeando la casa en días pasados! Sin darme tiempo a reaccionar, se me lanza como un demonio, me agarra de una mano y sale corriendo conmigo arrastrándome calle abajo. Esther comienza a gritar:

—¡Mamá!, ¡mamá!, ¡vecinos!, ¡se llevan a Ada, se llevan a Ada!

Capítulo XIV

Trataba desesperadamente de gritar para llamar la atención de los vecinos, pero mi voz seguía atrapada en mi garganta. A pesar del miedo que me paralizaba sentía una fuerza interior que no me dejaba darme por vencida y luchaba con el desconocido para que este no caminara más rápido. En ese momento pensé en mi hada gitana y la llamé con el pensamiento:

—¡Lola, por favor ayúdame! —no había yo terminado de invocarla cuando escuché una voz fuerte que gritaba:

—¡Alto! ¡Deténgase o disparo!

El viejo con la respiración muy agitada aceleró la marcha haciendo caso omiso a la orden y jalándome bruscamente del brazo. En cuestión de segundos escuché un estruendo poderoso que me ensordeció y se metió en mi garganta. Un grito estremecedor salió por mi boca: ¡Ayúdenme! ¡Ayúdenme!

El hombre me tiró al piso con fuerza y salió corriendo a gran velocidad. Yo grité del dolor que me causó la caída y me agarré la cabeza con mis manos. ¡Ay Ay Ay! ¡Mi cabeza! ¡Mi cabeza! Miré mis manos y horrorizada vi que las tenía llenas de sangre. Alguien se acercó corriendo a auxiliarme, y oí que me decía:

—¡Ada! Ada! Tranquila, aquí estoy. Vamos ya para el hospital —dijo el hombre que me había salvado.

Sorprendida volteé a mirar y vi al General Beltrán con un arma en la mano. No lo podía creer, Lola, mi hada gitana, había enviado al General para que me salvara.

—¡Traigan un carro!, ¡traigan un carro! Ada está herida en la cabeza —el General alzaba las manos y manoteaba pidiendo ayuda.

—¿Te duele mucho? —preguntó el General mientras me amarraba con cuidado un pañuelo blanco en mi cabeza —. Esto es para que te pare la hemorragia.

Llorando le respondí:

—Sí señor, mi cabeza me duele mucho y mi brazo derecho también.

—¡Pero Ada, si ya puedes hablar! Seguramente la experiencia traumática que acabas de experimentar te hizo recuperar el habla. Veo que te lastimaste la cabeza en la caída y ese hombre te maltrató el brazo. Tranquila, esperemos que ya traen un carro.

Los vecinos llegaron corriendo al mismo tiempo que mi madre y mi hermana Esther, las dos estaban llorando. Mi madre decía:

—Estoy segura que Gabriel está pagando para que se roben las niñas... pero guerra avisada no mata soldado... —dijo mi madre enfurecida.

—¡Ada! ¡Ada! ¿Cómo estás hija? dime que estás bien —dijo mi madre recuperando su compostura.

—Madre, me duele mucho la cabeza.

—Ada, ¿estás hablando? ¿Estoy soñando? ¡Ada ha recobrado su voz! —gritó mi madre cogiéndose con sus dos manos la cabeza. El General nos tranquilizó diciendo:

—Sí, esa es una buena noticia, qué bueno que la niña pudo volver a hablar.

El ruido del motor de un carro interrumpió al General, era un automóvil gris largo en el que el General me subió y le dijo al conductor:

—¡Urgente! Por favor llévenos al hospital lo más rápido posible —mi madre y Esther se subieron también para acompañarme al hospital.

—¡Maneje lo más rápido posible! la niña recibió un golpe severo en la cabeza que es de cuidado —le ordenó el General al conductor.

Mientras íbamos en el carro el General le explicó a mi madre cómo él quiso darnos una sorpresa y se presentó al pueblo sin avisar. Al estar cerca de la casa, escuchó los gritos de Esther y pudo correr a rescatarme.

—Para mí era más importante el bienestar de Ada que la persecución de ese criminal y por eso lo dejé escapar. Iniciaré la investigación pertinente —concluyó el General.

A los pocos minutos el carro se detuvo. El General se bajó rápidamente y regresó con un enfermero quien presuroso me subió a una camilla y me entraron en un cuarto lleno de personas vestidas con uniformes azul claro, gorras en la cabeza y con tapabocas. Uno de ellos se me acercó y empezó a mirarme la herida de la cabeza y dijo:

—¡Anestesia enfermera! Hay que coger puntos para cerrar la herida. Afortunadamente no es profunda y el brazo está bien, solo presenta contusiones.

—Sí doctor, aquí están los implementos —contestó la enfermera.

Vi a la enfermera que se acercaba con una aguja gigante y presentí que me la iban a clavar por lo que pegué un grito:

—¡No por favor!, ¡no me chucen...! —dije llorando.

—Niña, tranquilícese por favor. La tengo que anestesiar para cogerle puntos y sin que sienta el dolor, luego le vamos a coser la herida para que se mejore y no siga sangrando —me agarré de las manos del General que eran bien grandes y grité tan pronto sentí que me clavaron esa aguja. El General secaba mis lágrimas y me tranquilizaba.

—Tranquila Ada, todo está bien. Respire profundo que ya pasó lo peor, ahora no va a sentir nada y el doctor la va a curar.

Poco a poco se me fue entumeciendo mi cabeza y me sentía con mucho sueño. Pude notar que a pesar de que el doctor me cosía la herida no sentía ningún dolor. ¡Esto es magia!, pensé. Y al instante me quedé dormida.

Cuando desperté estaba en un cuarto acostada. Mi mamá y Esther se habían quedado dormidas en la silla y el General me observaba.

—¿Cuándo nos vamos para la casa? —le pregunté al General— Cachaco debe estar aburrido.

—Esta noche queda en observación y el doctor dice que muy posiblemente mañana ya puede regresar a la casa —me dijo el General acercándose a mi cama.

Al rato, todos se fueron, pero me dejaron al cuidado de una enfermera toda la noche que me dio pastillas para el dolor y me dormí profundamente.

A la mañana siguiente, el General vino a buscarme muy temprano. Con la ayuda de la enfermera, ya estaba lista esperándolo. El doctor recomendó reposo por una semana y me ordenó que regresara para quitarme los puntos, agregando que con el paso de unos días se cerraría la herida de mi cabeza. "¿Cuánto duraría en cerrarse la herida de mi corazón?" pensé.

Cuando llegamos a la casa mi madre nos estaba esperando, y acercándose me dijo:

—¡Ada, qué bueno que estás bien! No he podido dormir pensando en lo que te pasó. De ahora en adelante no pueden salir solas a la calle, yo las llevaré y traeré de la escuela —dijo con tono firme.

—¿Dónde está Esther? —pregunté.

—Esta mañana fui a llevarla a la escuela y le conté a doña Soledad lo sucedido. Ella te manda a decir que estés tranquila y que te recuperes que cuando regreses te va a dedicar tiempo extra para que adelantes —respondió mi madre con tono suave, muy raro en ella porque siempre era muy dura conmigo.

—Ya me enteré que prácticamente ganaron el año, ya van a pasar al segundo grado. Estoy muy contento porque lograron alcanzar la meta que les señalé. Y ahora que ya recuperaste la voz vas a poder leer como una cotorra —dijo el General con una amplia sonrisa en su cara.

—Como yo cumplo mis promesas, en un futuro muy cercano, nos vamos de paseo a visitar el Zoológico de Pereira.

En la tarde llegó Esther derecho a mi cuarto y me abrazó.

—¿Verdad que ya no estás muda Ada? —me preguntó Esther mirándome con ternura.

—Ya puedo hablar hermanita, ya estoy bien —nos abrazamos con más cariño que nunca.

El General se quedó en la casa por un tiempo largo. Estuvo muy pendiente de mi salud y de que estuviéramos seguras, al parecer habló con los vecinos de la cuadra para que estuvieran alertas cuando vieran a alguien con las características del hombre que me quería robar. Cuando yo ya estaba recuperada, y como lo prometió, el General alquiló un auto en el pueblo y los cuatro nos fuimos de paseo para conocer el *Zoológico de Matecaña* que quedaba como a dos horas en carro, en una ciudad cercana llamada Pereira. Esther y yo estábamos muy emocionadas por el viaje y disfrutamos de las explicaciones del General y de observar el hermoso paisaje del Valle. El General iba nombrando todas las ciudades y pueblos por donde íbamos pasando.

—Ya pasamos por La Unión, ¿sí vieron todos los viñedos? —preguntaba el General mientras los señalaba con la mano.

—El puente que pasamos es el del Río Cauca llegando a La Victoria, luego pasamos por Obando, Zaragoza y ahora estamos pasando por la ciudad de Cartago. A la salida está el río La Vieja que divide el Departamento del Valle del Cauca del Departamento de Risaralda que es una región cafetera y de mucha actividad comercial.

Finalmente, y con emoción divisamos la hermosa ciudad de Pereira y minutos después llegamos al Zoológico de *Matecaña*. Estábamos muy contentas porque por primera vez conoceríamos en vivo a muchos animales. El General compró las entradas en una caseta que parecía una jaula. Tan pronto dimos el primer paso en el zoológico me sentí entrando como en una selva parecida a una que había visto en la televisión, en donde vivía Tarzán. El General nos guiaba por un camino, indicado por flechas pintadas en unas tablas, para empezar a mostrarnos los animales y a explicarnos cómo se llamaban, qué comían y de dónde habían sido traídos. Caminamos unos pocos minutos cuando empiezo a ver jaulas gigantescas en donde estaban encerrados los pobres animales. Yo me imaginaba que me los iba a encontrar libremente como se veían conviviendo con Tarzán en la televisión. Qué pesar sentí por ellos. Deben sentirse tristes y sin esperanzas, así como yo me sentía en la cárcel del Dovio.

El General hacía las paradas en cada una de las jaulas en donde vivían los animales y nos leía y nos explicaba todos los letreros. Pasamos por la jaula de una pareja de leones que se veían tristes, sentados comiendo pasto, y que ni siquiera nos miraban. Sentí un olor a mortecina y le pregunté al General:

—General, ¿qué es ese olor tan feo? —dije tapándome la nariz y con ganas de vomitar.

—Estas fieras, los leones se alimentan de carne. Si queda algún pedazo en la jaula, y no se saca rápidamente, se pudre y por eso se siente ese olor tan desagradable.

Pasamos por una laguna rodeada de muros de ladrillo. No veía nada. De pronto un animal gigante de enorme cabeza cuadrada con dos antenas que parecía un extraterrestre salió del estanque. Cuando vi que ese animal empezó a salir del agua yo quise salir corriendo.

—¡Corramos! ¡corramos! ¡Ese monstruo se sale y nos puede comer! —dije asustada.

—Sí, ¡corramos! ¡corramos! que nos come este animal— repitió Esther.

—Ja, ja, Ada, Esther, que imaginación la de ustedes. Tranquilas, hasta aquí no llega, es un animal muy pesado y no puede traspasar los muros de cemento. Ese es el hipopótamo, lo trajeron de África y les parece raro porque tiene los ojos y las fosas de la nariz en la parte de arriba para que pueda respirar porque vive dentro del agua la mayor parte del tiempo —dijo el General con una sonrisa de oreja a oreja.

—Vamos a conocer el tigre de bengala —dijo el General acelerando el paso.

Yo tenía ganas de ir al baño, pero me daba miedo decirle a mi madre porque me regañaba. En un descuido me acurruqué detrás de una jaula para orinar. En esas estaba cuando siento un rugido que me para en seco y salgo corriendo subiéndome mis pantalones. Esther y el General se rieron de verme tan asustada y mi madre enojada me regañó:

—¿Ada, por qué hace eso? ¿Esa es la educación que le he dado? ¿Por qué no dijo para llevarla a un baño? Eso no se hace y me dio un pellizco retorcido en el brazo.

—Ada, ese fue el saludo que le dio el tigre de bengala. Este animal es originario de la India, y se alimenta de carne en grandes cantidades —dijo el General todavía riéndose.

—¡Ay qué susto! ¡Ese animal me pudo comer! —contesté.

—¡Qué bonito! Es de color naranja con negro y ¡cómo mira de raro! —dijo Esther asustada.

Fue muy divertido cuando pasamos por la jaula de los micos, pues a pesar de que los pobres estaban bien encarcelados, brincaban de un lado a otro jugueteando entre ellos y acercándosenos para que les diéramos comida. Pasamos luego a la parte en donde estaban todos los pájaros. Me llamó mucho la atención ver un pájaro que era de dos colores: azul intenso y verde brillante, con tres antenitas rojas en el copete y el pico pequeño de color amarillo. Lo estábamos observando cuando de pronto alzando la cabeza nos mira y le aparece como por arte de magia una cola muy grande en forma de abanico. Eran plumas verdes brillantes largas adornadas con bolas azules y verdes en otros tonos. El pájaro me hipnotizó con su mirada.

—¡Qué pájaro tan bonito! ¿Cómo se llama? —preguntó Esther.

—Es un Pavo Real —contestó mi madre admirando la belleza del animal.

—Es originario de la India, y el macho abre su bello plumaje para atraer a su pareja —contestó el General señalando la cola del animal.

Vimos muchas otras aves, y una de ellas que también me llamó la atención fue el avestruz. Me alegró verlo correr más libre que todos los otros animales. Tenía unas piernas muy largas y muy grandes, peladas sin plumas lo mismo que un pescuezo muy largo.

—General y ¿qué hacen estos pájaros con esas piernas tan largas? —le pregunté mirando de arriba abajo al animal.

—Correr, Ada, correr. Son nativos de África, con una altura de hasta dos metros y medio con patas fuertes y poderosas que los hace muy veloces y es el ave más grande del mundo —dijo el General.

—Y ¿pone los huevos como las gallinas? —preguntó Esther aterrada de ver esa ave tan grande.

—Sí Esther. Los huevos son gigantescos y un huevo equivale a veinticuatro huevos de gallina. ¿Cuántas docenas son Esther? —preguntó el General.

—¡Dos! —gritó Esther después de haber contado con los dedos de las manos.

—¿Pueden volar General? —pregunté.

—Buena pregunta Ada. No, no pueden volar porque son muy pesados —dijo el General sonriendo.

Esther y yo estábamos muy cansadas, pero seguíamos caminando detrás de mi madre y del General que se conocía ese Zoológico al derecho y al revés. Mis ojos quedaron descontrolados cuando vimos unos caballos, que estaban pintados de rayas blancas y negras.

—¡General, General! ¿Aquí les pintaron las rayas a esos caballos?

—¡Qué muchacha tan ocurrente! —dijo mi madre moviendo su cabeza y mirándome fijamente.

El General soltó una carcajada:

—Ja, ja, ja…. Ay que imaginación la de esta niña. Pero estás en lo cierto Ada, se parecen a los caballos, nacen con esa combinación de colores blanco y negro, se alimentan de hierbas.

Estábamos emocionadas de nuestra visita al zoológico y yo hubiera podido seguir caminando, pero Esther metió la cucharada y dijo:

—¿Nos vamos a comer el *fiambre* que mamá preparó? Tengo mucha hambre.

Mi madre había preparado el *fiambre* que consistía en un *sudado* de gallina, arroz blanco y papas y que tan pronto salió de la estufa lo envolvió entre hojas de plátano para que le diera un olor y sabor particular a nuestro almuerzo. El General y mi madre estuvieron de acuerdo en buscar un lugar para sentarnos. Le entramos rápidamente a la comilona devorándola con apetito.

El General nos dio después un paseo por el aeropuerto en donde por primera vez vimos aterrizar a un pájaro gigante de metal que llamaban avión y, por último, fuimos a dar un paseo por el centro de la ciudad. El General nos mostró una estatua de Simón Bolívar y lo que más me llamó la atención era que estaba sin ropa montado en un caballo. Era nuestro Libertador según nos dijo el General. Luego nos llevó para comprar ropa y zapatos a los almacenes Luis Eduardo Yepes (LEY). Estando allí nos preguntó:

—¿Quieren algo especial? ¿Algo que les guste? —dijo sonriendo.

—¡Sí General! Yo quiero una muñeca con pelo —dijo Esther brincando emocionada.

—Claro que sí Esther, escoge la que quieras. Y tú Ada ¿qué quieres?

—Yo quiero unos libros para mejorar mi lectura.

El General revisó varios libros que estaban para la venta y escogió dos para mí:

—Aquí están estos dos libros en versión infantil: *Mujercitas* de Louisa May Alcott y *Corazón* de Edmundo De Amicis.

—Yo también quiero unos cuentos. Mire General ese paquetico que está allí —mostró Esther con su mano.

—Claro que sí, eso me gusta niñas, que quieran mejorar su lectura. Aquí están tus cuentos Esther: El *Enano Barabay*, *La Bella Durmiente*, y hay otros más... —contestó el General entregándole a Esther el paquete de cuentos.

Mi madre estuvo muy callada en el paseo, solo observaba cómo el General disfrutaba de nuestra compañía y nos trataba como si realmente fuéramos sus hijas. Por último, él nos dijo:

—Niñas, ahora las voy a llevar al parque a ver comer helados... no es verdad, las estoy molestando...

Cerramos nuestro paseo saboreando un delicioso helado con pedacitos de frutas. Con todas esas atenciones, sentí crecer mi cariño por el General Beltrán.

Regresamos a la casa rendidas de tanto caminar y felices por haber disfrutado del paseo y con los premios que nos dio el General Beltrán. Estábamos recostadas ya en nuestras camas cuando escuché que mi madre y el General hablaban en tono bajo. Me deslicé por entre las cobijas y me acerqué a la puerta de su cuarto para oír lo que hablaban.

—Leonor, te llegué de sorpresa porque las cosas se están complicando con la misión en la que estoy y me voy a demorar muchos meses por fuera. Quería cumplir mi promesa a las niñas y por eso les adelanté el paseo. Afortunadamente llegué a tiempo para rescatar a Ada del posible secuestro. Tienes que tener mucho cuidado con las niñas, encuentro muy sospechosa la situación. Yo voy a hablar con el comando del pueblo y les voy a ordenar que hagan rondas seguidas por estos lados, quiero que estén muy bien protegidas.

—Sí General, yo estoy muy agradecida por todo lo que hace por nosotras. Usted es el mejor hombre del mundo, nunca nadie, ni siquiera el padre de mis hijos tuvo los detalles y los gestos de cariño que usted ha tenido con Ada y Esther. Augusto, no quiero perderlo, tengo miedo de que todo se derrumbe otra vez —dijo mi madre suspirando.

—Tranquila Leonor. Aquí está el dinero para que te mudes para la casa que compré y puedas surtir el almacén de víveres. Yo me voy mañana y la verdad no te puedo dar una fecha de regreso —mi madre se recostó en la cama llorando y él le acarició la cabeza con suavidad.

Escuchando desde mi escondite, sentí que mi corazón se encogía ya que otra vez volvía a sentir la felicidad de antes. Realmente este hombre se había convertido en mi héroe, por habernos liberado de esa terrible prisión de El Dovio, por habernos sacado de la casa embrujada que me robó mi voz y ahora por haberme salvado del hombre que me quería robar. Me sentía culpable por sentir cariño por el General sabiendo que tenía un padre que aún estaba vivo, aunque no nos había buscado. Me preguntaba: ¿sería posible que aquel mal hombre que me quería robar había sido enviado por él? Esa noche me puse muy triste, se iba el General y no sabíamos cuándo regresaría. ¿Quién nos defendería ahora? ¿Quién cuidaría de nosotras? ¿Por qué otra vez la vida quería llevarse mi felicidad?

Capítulo XV

Un día antes de que el General se marchara para su correría nos llevó a la casa que compró para nosotros y en donde íbamos a tener una tienda de víveres. La casa era muy grande y estaba separada de la plaza de mercado por un parque pequeño lleno de árboles frondosos. En mi imaginación me veía ayudando a mi madre a ordenar la tienda, a escribir los nombres de las cosas y su precio, ahora que ya sabía leer, escribir, sumar y restar.

—¡Bueno, familia! Esta es nuestra casa, aquí donde están la sala y el comedor se montará el almacén de víveres y abarrotes. Leonor debes contratar un carpintero para diseñar los estantes —dijo el General volteando a ver a mi madre. Luego siguió mostrándonos el resto de la casa.

Me dio un poco de tristeza saber que no íbamos a tener una sala para poner el televisor, ni tampoco un comedor, pero debíamos hacer sacrificios si queríamos tener un negocio. La cocina era de buen tamaño y el

General explicó cómo se podía adaptar allí el comedor. Después entramos a los cuartos de enfrente.

—Uno de estos cuartos tendrá mi cama doble y el otro será para mis tejidos y también lo podrán usar para hacer sus tareas —dijo mi madre.

Había un corredor estrecho que daba al patio en donde estaban dos baños completos, el lavadero, y el tanque para almacenar el agua bajo un cobertizo. El patio estaba cubierto de baldosas azules claras y al frente de la pequeña construcción había tres cuartos de tamaño regular.

—Ada, Esther: cada una de ustedes va a tener su cuarto y así cada vez serán más independientes. El otro cuarto lo dejaremos para la visita —dijo el General sonriendo y acariciando el hombro de mi madre.

—¡Qué bueno! ¡Sí! Nunca he tenido un cuarto para mi sola —dijo Esther emocionada.

—¡Ay sí!, yo también, yo también —dije brincando en una pata.

No había pasado una semana desde que el General partiera de madrugada, cuando Isabel, la vecina que no me gustaba, llegó a buscar a mi madre. Ese día no fui a la escuela pues me habían llevado a revisión médica y a que me quitaran los puntos. Me encontraba en un rincón de la casa jugando con la muñeca de

Esther, pero atenta a escuchar con mis orejas bien paradas lo que hablaban.

—Leona, ¿cómo estás, querida? No había pasado a saludarte porque tu marido se ve muy serio. Si sigue viniendo tan seguido, te va a dejar sola sin amigas... — dijo con ironía y echándose el pelo hacia atrás.

—Isabel, hoy no me siento bien y no estoy para bromas — le respondió mi madre con tono fuerte. Debo empezar a empacar lo más pronto posible porque nos mudamos...

—Tranquila querida, solo te estaba molestando. ¿Qué?, ¿te vas del vecindario? ¡No me digas! Y eso ¿para dónde? Preguntó la mujer tocándose la cara.

—A la casa que Augusto compró al frente de la plaza. Vamos a poner una tienda de abarrotes. La casa es bien cómoda. Cada niña va a tener su cuarto además de un cuarto adicional para mis tejidos, otro para invitados y el de nosotros. En el salón grande vamos a poner la tienda.

—¿Estás loca, Leona? ¿Poner una tienda frente a la plaza de mercado que está llena de puestos de comida, vegetales y abarrotes? ¿Van a llevar leña *pa'l* monte? No les va a llegar ni un cliente... Además, yo sé que la utilidad que deja ese negocio es muy bajita. Si abres esta tienda estarán quebrados en poco tiempo —remató Isabel con las manos en la cintura.

—Y entonces, según tú, ¿qué debo a hacer? El General me dejó el dinero para organizar la tienda y debo seguir sus órdenes —contestó mi madre con preocupación.

—Y, ¿desde cuándo acá usted sigue órdenes doña Leona? Yo si le tengo una propuesta que le va a gusta —dijo Isabel torciendo la boca.

Me corrió un frío por el cuerpo. ¿Qué propuesta le iba a hacer a mi madre esta mujer? Se notaba que no me quería ni un poquito porque ni siquiera preguntó por mi salud sabiendo que todavía estaba recuperándome. Eso me hacía pensar que no tenía un buen corazón.

—Y, ¿cuál es tu propuesta Isabel? Dime que me voy a volver loca pensando en lo que me dijiste. No quiero caer en una quiebra, sé lo que es eso y no se lo deseo a nadie, tampoco lo quiero repetir —dijo mi madre frunciendo el ceño.

—En ese punto tan bien situado frente a la plaza lo que más plata da es poner una cantina. El trago da una utilidad del ciento por ciento. Se llenan de plata con ese negocio allá porque todos los fines de semana los campesinos bajan de las veredas y corregimientos cercanos a comprar el mercado para sus familias y aprovechan para tomarse sus traguitos —afirmó la mujer entusiasmada.

¿Trago? ¿Cantina? Eso no me sonaba nada bien. Cuando mi madre le contó su historia a Lola la gitana, en la cárcel de El Dovio, dijo que tuvo problemas con mi padre por tomar mucho en las cantinas. Recordé eso con mucha preocupación.

—Pero Isabel, ¿cómo voy a contradecir las instrucciones del General? Se puede disgustar —dijo mi madre preocupada cogiéndose la cabeza con dos manos.

—Leona, por eso hay que apurarnos —agregó la maluca de Isabel—. Montemos el negocio y cuando hagas cuentas de la ganancia, tanto al General como a ti les va a gustar este negocio. Yo conozco a don Juvenal el distribuidor de cerveza *Póker,* si quieres le puedo pedir crédito y después si ves que te dejó buena utilidad sigues o si no cambias el negocio. No pasa nada Leona.

«¡Ay Lola! ¡Que esta mujer no se salga con la suya! ¡Por favor ayúdame!». Le imploré a la gitana.

—Me estás convenciendo Isabel. Podemos probar antes de que regrese el General de su viaje —contestó mi madre con decisión.

—Entonces manos a la obra Leona. Mira lo que tenemos que conseguir: unas cinco mesas, veinte sillas, cincuenta cajas de cerveza, un mostrador, un tocadiscos, discos de música ranchera, de tangos, de despecho. Entre las dos podemos atender el negocio y me das un porcentaje de la utilidad —dijo la descarada de la Isabel.

—Ah no, eso si no Isabel, el negocio es mío. Si quieres trabajar para mi le hacemos. El único socio que yo tengo es el General —respondió mi madre con tono fuerte.

—Tranquila Leoncita, tranquila... era solo una propuesta —dijo la mala mujer frotándose las manos y continuó:

—Yo trabajaré de mesera para ti, pero me dejas tener mis encuentros con mis amigos allá en el negocio, con eso me hago mis pesos. Esos van a ser los primeros clientes.

—Ah, eso sí, te puedes encontrar con todos los amigos que quieras si eso nos va a ayudar a establecer la clientela —contestó mi madre con firmeza.

Al parecer mi hada madrina estaba tan ocupada que no pudo ayudar, pues la vecina se salió con la suya y convenció a mi madre de abrir la famosa cantina. Me sentí desilusionada.

—Bueno, Isabel, seguimos hablando para comprar lo que se necesita, la casa me la entregan pronto. Por ahora me voy a recoger a Esther a la Escuela. Ada, la voy a dejar sola en la casa bajo llave. Quédese con *Cachaco* y cuidadito con abrirle la puerta a alguien —dijo mi madre con tono amenazante y saliendo con aquella desagradable mujer.

Yo me sentí triste y me preguntaba porque mi madre no seguía al pie de la letra lo que dijo el General.

Hasta ahora nos había ido muy bien desde que él estaba con nosotros, yo hasta sentía que tenía otra vez una familia. Me recosté en mi cama con Cachaco, sobándole su cabeza hasta que me quedé dormida. Me despertaron los gritos de Esther:

—¡Ada! ¿En dónde estás? Ya la semana entrante es la clausura. ¿Vas a ir mañana a la escuela?

—Esther, ¿Por qué haces tanta bulla? Más bien préstame tus cuadernos para ponerme al día.

A la semana siguiente, mi madre nos acompañó a la clausura de la escuela. Le entregaron las libretas de calificaciones y escuchaba como doña Soledad le decía:

—Doña Leonor, la felicito. Qué niñas tan buenas tienen ustedes, tan educadas y tan estudiosas. Las dos son muy inteligentes. Aunque Ada vino muy atrasada logró aprender a escribir con mucha perfección. A lo mejor por su condición inicial de no poder hablar, se le desarrolló mucho más la parte de la escritura. Ella puede imitar cualquier tipo de letra, escribe cualquier texto con mucha facilidad y su letra es hermosa. ¡Es increíble ver este fenómeno en una niña de su edad!

—¿Y cómo le fue a Esther? —preguntó mi madre con tono seco sin ni siquiera darme un abrazo por las buenas noticias que doña Soledad le había dado de mis avances.

—Muy bien, excelente, es una niña que logró salir de su timidez y ahora es mucho más despierta. Aunque ya sabía leer, pero muy despacio, logró en poco tiempo aprender a leer de corrido.

—Muchas gracias doña Soledad por su dedicación a las niñas. Fue por usted que pudieron aprender.

Sin pena ni gloria nos fuimos para la casa. Yo no dije nada, pues al fin de cuentas, yo sabía que tanto Esther como yo habíamos logrado pasar al segundo grado y ya habíamos recibido nuestros premios por parte del General.

Cuando llegamos a la casa, qué sorpresa tan desagradable me encontré. En la puerta la estaba esperando la mala de Isabel que ni siquiera me miró para darme un saludo o una sonrisa.

—Esther, niña, como está de bonita. Cuando estés grande vas a ser muy atractiva, porque al menos tienes buena carnecita —dijo Isabel mirándome de reojo, como dando a entender que yo era una fea flacuchenta.

—Bueno Isabel, al grano, vamos a organizar todo lo del negocio. ¿Lograste conseguir el surtido de cerveza? ¿Las cincuenta canastas? —preguntó mi madre tocándose los dedos de la mano derecha.

—¡Ay mija! ¿Qué cree? ¡Claro que sí! Ya don Juvenal nos trae las cincuenta cajas, pero para eso debes darle un depósito. Si quieres yo se lo llevo —dijo Isabel.

—No, yo manejo mis cuentas directamente con don Juvenal. ¿Lograste conseguir quien pinte el mostrador y haga el letrero para poner en la puerta? Ya tengo el nombre: *Bar Las Palmitas* —dijo mi madre con tono autoritario.

—Las mesas y las sillas hay que pagarlas de contado en la mueblería de La Unión. Hay que ir hasta allá mañana, hacer el negocio para que nos traigan los muebles este viernes. El pintor es un amiguito especial que tengo y nos va a fiar la pintura que le va a hacer al mostrador y el letrero con el nombre del establecimiento.

—No Isabel, a mí no me gusta tener deudas con nadie, yo pago eso de contado.

—Bueno, entonces páguele al pintor. ¡Tan creída esta Leona! Por lo visto la cantina se abrirá más pronto de lo que pensábamos —dijo Isabel sonriendo maliciosamente.

—Ya compré un tocadiscos usado, pero está muy bueno y mañana viene el señor que vende la música. Voy a comprar discos sencillos como también de larga duración —dijo mi madre.

Yo observaba con tristeza la velocidad con que mi madre y esta entrometida mujer estaban organizando la tal cantina a espaldas del General. Esther, no tenía ni la menor idea de los planes de nuestra madre. Ella estaba corriendo y cantando por la casa, contando los días para instalarse en su nuevo cuarto en la casa del centro del pueblo.

Llegó la hora de la partida. Mi madre contrató un camión pequeño para llevar nuestros muebles a la nueva casa siguiendo las instrucciones del General. Mi mamá contrató un carro para irnos, pero el chofer dijo que él no llevaba perros y me tuve que ir con Cachaco en el camión y mi madre se fue con Esther.

Cuando llegamos, el hombre del camión bajó todos los corotos. Mi madre empezó a organizar nuestras camas en uno de los cuartos que quedaba frente a la cocina y en el otro cuarto estaba organizando sus cosas. Yo no entendía por qué no nos instalaba a Esther y a mí de una vez en los cuartos que estaban en la parte de atrás de la casa frente a los servicios, si así lo había dicho el General. "¡Como lo extrañaba!, si él estuviera aquí las cosas sucederían de otro modo". Pensé.

Cuando ya estábamos instaladas, no me aguanté las ganas y le pregunté a mi madre:

—¿Y por qué no nos pasamos a nuestros cuartos? ¿Eso fue lo que ordenó el General, verdad madre?

—Ay Leona, ¿usted se deja hablar así de esa muchacha? Yo a los míos les volaría las muelas de una cachetada —dijo la mujer mirándome con rabia y agrandando los ojos como una fiera.

Mi madre inmediatamente reaccionó:

—¿Por qué me habla así Ada? ¿Quiere que le de sus buenos «guarapazos»? —y me dio una palmada en el brazo que aún tenía adolorido.

—¡Ayayay! —grité llorando—. Yo no he dicho nada malo, eso fue lo que nos dijo el General.

—Se me va ya para ese cuarto y ni una palabra más muchacha grosera —ordenó mi madre empujándome con su mano derecha.

Yo salí llorando, entré al cuarto en donde habían puesto mis cosas. Esther salió detrás de mí, y mirándome me dijo con tristeza:

—Tranquila hermanita, no le vuelva a contestar a mi mamá porque le pega otra vez. Venga más bien leamos uno de los cuentos que nos regaló el General —yo no dije nada, solo la abracé y me quedé callada, llorando en silencio para que mi madre no lo notara.

En eso, escuché cuando Isabel y mi madre estaban conversando en el comedor:

—¡Bien hecho, Leona! Así se hace, uno no se puede dejar de los hijos. Y como te dije, a esos cuartos de atrás le vamos a sacar platica, ya vas a ver cuándo abramos el negocio.

—Isabel, ya me quiero ir a la cama, estoy muy cansada. Mañana seguimos hablando y organizando este negocio. Espero que el General no se vaya a disgustar —dijo mi madre bostezando.

Esa fue mi primera noche en la casa de la plaza. Me sentí tan triste, tan desvalida y me preguntaba por qué mi madre se dejaba influenciar por la vecina si ella tenía un carácter tan fuerte y además me preocupaba que estaba desobedeciendo al General. Por otra parte, ella no reconocía todo el esfuerzo que hice, que aún sin voz, sin poder hablar, solo comunicándome con señas pude aprender a leer y a escribir a la perfección. Yo sentía que era una niña buena, y no sabía por qué mi madre parecía como si no me quisiera. Me sentí tan desprotegida esa noche en esa casa, sin tener a mi hada madrina a mi lado y sin tener al General con nosotras en la casa para que nos salvara de la vida que nos esperaba viviendo dentro del *Bar Las Palmitas* como lo había bautizado nuestra madre. Al otro día me despertó un fuerte ruido. Alguien estaba tocando a la puerta de la casa.

—¡Abran las puertas! —gritó un hombre— ¡llegó el surtido de cerveza!

Mi madre salió rápidamente a abrir las dos puertas que daban entrada a la casa. Yo me levanté para averiguar qué pasaba y me asomé a la puerta. Unos hombres entraron muchas cajas plásticas color vino tinto y llenas de botellas de cerveza y le preguntaron a mi madre en dónde las colocaban. Un hombre alto, delgado, de gafas y medio calvo con una libreta grande en su mano izquierda se dirigió a mi madre:

—Cómo está señora, soy Juvenal Valverde, el distribuidor oficial de la cerveza *Póker* para el Norte del Valle —dijo el hombre desconocido con su mano extendida.

—Mucho gusto don Juvenal, soy Leonor, la dueña de este negocio —dijo mi madre extendiendo la mano para saludarlo.

—A sus órdenes doña Leonor. Espero que la relación comercial que empezamos dure mucho. El negocio del licor es muy lucrativo. Mientras mantenga buen movimiento y venda bastante volumen le puedo hacer descuentos especiales —dijo el hombre levantando el pulgar de su mano derecha.

—¿Usted cree, don Juvenal? Me tranquiliza porque soy nueva en esto —dijo mi madre con una sonrisa.

—Estoy seguro que le va a ir muy bien —dijo sonriente, mostrando una dentadura torcida.

El pequeño corredor que quedaba a un lado de la cocina quedó atafagado de cajas de cerveza y era difícil pasar. Mi madre portaba una libreta en su mano y la abría y la cerraba escribiendo y haciendo cuentas. Se veía muy entusiasmada. Ese mismo día llegó un hombre trigueño, su pelo era bien crespo, tenía *afro*. Le empezó a mostrar una cantidad de platos negros que tenían un pequeño hueco en la mitad y le decía nombres de canciones y nombres de personas. El hombre le entregó una buena cantidad de esos platos y mi madre le entregó dinero.

Cuando llegó Isabel, la vecina mala, mi madre le dijo con disgusto:

—¿Dónde te habías metido? ¡Me dejaste todo el día sola!

—Ay tranquila Leona, yo también estaba averiguando unas cositas que te interesan…

—Ya vino don Juvenal y me dejó todo el surtido de cerveza, y vino el hombre que vende los discos. Tenía mucha variedad, compré buena música —dijo mi madre muy contenta. Oh al parecer mi madre llamaba a estos platos de color negro ¡discos! Yo seguía muy pendiente pero disimuladamente forzaba mis orejas para escuchar más.

—Mire *mija*, para que a los cuartos de atrás le saquemos buena plata, hay que traer buenas mujeres, ojalá jóvenes y bonitas. Estuve averiguando y en La Virginia, se paga una buena cantidad de dinero a un hombre que las consigue —dijo la mujer bajando la voz.

—¿De qué hablas Isabel? A mí no me proponga esas cosas. ¡Eso es comprar mujeres y yo no hago nada de eso! ¡Y mucho menos estando yo viviendo con el

General Beltrán! La que quiera venir a mi bar a conseguir sus pesos que venga, pero libremente —dijo mi madre enfurecida.

Yo no entendía de lo que hablaban, esa era una conversación de mayores. ¿Por qué, cómo así? ¿Las mujeres se pueden comprar? Me asusté pensando en eso. Pensé que solo se podía comprar a los animales.

—Ay Leona, ¡pero ya no se te puede ni hablar! Te estoy dando toda la información de este negocio, acuérdate que eres nueva en esto. Olvídalo entonces —dijo la mujer poniendo una cara de disgusto y llevándose una mano a la cintura.

—Leona, ¿entonces alcanzamos a abrir la cantina mañana sábado? Hay que empezar entonces a lavar el salón. Esta misma tarde mi amigo el pintor nos trae el mostrador bien decorado.

—Y yo voy a comprar unos cuadros que encargué en la tienda *Variedades* que queda en la calle principal — agregó mi madre.

Y así fue como mi madre y la vecina Isabel terminaron de organizar la famosa cantina llamada *Bar Las Palmitas*. Nosotras habíamos finalizado el año escolar y aún estábamos de vacaciones por lo que pensé levantarme al otro día, sábado, a eso de las diez de la mañana. Cuál sería mi sorpresa cuando escuché un ruido estridente que me despertó a las ocho de la mañana. Me levanté aún somnolienta cuando descubrí que mi mamá había puesto uno de los discos y de allí salía música a todo volumen. Me asomé por una rendija de la puerta que comunicaba la cocina con el salón grande y vi que había varios hombres sentados en diferentes mesas tomando cerveza en compañía de Isabel, la vecina. Mi madre estaba en el mostrador destapando las cervezas, y se las pasaba a Isabel para que las sirviera. Esta se paraba a recoger las botellas y volvía a sentarse y seguía hablando con los hombres. Me devolví para mi cama y me senté a llorar. Esther me observaba con ojos tristes sin saber qué decirme. Yo me sentí tan aburrida, y tan desesperada que me volví a acostar. Esther me sobaba la cabeza, mientras yo lloraba y lloraba. Era imposible dormir con esa música a todo volumen. Era imposible descansar o dejar volar la imaginación con ese ruido que quería explotar mis oídos. Al rato llegó mi madre para ver si estábamos despiertas.

—Hijas, les hice unos huevos y chocolate caliente para que desayunen. Me levanté de madrugada para prepararles un sancocho para almuerzo y comida. El bar se abrirá solamente los sábados y domingos hasta el lunes en la madrugada. Ustedes deben quedarse en el cuarto, yo vendré a traerles la comida. Esos días no pueden caminar por toda la casa y si quieren ir al baño me tocan la puerta que comunica con la cantina. Vendré a abrirles la puerta de hierro que da a los baños y que siempre deberá permanecer con candado. ¿Entendieron? —dijo mi madre muy seria y alzando la ceja.

Nosotras lo único que pudimos contestar a coro fue «Sí señora». Por la descripción que mi madre hacía de nuestra nueva rutina, me parecía que ahora estábamos nuevamente en una prisión.

Mi madre nos sirvió el desayuno, nos sentó en el comedor que quedaba al lado de la cocina y cuando terminamos, nos abrió el candado del patio para que fuéramos a cepillarnos y a bañarnos.

—Muévanse que tengo mucha gente en el negocio y no quiero dejarlo solo —dijo mi madre con afán.

Regresamos rápidamente a nuestro cuarto en donde deberíamos estar encerradas todo el día.

—Ada, venga juguemos, no se ponga triste, ¿qué podemos hacer? —dijo Esther con resignación.

—No Esther, ahora no quiero nada, solo llorar... —y continué llorando por un rato largo, recostada en mi cama.

Tenía tanto dolor en mi corazón. Me preguntaba por qué yo no podía tener una vida normal, con una familia, como otros niños, viviendo en su casa con sus dos padres, jugando. ¿Por qué mi vida tendría que pasar de prisión en prisión? ¿Qué fue lo que hice tan grave para que tuviera este castigo?

Capítulo XVI

Esther y yo tratábamos de adaptarnos a nuestra nueva vida, a nuestra nueva prisión. Cuando estábamos en el comedor de la casa veíamos cómo Isabel de vez en cuando atravesaba el patio, minutos después un hombre de los que tomaba trago con ella salía del salón, atravesaba también el patio y se metía en uno de los cuartos de atrás. Allá se encerraban por un rato y luego salían nuevamente a seguir tomando con esa música a todo volumen.

En las noches no podíamos dormir por el ruido tan fuerte de la música, pues la cantina se cerraba en la madrugada. Cuando mi madre cerraba el negocio, se acostaba en su cuarto sola, en cambio Isabel se iba a dormir a uno de los cuartos de atrás y según escuché de sus propios labios al parecer iba a hacerle compañía alguno de los clientes del bar que por quedarse tomando hasta tarde en la cantina, había perdido el transporte para regresar a su finca. Nuestro cuarto tenía una puerta, siempre estaba cerrada, que se comunicaba con una de esas habitaciones. Los gemidos y gritos extraños de Isabel en las noches nos despertaban y nos ponían muy nerviosas.

—¿Qué será lo que está pasando, Ada? ¿Llamamos a mi mamá para que le calle la boca a Isabel? ¿Es ella la que está encerrada en ese cuarto verdad? No puedo dormir —dijo Esther rascándose los ojos.

—Sí, ya le voy a decir a mi madre, parece como si alguien la estuviera ahogando. ¡Qué peligro! ¡Se puede morir! —y salí corriendo del cuarto a tocarle la puerta a mi madre.

—¡Madre! ¡Madre! ¡Están ahogando a Isabel! Está gimiendo y gritando.

—¡No moleste, Ada! Váyase a dormir —dijo mi madre pegando un grito desde su cuarto sin ni siquiera abrir la puerta para ver qué pasaba.

Salí corriendo a meterme a mi cama, con miedo a que mi madre me diera una «muenda». Esther también hizo lo mismo hasta que nos quedamos dormidas en la madrugada cuando Isabel dejó de gritar y de gemir.

Ese domingo, muy temprano llegó una mujer alta, bien acuerpada, de senos grandes y larga cabellera negra que le tapaba las nalgas. Tenía tez trigueña y los brazos muy peludos. Venía a pedir trabajo en la cantina.

—Buenos días doña Leonor, vengo a pedirle trabajo, tengo una necesidad muy grande. Mi marido me dejó con cuatro hijos, vivo con mi madre que me ha ayudado a cuidarlos mientras yo lavo ropa ajena. Vivimos cerca de la quebrada El Hobo. Ahora no hay trabajo y mi madre está muy enferma, y no tengo con que pagarle el tratamiento. No me queda otra alternativa que trabajar de mesera.

—¿Cómo se llama usted? ¿Qué estudios tiene? —dijo mi madre quitándose el cabello de la cara.

—Me llamo Rosalba Vélez y apenas terminé el cuarto de primaria. Pero entiendo las matemáticas básicas.

—Lo que pasa Rosalba es que ya tengo a Isabel de *copera* principal y hasta ahora estoy empezando este negocio. Las *coperas* que contrato deben tener algo de educación para que puedan hacer las cuentas y tratar con educación a los clientes.

—Doña Leonor, por favor, si quiere déjeme trabajar en su negocio solo por la comida y lo que me quiera dar. Mi familia se muere de hambre. Yo soy una persona de buen vivir, no le hago mal a nadie. Desde muy joven trabajé en casas de familia para ayudar a levantar a mis seis hermanos, ya que mi madre quedó viuda y muy enferma.

—¡Ay Rosalba! ¡No me diga! Yo no puedo ver aguantando hambre a nadie. ¿Cuándo puede empezar? —preguntó mi madre mostrando en su rostro una actitud de compasión ante lo dicho por la pobre mujer.

—Puedo empezar hoy mismo. Yo me quedo ayudándole si quiere le ayudo a cocinar, lavar platos, en el negocio también le puedo lavar los vasos y mantenerlo organizado —dijo Rosalba con tono obediente y cogiéndose su larga cabellera en una moña.

—Bueno, puede quedarse a ayudarme y yo miro el lunes cuando haga la liquidación del producido y vea la utilidad que me dejó el fin de semana, para cuadrarle un dinerito —agregó mi madre conmovida.

Esther y yo nos quedamos en el corredor y vimos que la nueva empleada de mi madre se instaló en la cocina para lavar los trastos y se puso a preparar un arroz blanco. Cuando nos vio, nos dijo:

—Niñas, buenos días —y siguió con sus quehaceres en la cocina.

—¿Quién es usted? —preguntó Esther, alzando las manos con pereza.

—Me llamo Rosalba y vine a ayudarle a su mamá en lo que se pueda. A sus órdenes niñas, para lo que necesiten —dijo sin sonreír.

—Nosotros somos Ada y Esther —le contesté con una sonrisa, pues me cayó bien y sentí pesar por lo que le ocurría a su familia.

Rosalba nos sonrió y siguió con sus oficios de la cocina. Esther y yo nos sentamos en el comedor muertas del hambre por el trasnocho. La música de la cantina sonaba todavía a todo volumen y no habíamos visto a la entrometida de la Isabel.

A los pocos minutos Rosalba nos sirvió un rico desayuno. Su mirada me parecía muy triste. La comparaba con la de un buey a punto de ser ahorcado.

De repente, mi madre entró y dijo:

—Muchas gracias Rosalba por ayudarme con el desayuno de mis hijas. «El que es acomedido se come lo que está escondido...», ahora necesito que me ayude en el mostrador, tengo unos vasos para lavar, están llegando muchos clientes.

—Sí doña Leonor, como ordene —dijo Rosalba y salió corriendo para el salón principal.

—Me puede decir Leona, con confianza —respondió mi madre.

Estábamos terminando nuestro desayuno y ya estaba yo muy contenta pensando que mi madre iba a cambiar a Isabel, la mala, por Rosalba, la peluda, cuando en ese momento Isabel se presentó a la cocina.

—¡Buenos días! ¿Cómo están, queridas? ¿Muy contentas en su nueva casa?

Esther le contestó:

—Sí señora.— Yo la ignoré por completo.

—¿Y usted por qué no me contesta Ada? ¿Se le comieron la lengua los ratones? —dijo molesta como regañándome.

—Yo tengo mi lengua bien completa, pero no quiero hablar con usted —respondí de mal humor.

—¡Leona! ¡Leona! Mire como Ada me está faltando al respeto. Yo solo le pregunté cómo estaba y me contestó con tres piedras en la mano.

Mi madre se me acercó, me cogió de un brazo y me dijo:

—¡Ah, con que muy alzadita esta porquería! Se me entra ya para ese cuarto y no me sale en todo el día.

—Salí corriendo muy ofendida hacia el cuarto, y me metí directo en mi cama. Mientras tanto escuchaba todo lo que la infame mujer le decía a mi madre.

—¡Leona! Esa muchacha le va a dar mucha guerra. Mire lo diferente que es Esther, tan tranquila y educada. Si usted no la reprende, más adelante ella le pega a usted.

—¿Guerra a mí? Yo la domo porque la domo, ella va a entender quién es aquí la ley —respondió mi madre buscando un cinturón. Con el cinturón en la mano se metió a mi cuarto, me volteó boca abajo en la cama y me dio muchas veces en mi cola y en mis piernas como si me quisiese matar. Yo gritaba y lloraba del dolor que me causaban los golpes.

—¡Esther, Esther, ayúdame! ¡ayúdame! ¡socorro!, ¡mi madre me va a matar!

Ante mis súplicas, Esther saltó y se agarró de la falda de mi madre llorando:

—¡Mami! ¡Mami! ¡Por favor no le pegue más a Ada! Péguueme entonces también a mí, ¡pégueme a mí!

Mi madre reaccionó ante la actitud de su hija favorita, dejo de castigarme y salió para su cuarto gruñendo:

—¡Qué vida tan desgraciada la mía! Yo buscando ganar más plata para darles un mejor futuro a estas mugrosas y vea esta muchacha como se porta conmigo. ¿Por qué? ¿Por qué me toca levantar a mi sola esta familia?

La actitud valerosa de mi hermana me conmovió. Aunque a la pobre de Esther mi madre ni la tocaba, ella lloraba sin siquiera suspirar para que nadie lo notara, era como si ella también sintiera los golpes que me daban. Me traté de sentar en mi cama y no pude del dolor. Miraba mis piernas rojas de los golpes y sentía dolor en todo el cuerpo... yo realmente quería morirme. Me sentía abandonada por mi padre porque nunca había escuchado noticias de él, ¿sería que no le interesábamos? Mi hada madrina, Lola la gitana, también me había abandonado cuando no escuchó mis súplicas para que mi madre no se dejara convencer por Isabel. El General se había ido y no habíamos tenido ninguna noticia suya y ahora aquí en la cantina, conviviendo con esta desagradable mujer que no me dejaba en paz ni de día ni de noche, con todas las quejas que le ponía a mi madre para que me maltratara, y de noche con sus gemidos y alaridos que no me dejaban dormir. Esther buscaba consolarme diciéndome:

—Hermanita, hermanita, no se preocupe. Cuando se acaben las vacaciones de fin de año vamos a entrar nuevamente a estudiar y vamos a estar otra vez muy felices.

El lunes al medio día mi madre les pagó a Rosalba y a Isabel por su trabajo en la cantina.

—Ay doña Leonor, mi Dios le ha de pagar por este dinero que me da. Es más que suficiente para llevar el mercado a la casa y comprarle a mi mamá parte de sus medicinas —dijo Rosalba, la peluda, casi llorando.

—No se preocupe Rosalba, me gusta su modo de ser. Aquí la espero el próximo sábado antes de las siete de la mañana —dijo mi madre con tono autoritario.

—Leona ¿cómo le fue? ¿ya hizo cuenta de las ganancias? —preguntó Isabel fingiendo una sonrisa y torciendo la boca.

—Muy, pero muy bien. Este negocio deja muy buena ganancia. Voy a empezar a vender Aguardiente Blanco del Valle y el Ron Viejo de Caldas. Muchos clientes lo pidieron y perdí ventas por no tener estos licores.

—Y me imagino que también está haciendo cuenta de la plata que le dejan los cuartos de atrás —dijo la mujer moviendo la cabeza, agrandando los ojos y torciendo la boca para un lado.

—Sí Chavela, todo en este negocio me da utilidad —dijo mi madre con tono serio.

—Yo quedé muy contenta con lo que usted me pagó y lo que conseguí con mis clientes. Me hice muy buena plata, aunque usted me trajo competencia con la tal Rosalba —dijo la mujer quejándose.

—Chavela, aquí hay trabajo para todas, no me gusta que sea envidiosa. Rosalba es una mujer muy necesitada —dijo mi madre con la cara roja de la ira.

—Ay Leona, no tome todo tan a pecho. Lo que pasa es que yo pensaba que iba a ser la única «copera» de la cantina. No se disguste conmigo. Nos vemos pronto—dijo la tal Chavela, como le decía mi madre, caminando hacia la puerta y moviendo sus caderas.

Al día siguiente Esther y yo nos levantamos bien temprano. Habíamos podido dormir muy bien porque la cantina estaba cerrada y Rosalba e Isabel se fueron para sus respectivas casas después de recibir el pago.

Y así fue como pasaron dos meses de encierro y trasnochadas todos los fines de semana escuchando esa música a todo volumen que solo me daba ganas de llorar al igual que a algunos de los clientes a los que miraba por la rendija de la puerta que se sentaban con una botella de aguardiente y cerveza cantando y llorando con desilusión. Afortunadamente, el día de regresar a estudiar llegó muy pronto. Estábamos entusiasmadas porque ya entrábamos a segundo de primaria. El General desde antes de irse nos había conseguido cupo en el colegio de las monjitas que quedaba frente al parque del pueblo. Mi madre con anticipación nos había mandado a confeccionar los uniformes y los cuadernos nos los iba a comprar cuando nos dieran la lista el primer día de clases.

—Esther, ya mañana es lunes. Mañana entramos al colegio, ¡qué emoción!

—¡Si Adita! Estoy muy contenta, nunca he visto una monja en persona.

—¡Yo tampoco! —respondí y nos reímos a carcajadas.

A pesar de que no pudimos dormir bien esa noche del domingo anterior a nuestra entrada al nuevo colegio, por la música tan estruendosa y los gemidos de Isabel en las noches, Esther y yo nos despertamos muy temprano, esperando a que mi madre se levantara y nos llevara a nuestro primer día de clase. Cuál sería nuestra decepción cuando las horas pasaban y ella no se levantaba. Estábamos muy hambrientas, eran ya casi las once de la mañana cuando mi madre se levantó y le pregunté con tono triste:

—Madre, ¿por qué no fuimos al colegio si hoy era el primer día de clase?

—¡Vea pues esta muchacha tan desconsiderada conmigo! —dijo desperezándose y levantando la voz.

—Me acosté muy cansada en la madrugada. Voy a ir a hablar con sus profesores para decirles que ustedes no pueden ir a estudiar los lunes. Si les gusta así está bien y si no, ustedes no estudian —seguidamente nos preparó algo de comida. Y agregó: —Ustedes tienen que aprender a cocinar y a manejar una casa. Miren la hora que es y ustedes no han desayunado.

No le contestamos nada, solo nos sentamos en el comedor y esperamos hasta que nos sirviera el desayuno.

Al día siguiente nos bañamos y nos vestimos con el uniforme del colegio: jardinera azul oscura, blusa blanca de manga corta, medias de color azul oscuro y zapatos negros. Mi madre se levantó también muy temprano, nos preparó el desayuno y nos revisó que el uniforme no tuviera ninguna arruga y que los zapatos estuvieran muy brillantes. Salimos en su compañía felices de ir a estudiar y conocer nuestro nuevo colegio. Caminamos unas diez cuadras en dirección a la iglesia y al parque principal del pueblo. Enfrente quedaba el Colegio Nuestra Señora de la Consolación. El edificio era de dos pisos y tenía dos porterías: una que quedaba enfrente del parque, entrada privada para las monjas y el párroco del pueblo. La otra entrada quedaba en la parte de atrás y era la entrada de las estudiantes. Mi madre nos llevó hasta esta entrada y nos dejó allí para que hiciéramos la cola para entrar, ya que la puerta estaba cerrada. Unos minutos más tarde, una monjita, muy bonita, vestida toda de gris, incluyendo el manto que cubría su cabeza, nos abrió la puerta. Todas las niñas entraron y se dirigieron a uno de los patios del colegio a hacer las filas. Nosotros las seguimos, pues no teníamos ni idea en que fila nos íbamos a formar por lo que nos quedamos a un lado. La monjita se acercó y nos dijo:

—Buenos días niñas, soy Sor Teresa y ustedes ¿cómo se llaman?

—Somos las niñas Prado —contestó Esther asustada y mirando la monjita de pies a cabeza.

—Yo soy Ada y ella es Esther. Y ¿por qué Sor? —pregunté rascándome la cabeza.

—Significa hermana, en el idioma francés.

—Ahhh ya... gracias Sor Teresa.

—¿Por qué no han hecho la fila? ¿No vinieron ayer? —preguntó la monjita.

—No señora, porque mi mamá se trasnochó mucho en la cantina y no se pudo levantar —dijo Esther de manera natural y alzando los hombros.

La monjita abrió los ojos bien grandes y se llevó la mano derecha a la frente, luego la bajó al pecho y finalmente se tocó primero el hombro izquierdo y luego el derecho, exclamando: « ¡Ave María Santísima, sin pecado concebida!». Yo no entendí por qué se asustó tanto con lo que le dijo Esther. La monja suspiró profundo y luego nos dijo:

—Déjenme mirar entonces la lista de estudiantes... Ya sé, ustedes están en el grado segundo B. Ya les ubico la fila para que se coloquen donde corresponde.

La monjita rápidamente encontró nuestro curso. Todas las niñas estaban vestidas de blanco: falda corta de prenses y abierta a un lado, con pantalones cortos debajo. Zapatos tenis y medias blancas. Cuando hicimos la fila quedamos como moscas en la leche. Una de las niñas de nuestro curso soltó una carcajada:

—Ja, ja... ustedes son el parche del salón. ¿Por qué no se pusieron el uniforme de Educación Física? Ayer dieron la lista de útiles y el horario de clases. Cuando tenemos esta materia, debemos usar este uniforme —aclaró la entrometida.

Nos dio mucha pena, pero no respondimos nada. Yo sentía que la cara me ardía de la vergüenza. Después de escuchar el Himno Nacional y repetir lo que una monjita decía, dizque una oración, nos encontramos con nuestra profesora de segundo grado, la señorita Elizabeth, quien era jovencita, trigueña, de nariz respingada; de ojos rasgados y pequeños. Era el tipo de mujer que se cortaba el cabello tan corto como un hombre y lo peinaba hacia atrás sujetándolo con una balaca. Usaba pantalones de color azul oscuro con bota ancha y blusas de manga corta de rayitas.

Ese día ella se presentó y nos dio la lista de útiles. Esther y yo éramos las únicas desorientadas y para colmo de males nos ubicaron en las bancas de atrás. No entendí nada de las matemáticas que nos explicaron ese día: las famosas tablas de multiplicar. Lo único que se me hacía fácil en este curso eran los dictados de escritura. Yo estaba muy entusiasmada porque quería aprender mucho en este nuevo año escolar. La señorita Elizabeth resultó ser una profesora de pocas palabras, pero de buen temperamento. Nunca nos regañaba, explicaba la lección, dejaba una tarea y salía del salón y al rato regresaba a calificarnos. Nuestro salón estaba en el primer piso del edificio, una mañana sonó la campana y todas las niñas salieron corriendo. Esther y yo salimos caminando más despacio que las demás, y una vez en el patio, le dije:

—Esther, ahora en este descanso, demos una vuelta por todo el colegio para ver cómo es, se ve muy grande.

—Sí, vamos Ada, vamos.

Una señorita delgadita, blanca muy linda se nos acercó y nos dijo:

—Niñas, ¿qué hacen solitas? ¿por qué no están jugando con sus otras compañeritas? Soy Luz Marina de la oficina del colegio.

—Queremos conocer el colegio —le contesté—. Nosotros somos las niñas Prado, yo soy Ada y mi hermana se llama Esther.

—Yo se los muestro, vengan conmigo —dijo ella sonriente y salió con nosotras.

El colegio constaba de dos bloques de edificios: un bloque de dos pisos en donde estaban los salones de clases, de primaria y bachillerato. Los pisos brillaban de la pulcritud, al parecer tenían una Leona como mi madre en el convento de las monjitas, pensé. Los corredores tenían materas grandes y largas de cemento gris y estaban sembradas de *veraneras* de diferentes colores. En el primer piso también estaba ubicada la cocina y el comedor del colegio. La campana quedaba en el segundo piso. El patio de este bloque estaba pintado con rayas blancas y anaranjadas y tenía unos postes gigantes adornados con una canasta sin fondo en cada lado. Las niñas se correteaban con una pelota, se la quitaban y luego la tiraban a la canasta sin fondo. Si pasaba, todas formaban una algarabía. El otro bloque también tenía dos pisos, y en la parte que separaba los dos bloques estaban ubicadas las habitaciones de las monjitas, en el segundo piso en donde también quedaba una pequeña y hermosa capilla en donde las monjitas rezaban todos los días y un museo que se utilizaba para las clases de ciencias y de artes. En el primer piso de ese bloque estaba ubicada la portería privada del colegio, que era vigilada por Sor Eulalia, una monjita de baja estatura, de piel blanca y profundos ojos azules. La regla era la siguiente: el que llegaba tarde al colegio debía tocar y entrar por la portería privada, y recibir el sermón de Sor Eulalia sobre la puntualidad. Además, nos apuntaba en su libreta y nos reportaba a los profesores directores de cada grupo, quienes nos bajaban puntos en la materia que llamaban "Disciplina". En este mismo bloque estaba ubicado el Salón de Actos que era en donde se reunía todo el colegio para celebrar actos importantes como la Izada de Bandera, que consistía en escoger las mejores alumnas para condecorarlas con la bandera de la patria y también se hacían presentaciones especiales que organizaban las monjitas para recoger fondos para los pobres. La Rectoría y la Secretaría también quedaban ubicadas cerca de la portería privada. Este bloque tenía un patio pavimentado gigantesco en donde muchas niñas correteaban y jugaban. Me quedé paralizada de emoción cuando en una esquina vi un hermoso y florecido jardín y allí estaba una Virgen grande y hermosa pintada de color azul claro y blanco en la mitad de una fuente de agua.

—¡Mira Esther! ¡La Virgen de la cárcel de El Dovio se aburrió de estar sola y vino a acompañarnos! —exclamé agitada.

—¡Ay sí! ¡Qué hermosa! Está más grande y más bonita, se ve que aquí sí la cuidan las monjitas —dijo Esther sonriente.

Y me senté a llorar y a pedirle a la Virgen que nos cuidara y que no nos abandonara. Que me enviara a mi hada la gitana y al General de vuelta. Sentí una esperanza en mi corazón, sentía que venían cosas buenas para nosotras. Sonó la campana y no tuvimos tiempo de conocer el resto del colegio y salimos corriendo para nuestro salón de clases. Tuvimos una corta clase de ciencias naturales y luego bajamos al patio principal para la clase de Educación Física. Todas las niñas se reían y nos miraban y nos decían: «Ustedes son el parche, ustedes son el parche... jajaja».

A duras penas dimos varias vueltas trotando por el patio del colegio, hacía mucho calor y nos sentíamos incómodas con el uniforme. Llegó la hora de la salida y nos quedamos esperando un buen rato a que llegara nuestra madre a recogernos. Ya todas las niñas se habían ido y estábamos muy hambrientas.

Después de una eternidad llegó Leona.

—¿Cómo les fue? ¿Tienen hambre? —nos preguntó enérgicamente.

—¡Me estoy muriendo de hambre mami! —dijo Esther. Yo no respondí nada.

—Para que esto no vuelva a suceder voy a hablar con las monjitas para que me vendan el almuerzo para ustedes, y así cuando terminen las clases pueden regresar solas a la casa, caminando por la carrera tercera que es la principal. Yo no creo que haya ningún problema —contestó nuestra madre acariciándole la cabeza a Esther.

Minutos más tarde todas entramos al colegio y mi madre habló con Sor Fanny quien era la encargada de la tienda y del comedor. Y arregló para que almorzáramos en el colegio.

—También se pueden quedar después del almuerzo todo el tiempo que quieran para hacer sus tareas. Tenemos una biblioteca muy grande y muy buena — dijo la monjita acariciando nuestras cabezas.

—Y ¿cómo es una biblioteca? —pregunté yo muy curiosa.

—Es un salón lleno de muchos libros para estudiar— contestó la monjita.

—Y ¿tiene cuentos? —pregunté emocionada.

—Muchos, pero muchísimos... —contestó la monjita muy sonriente.

Después de haber recorrido todo el colegio entendí que la Virgen María había contestado mi petición y nos estaba cuidando. Amaba los libros, a lo mejor por haber aprendido a leer con tanta dificultad y porque además cuando el General nos regaló los libros como premio a nuestro esfuerzo, nos inculcó el amor por la lectura, tanto, que mi deseo era el de algún día poder escribir cuentos y alegrar a los niños que se sintieran tristes como Esther y yo. ¡Quería ser escritora! Me sentía muy contenta, pues ahora que mi madre había hecho el arreglo para que nos vendieran el almuerzo, podríamos estar mucho más tiempo en el colegio. Allí me sentía dichosa y segura, sentía que otra vez iba a tener un hogar.

Capítulo XVII

Una tarde justo cuando regresábamos del colegio, a la entrada de la casa el señor del correo nos estaba esperando y nos entregó un telegrama que estaba dirigido a nuestra madre.

—¿Quién me escribiría? —dijo mi madre abriendo el sobre con nerviosismo. Leyó en voz alta:

"Muchos meses han pasado, muy larga la misión. Llego pronto. Tuyo Augusto".

—¡El General me escribió! ¡Ya viene de regreso! —dijo mi madre con sus ojos más amarillos que de costumbre y su cara enrojecida por la emoción. Salió diciendo:

—¡Qué le voy a decir! ¡Dios mío, ayúdame a domar a este hombre!

¡Ah! yo sabía a qué se debía la preocupación de mi madre. Ella desobedeció las órdenes del General y en lugar de organizar el almacén de víveres puso una cantina. No dije nada y me entré al cuarto para saludar a mi perrito Cachaco que dormía junto a mi cama. Esther y yo ya habíamos hecho las tareas en el colegio y nos la pasábamos todo el tiempo juntas ya que nadie quería jugar con nosotras desde que un día una de las niñas del salón de clases nos gritó a Esther y a mí delante de todas las demás:

—Mi mamá me dijo que nunca más puedo volver a juntarme con ustedes.

—¿Y eso por qué Enriqueta? ¿qué te hemos hecho? —pregunté triste.

—Mi mamá dijo que ustedes no son niñas buenas porque viven dentro de una cantina y no son buena compañía para nosotras —dijo en tono medio golpeado, zapateando y haciendo muecas.

Salió y nos dio la espalda. Las otras niñas también se alejaron de nosotras, por lo que Esther y yo ya no hablábamos con nadie. A partir de ese día yo no quería hablar con la profesora, me daba mucha pena, me sentía sucia. A veces pensaba:

«Pero si no hemos tenido un juicio como el de El Dovio. Deberíamos preguntarle a la señorita Elizabeth para ver si nos van a hacer un juicio por vivir en una cantina. Es el único lugar que tenemos para vivir les contestaría». Pero al final no decía nada y me iba con Esther a hacerle compañía a la Virgen, o nos íbamos para la biblioteca a leer cuentos de mujeres famosas. A veces tratábamos de meternos en ese juego de pelota en donde se perseguían unas a otras para quitársela, pero tampoco nos dejaban ser parte del juego. Bajamos mucho las notas escolares, la mejor nota era la de Disciplina, pues corríamos en la mañana para llegar a tiempo al colegio y así evitar los regaños de Sor Eulalia. Sentía que Esther y yo éramos dos granos de arena, solas y sin ningún valor que estaban siendo arrastradas por el fuerte soplo del viento y que habían llegado hasta las profundidades del mar quedando atrapadas y escondidas dentro del caparazón de una ostra marina. Cada día que pasaba me refugiaba en mis pensamientos y a pesar de la desesperación y el desconsuelo que sentía por el aislamiento, oía una voz que me motivaba a pensar en un futuro lleno de cosas maravillosas y extraordinarias, en un mundo lleno de amor y de aceptación. Sabía que algún día los insignificantes granitos de arena se convertirían en dos perlas preciosas que reflejarían un brillo especial en donde estuvieran. Este pensamiento me ayudaba a seguir adelante y a vislumbrar un futuro diferente.

Una tarde que llegamos a la casa, oímos el ruido de vidrios rotos. Alguien arrojaba vasos de vidrio al suelo y gritaba:

—¿Por qué Leonor? ¿Por qué desobedeciste mis instrucciones? Yo no quería esto para mi familia. ¿Qué has hecho con las niñas?

Era la voz del General que se sentía como un trueno en la casa, estaba furioso con mi madre. Mientras tanto, mi madre que estaba sentada en el comedor llorando, se levantó de la mesa y le dijo con voz trémula:

—¿Entonces para que te ausentaste tanto tiempo? Yo no pude organizar todas las cosas de la tienda y me dieron esta idea del bar. El negocio es muy bueno porque la utilidad es muy alta. A las niñas no les ha pasado nada, ya están estudiando en el colegio de las monjas. ¿Acaso entiendes el sentimiento de soledad que embarga todo mi ser cuando te vas a tus misiones y me quedo sola? Cada vez que te vas sentimientos de inseguridad y de abandono se apoderan de mi porque me atormenta la idea de que algún día decidas no regresar.

Tan pronto el General se dio cuenta de nuestra llegada se calmó y nos saludó con mucho cariño:

—Ada, Esther, ¡cómo están de grandes! ¿Están bien? ¿Están contentas en el colegio?

—Ada otra vez se volvió bruta, no entiende nada de matemáticas y yo tampoco. Creo que vamos a perder el año —dijo Esther.

Yo me quedé callada y con ganas de llorar. Estaba feliz de ver al General, pero me daba pena darle un abrazo. Él era muy respetuoso, pero no acostumbraba a darnos abrazos de afecto.

—No se preocupen niñas, aunque ya casi se acaba el año escolar, yo les voy a ayudar con las matemáticas para que puedan pasar el año. Gracias al cielo estoy aquí —dijo el General con una tenue sonrisa, aunque tenía el ceño fruncido me imagino por el disgusto que había tenido con mi madre. "¡Y gracias a la Virgen y a Lola!" Pensé.

El General se acostó en el cuarto de mi madre y no se oyó ni un grito ni una pelea más. A lo mejor mi madre otra vez se había untando el perfume del *Pájaro Macuá,* para volver a hechizarlo. Sí, el perfume que le había proporcionado mi hada madrina, Lola la gitana, ya que un día merodeando por su cuarto encontré un frasquito de perfume que tenía plumitas de pájaro por dentro.

A la mañana siguiente, mientras nos arreglábamos para ir al colegio, el General muy serio y silencioso, educado y con amor por la lectura como yo, se tomó su «tinto» y se sentó a leer el periódico. Tan pronto lo soltó, como yo ya sabía leer, lo tomé prestado y doblándolo de la misma manera que lo hacía el General repasé rápidamente las principales noticias.

Después de que desayunamos, el General nos acompañó al colegio. Cuando las niñas de mi salón vieron ese hombre alto y uniformado y que inspiraba tanto respeto dijeron entre ellas: «¡Oh!, ¿ellas son hijas de ese militar?» Después de esto, ya varias compañeritas se acercaban a nosotras y nos invitaban a jugar. Qué buena suerte nos traía el General, pues solo con su presencia el ambiente del colegio empezaba a cambiar un poco. Lo mejor de todo es que la entrometida y mala de la Isabel no se atrevía a decirle nada a mi madre en contra mía delante del General por lo que también tuve un buen descanso y además pudimos empezar a asistir al colegio los lunes porque con el General en casa, no podíamos faltar ni un día a estudiar.

El General se dedicó todas las tardes a enseñarnos las tablas de multiplicar del uno al diez. Repasamos y repasamos hasta que nos las aprendimos de memoria y nos enseñó también a dividir. Gracias a su ayuda a duras penas logramos pasar a tercero de primaria. El General iba y venía de sus misiones, y cuando estaba en la casa yo disfrutaba viendo las peleas de boxeo y las competencias ciclísticas que tanto le gustaban. De lo poco que recuerdo de tercero de primaria es que yo era de las más desaplicadas de ese curso. También recuerdo que ese año, la Madre Paulina llegó de un país llamado Holanda como Superiora. Hablaba el español de manera rara, pero todas le entendíamos perfectamente pues era muy dulce y cariñosa con todas las niñas. Un día nos anunció:

—Niñas, vamos a prepararlas para que hagan su Primera Comunión.

—¿Y eso qué es? —preguntamos Esther y yo al mismo tiempo.

—Precisamente, es lo que les vamos a enseñar en la clase de religión todos los días. Cuando ya estén preparadas y entiendan, van a asistir a una ceremonia en donde van a recibir a Nuestro Señor —dijo la Madre Paulina con su dulce voz.

Recibimos nuestra preparación religiosa y llegó el tiempo de confesar todos mis pecados, los cuales confesé arrodillada en la iglesia y metida en un cuarto diminuto en donde el curita del pueblo no nos veía la cara, solo nos escuchaba. Yo tampoco lo veía pues él estaba sentado al otro lado.

—Hija mía confiesa tus pecados —dijo el cura rápidamente.

Yo confesé mis dos pecados capitales:

—Padre, cuando estaba más pequeña no defendí a mi padre y ahora soy culpable de vivir en una cantina.

Aunque pensaba y pensaba no podía encontrar más pecados. Alguien dijo que era pecado contestarle a la mamá, pero no me parecía pues Ron el misionero nos había enseñado que los niños teníamos derechos y yo se lo recordaba a mi madre.

Llegó el día de la Primera Comunión y llegamos a la iglesia con nuestros vestidos blancos esponjados, y con medias, zapatos y guantes del mismo color, comprados por mi madre en un almacén de Cartago.

La ceremonia fue un domingo en el que estuvimos solas con las monjitas porque mi madre estaba ocupada atendiendo su negocio y además ella decía que no creía en curas. La parte más bonita de todo fue que cuando recibí la hostia, me sentí completamente realizada, pues ya estaba limpia de pecado y había recibido el Cuerpo de Cristo. Ya tenía yo a quien más pedirle ayuda.

Cuando salimos de la iglesia, salimos en fila y la Madre Paulina y otras de las monjitas nos tiraban pétalos de flores en nuestras cabezas cuando íbamos camino hacia el colegio, entrando por primera vez por la portería principal. En un patio cubierto que separaba los dos patios del colegio nos habían preparado un delicioso banquete para celebrar nuestra Primera Comunión y a cada una nos dieron un regalo: una camándula para rezar el rosario a la Virgen y un pequeño devocionario en donde estaban todas las oraciones que deberíamos recitar diariamente.

Durante tercero de primaria, no tenía mucho interés en estudiar, no encontraba motivación en mi vida. Esther avanzó mucho más rápido pues yo me encerré en mi mundo interior, aunque ya confesada y libre de mis pecados, aún sentía el rechazo de mis compañeras de clase y eso me hacía sentir culpable como si yo hubiese hecho algo malo. Perdí hasta el interés de jugar con Esther y con Cachaco. Yo no soportaba más esa vida llena de trago, licor y música triste en la que vivíamos y los maltratos e indiferencia de mi madre hacia mí, sumados a la actitud de su amiga favorita, la mala de Isabel. Yo no soportaba que mi familia no fuera como las demás y que no viviéramos en un ambiente diferente. Añoraba la presencia del General, pues cuando él estaba con nosotras todo cambiaba. El temperamento de mi madre mejoraba, y sentíamos el apoyo de un padre que cuando regresaba nos ayudaba con matemáticas y ciencias pues no eran nuestro fuerte. Finalmente pasamos a cuarto de primaria.

Las vacaciones fueron una tortura para mí. Al menos en el colegio podía leer cuentos en la biblioteca o sentarme a rezarle a la Virgen María, pero en la casa, me sentía presa los fines de semana y mis únicos compañeros de juego eran Esther o con Cachaco.

En el cuarto año de primaria se nos asignó una profesora recién llegada al colegio.

—Buenos días niñas, soy Sor Filomena. Vamos a tener un año muy divertido —nos dijo.

Ella era el tipo de persona siempre sonriente, y que andaba con una canasta llena de hilos, lanas y agujas de crochet. De mediana estatura, sonrosada, de cara redondita, tenía muy buen humor, y era muy dulce con nosotras, más dulce que la miel.

Había decorado ella misma el salón de clases, colgando unos hilos desde el techo rematados con coloridas imágenes de animalitos, juguetes o plantas.

No había pupitres, solo unos pequeños colchones. Nos saludó con la mano y anunció:

—Ahora todas se van a acostar en sus colchoncitos y van a mirar hacia el techo.

Tan pronto nos recostamos ella nos puso una canción de niños, era una canción de cuna, en un pequeño tocadiscos que tenía en el escritorio. Y agregó:

—Miren hacia arriba. Lo que ven colgando del techo son móviles que se les ponen a los bebés cuando están recién nacidos para estimularlos, ¿les gusta?

—¡Sí, Sor Filomena!, se siente muy rico —le respondimos y nos embobamos escuchando esas canciones de cuna que ni Esther ni yo habíamos oído nunca.

Todos los días, durante aproximadamente dos meses, tuvimos una actividad por ese estilo, con ejercicios y canciones. No aprendimos ni una lección de español, matemáticas o de ciencias. Eran solo juegos con la Hermana Filomena, como le gustaba que le dijéramos. Ella sabía mucho de manualidades y nos hizo unos títeres de gatos y ratones y nos enseñó a manejarlos detrás de un pequeño tablero móvil que tenía. Esther y yo éramos las favoritas de la Hermana Filomena, éramos como sus bebés y participábamos en todos los juegos. Éramos expertas manejando los títeres y haciendo el papel de diferentes personajes para hacer reír a nuestras compañeritas de clase y a la misma Sor Filomena. Y lo mejor de todo es que todo el contenido teatral debía ser inventando. Empecé a sentir un gozo en mi interior que me hacía olvidar lo que había sido mi vida hasta ahora. Cuando ya habían pasado dos meses de haber regresado al colegio, mi madre nos preguntó:

—¿Qué es lo que están aprendiendo este año? No las veo estudiando mucho. No me vayan a salir con una sorpresa, par de desaplicadas.

—¡No mamá, vamos muy bien! —contestó Esther guiñándome un ojo.

Sor Filomena también nos enseñó a bordar, lo mismo que a tejer en *crochet* con una aguja de metal pequeña sin hueco, pero con una pequeña punta. Lo único que recuerdo que nos enseñó relacionado con lecciones de otras materias, fue cuando nos llevó a una sala de televisión que tenían las monjitas, nos sentó a todas frente a la pantalla a mirar *La Primaria por televisión* y nos dijo:

—Tomen cuaderno y lápiz. Siéntanse bien cómodas, miren la lección en la televisión, pongan atención y me escriben un resumen en sus cuadernos de lo que aprendieron —enseguida salía y nos dejaba solas.

De esa forma aprendimos a tomar nuestras propias notas después de entender lo que enseñaban desde la pantalla de la televisión. Al rato cuando regresaba, recogía los cuadernos con la tarea resuelta. Cuando los devolvía en las horas de la tarde, sin importar lo que hubiésemos escrito, nos premiaba el esfuerzo y nos daba a cada una, una chocolatina *jet* y un muñequito. Después de este período tan maravilloso con Sor Filomena, ella se fue y no supimos para dónde y llegaron dos profesoras que nos dieron las clases regulares con mayor intensidad horaria, cosa que nos agradaba mucho a Esther y a mí, porque tenían que cumplir con el programa escolar ya que estábamos muy atrasadas y no habíamos ni empezado con las lecciones escolares por estar jugando y divirtiéndonos con Sor Filomena.

Esther y yo recibimos con entusiasmo a las nuevas profesoras, aunque extrañando mucho a nuestra amada Filomena. Cuando empezamos a estudiar, notamos que aprendíamos las lecciones con mucha facilidad. Las profesoras Blanca Mery y Ana Elsy se mostraron muy sorprendidas. Matemáticas, ciencias, geografía, historia, todo era muy fácil para nosotras, así que sin ninguna dificultad y con muy buenas notas logramos terminar el cuarto año de primaria. Ya estábamos más grandecitas y entendimos cómo todo el amor de Sor Filomena para nosotras tuvo efectos mágicos y milagrosos en nuestra vida, pues tuvimos una atención y unos cuidados que nunca habíamos tenido antes.

Mi madre continuaba rentando los cuartos que estaban ubicados en el patio de la casa, aunque muchos de los clientes, y hasta la misma Rosalba, se quejaron de escuchar voces y pasos en el último cuarto por lo que casi no se rentaba y se mantenía vacío. Entre semana, los días que la cantina estaba cerrada, Esther y yo nos íbamos a jugar al patio y mirábamos con recelo esa habitación que permanecía oscura y cerrada.

Una tarde vi como, con mucho disimulo, Isabel entró un cuchillo a esa habitación. Cuando estábamos en el comedor, esa misma tarde, nuestra madre nos dijo:

—Niñas, llegó la hora de matricularlas para el grado quinto de primaria, y les comunico que será el último año de estudio para ustedes. Al menos terminarán la primaria —Esther y yo nos miramos y yo empecé a llorar.

—Madre, ¿por qué nos va a castigar quitándonos el estudio? Es lo que más nos gusta, ¿qué vamos a hacer Esther y yo aquí encerradas solo viendo borrachos?

—¡Leona! Mire a Ada cómo se ha vuelto de grosera. Castíguela encerrándola en la pieza en donde asustan —dijo Isabel con un brillo de maldad en sus ojos.

—¡Ada! ¿Qué fue lo que contestó? A mí me respeta « ¡culicagada de mierda!».

Seguidamente me cogió del cabello y me llevó arrastrando hasta el patio de atrás. Tomó una manguera plástica y me dio muchos golpes con ella en mis piernas y en mis brazos. Yo lloraba y gritaba agitada de dolor: — ¡Auxilio! ¡Auxilio! ¡Me van a matar!

Para que no siguiera gritando me daba los fuetazos justo en la boca reventándome los labios hasta que salieron borbotones de sangre. Esther se le colgaba de un brazo y pedía auxilio también. Mi madre estaba con el rostro enrojecido y los ojos brotados, enloquecida por la ira. El pobre Cachaco asustado por los gritos, le ladraba a mi madre como exigiéndole que me soltara.

—Y ahora —me dijo— le va a hacer compañía al espíritu que habita en esa pieza abandonada —dicho esto, abrió la habitación desocupada y me tiró contra el cemento dejándome a oscuras y encerrada en ese cuarto de espanto.

Sentí el frío cemento del piso en mis piernas y mis brazos adoloridos por todos los golpes que Leona me dio. Sentí mi boca agrandada por la inflamación y el sabor de la sangre que aún me salía por entre los labios. Sentí un dolor tan grande en mi corazón, como si todas las espinas del rosal de mi primera casa se hubiesen clavado en todo mi cuerpo. Me sentía desdichada, mal querida por mi madre. Con las monjitas había aprendido a rezar y a pedir deseos, pero en ese momento, el único deseo que tenía era el de morirme. ¿Para qué luchar más, para qué vivir más en esta vida tan triste que tenía?

De repente, sentí una presencia, un halo de viento tibio que me envolvía y entonces le pedí al cielo llorando y suplicando:

«Señor, no quiero vivir más, no quiero estar en este mundo, llévame por favor, llévame, quiero morir». Y recordé que Isabel había llevado un cuchillo a esa habitación, estiré la mano en la oscuridad y lo encontré. Un pensamiento terrible atravesó mi mente. Mientras temblaba de pavor, sentí un llanto al otro lado de la puerta, era Esther que me llamaba:

—Hermanita, hermanita, hábleme, aquí estoy, no le de miedo, no está solita. ¿Le duele mucho? —y lloraba.

—Esther —le respondí— no me siento bien, me quiero morir y aquí hay un cuchillo y yo ya no quiero vivir más.

—¡Mamá!, ¡mamá! ¡Venga por favor! ¡Ada se quiere matar! ¡Tiene un cuchillo!

Nadie vino a pesar de sus gritos. Esther suplicaba:

—Adita, hermanita, no me deje sola en la vida. La necesito, deme ese cuchillo, pásemelo por debajo de la puerta, por favor hermanita...

Yo ya me iba a enterrar ese cuchillo cuando sentí una voz que me dijo:

«Ada, no lo hagas, yo estoy contigo, eres mi hija amada. Estás aquí por un propósito». Y vi como una luz resplandeciente iluminaba la cara de una hermosa señora de largos cabellos blancos, vestida de velos de cristal. Me extendió los brazos y me subió en su regazo y me arrulló hasta que quedé dormida. Cuando desperté, estaba acostada en mi cama.

—Ada, hermanita, qué bueno que ya vuelves en sí. Cuando no me respondiste salí a buscar a mi madre y no había nadie, nos habían dejado a las dos solas. Después alguien tocó la puerta y era Rosalba, la peluda, que vino a buscar a mi mamá, le conté lo que te pasó y me ayudó a abrir la puerta y estabas dormida en el suelo y al lado estaba el cuchillo. Ella te trajo en sus brazos hasta nuestro cuarto. Ahora está preparándote un caldito de pollo y te va a ayudar a curar tus heridas. Gracias a Dios que no cometiste una locura hermanita —y me abrazó con cuidado para no lastimarme. Al rato llegó mi madre en compañía de Isabel. Estaba aún furiosa conmigo.

—¿Quién sacó a Ada del cuarto oscuro? —preguntó manoteando.

—Fui yo Leona —respondió con firmeza Rosalba—. Venía a pedirle un favor y Esther estaba asustada porque Ada le había dicho que tenía un cuchillo para matarse. Yo forcé la puerta y la abrí y encontré a la pobre Ada desmayada con el cuchillo a un lado.

—¿Cuchillo? ¿Quién metió ese cuchillo allá?

—Me imagino que ellas lo metieron al cuarto, jugando —contestó mintiendo la endemoniada de Isabel. Mi madre dijo entonces:

—¡Sólo habrá estudio para Esther! —dijo mi madre golpeando la mesa con el puño—. Ella puede terminar el quinto de primaria. A Ada me la llevo mañana mismo para meterla al convento de clausura donde las monjas de La Victoria. ¡No me la aguanto más! No soporto su rebeldía, no quiero que siga viviendo aquí conmigo —remató mientras gesticulaba con rabia.

Los cambios de temperamento de mi madre me desorientaban. Después de recibir sus maltratos físicos y psicológicos la odiaba, pero entonces recordaba todas las experiencias dolorosas que tuvo que vivir y sentía una especie de compasión por ella. Mi cabeza giraba.

¿Qué fue lo que escuché? ¿Me llevaría a un convento? ¿De dónde había sacado semejante idea? Me imaginaba encerrada y encadenada en una celda aislada del mundo entero. ¿Cómo sería eso de vivir en un convento de clausura en silencio absoluto? ¿Iría a para a otra prisión? Aunque esa idea me asustaba, veía que era la única ruta de escape del infierno en que vivía. Ya no soportaba los gritos de los borrachos, las risas de las mujeres y la música a todo volumen. Sentía que eslabones de cadenas invisibles me aprisionaban cada día que pasaba. No tenía otra salida, mi madre me encerraría en un convento para siempre. Haciendo esta reflexión me di cuenta de que amaba el silencio más que a nada en el mundo y que quería convertirme en una monja. Lo que para mi madre era un castigo, para mí sería un premio porque podría significar mi liberación.

Capítulo XVIII

Mi madre esperó que mi cuerpo sanara de los golpes que me propinó y que mi boca entumecida se desinflamara para llevarme al convento de las Misioneras Teresitas, ubicado en la cercana ciudad de La Victoria. A pesar de no mostrar huellas externas del maltrato físico, mi interior estaba destrozado. Me sentía humillada de verme tratada de esa manera. Además, mi cuerpo empezaba a cambiar, me estaba estirando rápidamente y estaba madurando a grandes pasos por todo lo que me había tocado vivir. Sentía palpable el desamor y el desprecio de mi madre, aunque no entendía claramente el por qué. ¿Cómo sanarían las heridas de mi alma? . Me preguntaba.

El día escogido por mi madre para internarme en el convento de las Teresitas, cuando apenas contaba con once años, amaneció más caliente que de costumbre. Parecía que los rayos del sol me infundiesen un calor bienhechor. Me sentía liberada porque al fin se acabarían mis tormentos. Allí terminaría mis estudios y me iría de misionera para no volver. Dejaba atrás a mi hermana Esther, mi defensora, y mi paño de lágrimas, y mi colegio, el refugio en donde tanto había aprendido.

—Madre, no lleve a Ada a ese convento, por favor… —decía Esther una y otra vez tratando de convencer a mi madre.

—Ada, hable con mi madre, dígale que usted no me quiere dejar sola, que no se quiere ir al convento de las monjas —me suplicaba la pobre de Esther con sus ojos rojos de tanto llorar.

—Esther, yo me quiero ir, es lo mejor para todos. No puedo seguir viviendo aquí, sufriendo tanto y mucho menos sin estudiar. No le cuente a nadie, pero el día que me encerraron en el cuarto oscuro y ya me iba a clavar el cuchillo en mi pecho, sentí una voz que me dijo que yo estaba aquí para un propósito y se me apareció una hermosa señora de cabellos largos. Ahora que lo pienso, ser monja debe ser mi propósito.

—Ay Ada, no me diga eso… no me deje sola… —repetía la pobre de Esther llorando. De repente, mi madre se nos acercó y nos dijo:

—Dejen ya tanta zalamería y despídanse que ya viene el carro a recogernos —y salió a recoger su cartera.

Esther y yo nos dimos un largo abrazo y lloramos en silencio, le di un beso en la frente y salí con mi madre a esperar el carro que nos recogería en unos minutos.

Mi madre encargó a Rosalba la peluda del cuidando a Esther.

Camino al convento mi madre estuvo callada todo el tiempo. Con nosotros venían otros pasajeros que iban también para la misma ciudad. Yo mientras tanto imaginaba cómo sería mi nueva vida en el convento, estaba convencida que con mis buenas notas de cuarto de primaria incluyendo la excelencia en disciplina, las monjitas me darían el cupo de inmediato. Tenía muchas esperanzas de que me aceptaran para el internado porque recuerdo que Las Teresitas habían ido a nuestro colegio de Toro, para preguntar si alguna de las estudiantes se quería ir de novicia, pues al parecer cada día morían más monjitas y era difícil encontrar sus reemplazos.

Pensaba cómo sería mi vida con ellas. Me dedicaría a estudiar y a ayudarles en todos los oficios del convento, cosa que no me importaba si con eso yo podría vivir en paz y sin maltratos. También pensaba en Esther, mi hermana a la que tanto quería, ¿podría vivir sin ella?. Y ¿qué pasaría con el General? Se fue a uno de sus viajes hacía muchos días y no había regresado. ¿Y mi perrito Cachaco que me calentaba los pies y además se comía todo lo que yo no quería comer? En verdad que los iba a extrañar...

El carro paró en una esquina frente a una edificación de color amarillo claro de dos pisos, tenía muchas ventanas que estaban cerradas con rejas de hierro. Mi madre pagó los dos pasajes al conductor del carro y nos dirigimos a la entrada principal del convento. Allí nos recibió una monjita quien con expresión bondadosa nos dijo "Buenos días ¿cómo las puedo servir? Soy la Misionera Inés". La monjita a la misma vez que hablaba se juntaba las manos haciéndonos una reverencia. Mi madre respondió con tono seco:

—Misionera Inés, buenos días. Le traigo a mi hija Ada para internarla ya que tiene vocación de monja.

—Ada, ¡qué lindo nombre tienes! —respondió con gracia la monja—. ¿Entonces estás convencida de tomar los hábitos? Eres muy niña todavía. Al comienzo vas a estar interna estudiando y trabajando y después, cuando tengas la edad suficiente tomarás los hábitos.

—Sí Misionera Inés —le confirmé con decisión—. Yo quiero ser monja y sé que aquí puedo estudiar —me sentía nerviosa y me frotaba las manos con cierta desesperación.

—Por favor siéntense en esa banca y espérenme que voy a llamar a la Madre Superiora. ¿Ya conocen todos los requisitos para que sea admitida?

—No, ¿cuáles requisitos? Cuando yo era joven simplemente me llevaron y me dejaron en un convento —aclaró mi madre mostrándose sorprendida.

—Siento decirle mi señora que ahora ya no es así, hay muchos requisitos. Un momento, ya regreso.

Yo no hablaba, y miraba para el piso para evitar a mi madre. A los pocos minutos llegó la Misionera Inés con la Madre Superiora quien, con tono autoritario y voz clara, mirándonos de arriba a abajo nos dijo:

—Soy la Reverenda Victoria, Superiora del convento de Las Teresitas. ¿Cuáles son sus nombres?

—Reverenda Victoria mucho gusto. Yo soy Leonor y Ada es mi hija.

—Por favor respóndame las siguientes preguntas —agregó la superiora mientras comenzó a escribir en unos papeles.

—¿Es usted casada por la Iglesia Católica?

—Sí, Reverenda —contestó mi madre

—¿Está Ada bautizada por la Iglesia Católica?

—Sí, Reverenda —la monja seguía escribiendo.

—¿En dónde está el padre de Ada? ¿Por qué no vino con ustedes? —continúo preguntando con cierta agresividad.

—Él no vive con nosotras. Nos separamos hace varios años.

La monja se quedó seria y frunció el ceño con la respuesta de mi madre. Con la cara sonrojada exclamó mientras se persignaba una y otra vez.

—¡Oh Dios mío! ¡Usted debe estar excomulgada por la Santa Iglesia! —seguidamente tomó aire y continuó—. Qué pena mi señora, lamento mucho decirle que en este momento no hay cupo ahora en el convento para recibir a su hija —remató la Superiora con tono seco.

Cuando escuché esa mala noticia me entristecí muchísimo y traté de convencer a la Superiora.

—Por favor, Hermanita, recíbame, yo le prometo que hago lo que me pida, limpio, lavo ropa, aprendo a cocinar, hago lo que sea para estar aquí con ustedes...

—Lo lamento mucho Ada. Se sale de mis manos esta decisión. No hay nada que hacer —me respondió la monja con tono áspero.

—Y ¿cuál es la causa, Reverenda? dígame la verdad —le inquirió mi madre arqueando la ceja izquierda y cruzándose de brazos.

—¡No hay cupo, simplemente no hay cupo y hasta luego, tengo mucho que hacer! —dijo la Reverenda Victoria dándonos la espalda y dejándonos solas en la sala de espera.

Desconsolada salí llorando, cabizbaja ante el rechazo de la ilusión que tenía de vivir con las monjitas. Mi madre no dijo nada y abordamos un carro que nos llevó de regreso a nuestra casa. No tenía ganas de hablar y tal vez por eso me quedé dormida en todo el viaje. Tan pronto llegamos a la casa salió Cachaco haciendo escándalo con sus ladridos, y moviendo su cola demostrándome su felicidad. Los ladridos de Cachaco despertaron a Esther.

—¿Regresaste Ada? ¡Gracias a Dios! Exclamó con alegría —mi madre respondió con sequedad.

—No había cupo para Ada. ¡A esta muchachita no la quieren ni las monjas! —remató y se dirigió a su cuarto.

Escuché cuando Rosalba entró al cuarto preguntándole qué había pasado. Después de que ella le contó, Rosalba le dijo:

—Leona, reaccione, la niña está muy pequeña para encerrarla en un convento. Espere que crezca, que haga el quinto de primaria en el pueblo —Rosalba mostraba mucha compasión por mí y por eso yo le había tomado mucho cariño.

—Está bien —respondió mi madre asintiendo con la cabeza—. Mañana las voy a matricular. Ada también podrá terminar la primaria al igual que Esther.

Finalmente, mi madre nos matriculó y como siempre, nos asignaron al grupo B. Ya estaba yo casi por los doce años y entendía mucho mejor todo mi entorno. Me daba cuenta de que en los grupos A incluían todas las niñas que eran adineradas o cuyos padres tenían relaciones cercanas con las monjitas y en el grupo B quedábamos todas las demás.

Esther y yo iniciamos nuestros estudios con la señora María Cristina. Era delgada, de cara alargada, blanca, cabello oscuro. De mirada triste, vestía siempre de negro y era muy seria. Encontramos las clases muy entretenidas. La profesora era muy clara en sus explicaciones y siempre al terminar su charla, nos hacía un dictado. En los años previos, debíamos memorizar las lecciones y las maestras nos llamaban a su escritorio o al frente del tablero para que las recitásemos de memoria, así que cuando salíamos al frente del salón parecíamos un grupo de loras repitiendo sin parar. Esta profesora enseñaba diferente, nos llamaba a su escritorio y nos hacía varias preguntas referentes al dictado. Yo aprendí muy rápido con este método y sentía que todos los ejercicios que hicimos con la Hermana Filomena estaban dando sus frutos, pues aclararon mi mente, lo que me llevó a ser menos tímida y pude participar más en clase. Por mi buen desempeño fui escogida como la asistente de la profesora. Ella me decía con un amago de sonrisa:

—Ada, como manejas muy bien el tema, encárgate de la mitad del grupo y yo califico la otra mitad.

—Claro que sí lo haré —dije orgullosa y tomé el libro para hacer las preguntas respectivas al grupo que me había correspondido.

Mientras estaba estudiando disfrutaba cada segundo del día y más conociendo las amenazas de mi madre, que éste era nuestro último año de educación, pues si mal no recuerdo, en esa época la educación primaria era gratuita, pero para estudiar el bachillerato teníamos que pagar. Esther también era muy dedicada, responsable con sus tareas y también se sentía feliz en el colegio. En nuestros descansos, Esther y yo nos íbamos a rezar a la capilla del colegio. Yo tenía mucha gente a quien pedirle ahora, incluyendo a la *bella señora* que se me apareció aquel día que mi madre me encerró en el cuarto oscuro, a Jesús que ya había recibido en mi corazón y a la Virgen de la cárcel de El Dovio. Les pedía un milagro para que pudiésemos continuar con nuestros estudios. También había pensado pedirle de rodillas al General cuando regresara de su misión para que él nos ayudase a pagar el bachillerato.

Uno de esos días doña María Cristina me preguntó:

—Ada, ¿por qué Esther y tú siempre se van para la capilla en lugar de jugar a la hora de su descanso?

—Porque estamos rezando para que suceda un milagro. Esther y yo no podemos continuar estudiando para graduarnos de bachillerato. Nuestra madre dice que solo puede sostenernos hasta terminar la primaria. La profesora me abrazó y me dijo:

—Voy a ver cómo puedo ayudarlas. Ustedes son muy buenas alumnas, especialmente tú tienes una capacidad para aprender extraordinaria. Además, después de que termines el bachillerato, puedes ir a la universidad y estudiar lo que te guste.

—A mí me encantaría defender a los niños maltratados. Aprendí desde muy niña que tenemos derechos, y también me gustaría escribir sobre este tema —contesté con entusiasmo.

—¡Muy bien Ada! Tú puedes estudiar en la universidad algo relacionado con leyes —me dijo mirándome con cariño.

—¿De verdad profesora? ¿Y cómo voy a llegar hasta allá si a duras penas vamos a terminar la primaria? —respondí abriendo los ojos con incredulidad.

—No te preocupes Ada, mientras tú me ayudas a tomar la lección al grupo, yo voy a investigar cómo te puedo apoyar.

Y así pasaron varios días en los que yo prácticamente era la profesora de mi clase, guiada por doña Cristina. Me aprendía muy bien la lección, doña Cristina me evaluaba y después ella se iba a investigar la forma en que yo pudiese salir adelante. Mi alma se llenó de un gozo tan grande porque tenía la esperanza de poder seguir estudiando. Ya me imaginaba terminando mi bachillerato y sintiéndome libre, sin estar viviendo dentro de una cantina. Una mañana mi profesora entró muy sonriente al salón y me llamó diciéndome:

—Ada, ¡tengo una buena noticia! Ya hice todas las averiguaciones del caso y por tu excelencia en clase, he conseguido que participes en un concurso de becas y si lo ganas, podrás estudiar tu bachillerato.

—Profesora, y eso ¿cómo va a suceder? —mi corazón empezó a palpitar rápidamente y una emoción intensa invadió todo mi cuerpo.

—Te va a llegar una citación para que presentes unas pruebas académicas. Después de que presentes el examen, si eres favorecida con la beca recibirás una carta.

Mientras tanto las cosas en la casa continuaban lo mismo. El viernes en la tarde, mi madre cocinaba hierbas frescas, les echaba azúcar, café y una de las pócimas que seguramente le había regalado Lola la gitana y empezaba a caminar por todo el salón bendiciendo las esquinas y regando este *menjurje*, dizque para la buena suerte en el negocio. El sábado en la mañana llegaban desde muy temprano, a eso de las siete de la mañana, Rosalba, la peluda, y la tal Chavela como le decía mi madre. Rosalba siempre estaba muy pendiente de prepararnos el desayuno y dejar listo nuestro almuerzo. Después ayudaba a mi madre en el salón de la cantina atendiendo a los clientes. Isabel llegaba a fisgonear, me miraba de reojo y saludaba solo a Esther y luego se iba para la cantina a limpiar las mesas y a esperar a los clientes. Mi madre se encargaba de manejar el dinero y de la música. Las canciones eran perfectas para aumentar la pena de las personas tristes y desdichadas, pues de esta manera ahondaban sus heridas y así bebían más trago. Los borrachos cantaban a gritos repitiendo las letras de las canciones y a veces cuando fisgoneaba entre las rendijas, veía como Isabel les servía más y más trago. Esa música a todo volumen era un martirio para Esther y para mí, que encerradas en nuestra prisión del fin de semana teníamos que estudiar los temas, hacer tareas y trabajos en medio de semejante alboroto. Cuando salíamos al comedor a recibir nuestro almuerzo, veíamos a Isabel caminando con uno de sus clientes para luego encerrarse en uno de los cuartos del patio. La cantina se cerraba el domingo en la madrugada a eso de las dos de la mañana y se abría nuevamente seis horas después. Esta era la rutina de los fines de semana hasta el lunes en la madrugada.

A pesar de estar trasnochada, Esther se levantaba muy temprano y preparaba nuestro desayuno dejándome dormir un poco más. Cuando el desayuno estaba listo me llamaba en voz baja para que me bañara y me alistara para ir al colegio tratando de no hacer ruido para no despertar a nuestra madre. Aunque cansadas por las malas noches que pasábamos los fines de semana, salíamos dichosas a estudiar al colegio de las monjitas.

La relación con mi madre seguía empeorando. Cada vez entendía menos porque ella me trataba de modo tan áspero y cruel. Para ese entonces yo casi cumplía los doce añitos y Esther ya tenía trece años. Notaba como su cuerpo había empezado a cambiar, sus caderas se ampliaron, ya era mucho más alta que yo, su cara era cada vez más bonita, pues esos ojos color miel que combinaban con su piel color canela la hacían muy atractiva y cuando íbamos camino al colegio, todos los muchachos del pueblo la miraban y le echaban piropos y a mí me ignoraban por completo, por lo que me daba mal genio.

Cuando Esther y yo caminábamos hacia el colegio, ella se iba un poco más adelante para devolver sonrisas coquetas a quienes la galanteaban. Yo trataba de ir alejada de ella, pues sentía celos, ya que Esther empezaba a interesarse cada día más por los muchachos y a veces ni me prestaba atención cuando yo le hablaba. No me había dado cuenta que yo también estaba cambiando, hasta que una soleada mañana de verano, caminando detrás de Esther noté la sombra de mi figura con curvas y asemejada a una guitarra. Sentía que mi cuerpo se estaba transformando, mis senos crecían y me dolían y empezaba también a atraer las miradas de los muchachos del pueblo que encontrábamos camino al colegio. Me miraba al espejo y veía como la piel de mi rostro se tornaba más lozana y las pestañas de color café oscuro habían crecido enmarcando mis grandes ojos verdes. Miraba mis piernas y veía como habían engordado. Me sentaba en la cama y las alzaba y pensaba qué hermosas eran. Yo que había sido o que me creía el patito feo de la familia, empezaba a estar consciente de mi belleza, y a sentir un no sé qué que me hacía sentir más mujer y más segura de mí misma. Observaba como empezaban a crecer vellos en mis axilas y en la parte baja de mi vientre. Mi parte más íntima había tomado la forma de una orquídea florecida en primavera. Como lo describiera el poeta francés *André Breton*, en su poesía *Amor Libre*, veía mi *cintura como reloj de arena, mis dientes como huellas de ratones blancos como la tierra blanca,* mis *hombros de champagne,* mis *brazos de espuma de mar y riachuelos,* mis *pechos del crisol de rubí, sexo de algas y antiguo caramelo...*

Cuando dejaba de observarme, el rostro de un muchacho que era vendedor en una tienda de bicicletas llegaba a mi pensamiento: tenía cabello negro, le daba casi a los hombros, ojos negros, nariz respingada y boca carnosa y pequeña. Su espalda era ancha y sus hombros corpulentos, piernas musculosas y de buena estatura, se me parecía a un actor que había visto en la televisión. Cada vez que pasaba por esa tienda trataba de encontrarme con su mirada y le sonreía, pero él sin percibir mi cambio me miraba con indiferencia. Una tarde cuando llegué del colegio sentí un dolor muy fuerte en mi vientre bajo y sentí una humedad en mis interiores. Salí corriendo al cuarto en donde dormíamos y cuál fue mi sorpresa al ver que mi ropa interior se había manchado de sangre. Me asusté mucho, no sabía qué hacer, a quién decirle. No quería contarle a mi madre.

—Adita, ¿te pasa algo? —dijo Rosalba agarrándome de un hombro con suavidad. Había visto mi prisa por entrar al cuarto. Yo no sabía que decirle y empecé a sollozar.

—Rosalba, tengo un dolor en mi vientre y sangre en mi ropa interior, ¿qué me habrá pasado? —dije temblorosa y con lágrimas en mis ojos.

—¡Ay Ada!, ¿acaso tu mamá no te ha explicado que todas las mujeres pasamos por un proceso que nos prepara para ser madres? Se llama el período menstrual porque es algo que sucede cada mes y dura entre 3 y 5 días por lo que deberás tener muy buena higiene, ponerte paños y cambiarlos varias veces al día.

—Rosalba, entonces ¿estoy enferma? —le repliqué angustiada.

—No Ada, es un proceso natural del cuerpo y en esos días puedes seguir con tu día normal. Si tienes dolor te puedo dar una pastilla para que te pase y aquí están los paños para que te cambies.

—¿Esther no te contó? A ella le pasó hace unos meses y yo también le expliqué. Seguro le dio vergüenza —dijo Rosalba sobándose la cabeza.

—No ella no me comentó nada. Gracias Rosalba, seguiré tus instrucciones al pie de la letra y tendré cuidado. No le digas a mi madre por favor —le respondí.

—No te preocupes Adita —dijo Rosalba dándome un abrazo.

Una mañana de esas, cuando iba hacia el colegio, algunos muchachos se me acercaron, yo me sonrojé y pensé que me iban a echar un piropo, porque les parecía bonita, pero cuál fue mi desencanto cuando uno de ellos me dijo:

—Tu hermana Esther está muy bonita, por favor llévale mis saludos.

—Si tanto le gusta, dígale usted mismo —le contesté con tono seco y aceleré el paso para quitarlos de mi camino. Cuando llegué a la casa después de nuestra jornada escolar y le conté a Esther, ella abrió sus ojos y me preguntó:

—¿Quién?, ¿quién era Ada? ¿El chico alto de las bicicletas? ¡Está muy guapo!

Me quedé en silencio y salí corriendo a acostarme, pensando que a las dos nos estaba gustando el mismo muchacho. Nos habíamos convertido en unas mujercitas.

Capítulo XIX

Esther me siguió al cuarto para preguntarme quién era el muchacho que le había enviado «las saludes».

—No Esther, no fue el muchacho de la tienda de bicicletas, fue Oscar, el hijo de don Orlando, el de la cooperativa —dije, bostezando.

—¡Qué lástima! El chico de las bicicletas me atrae muchísimo —respondió Esther con desilusión.

—Y ¿qué tal te parece Oscar? Ya te echó el ojo y no está nada mal... —le dije con una sonrisa.

—Me parece muy niño, la verdad es que me gustan los chicos más grandecitos... pero dejemos de hablar tanta bobería y vamos a hacer las tareas —dijo Esther abriendo la maleta en donde guardaba sus cuadernos.

Los días de la semana se me hacían cortos, todos los días nos levantábamos muy temprano, a eso de las 5:30 de la mañana, para ir a la escuela. Poco a poco éramos más independientes para hacer nuestras cosas y yo en especial trataba de no hablar o interactuar mucho con mi madre porque siempre chocábamos. Esther tenía una buena relación con ella pues trataba de no contradecirla para evitar conflictos. Notaba que la educación que recibía en el colegio me estaba ayudando mucho a establecer mi forma de pensar y de ver la vida y sentía que con mi desarrollo no solo ya no era una niña, sino que ya sentía que era una mujer que iba adquiriendo su propio criterio de las situaciones que sucedían a su alrededor.

De otra parte, aunque la mala de la Isabel no trabajaba sino los fines de semana, siempre estaba de metiche en la casa entre semana, pues se creía la gran amiga de mi madre. Una tarde que llegué del colegio, miré por las rendijas de la puerta que separaba la cantina de nuestro espacio y pegando la oreja a ella, escuché a Isabel diciéndole a mi madre:

—Leona, ¿cómo te aguantas esas ausencias tan largas del General? Hay un señor dueño de ganaderías y que vive aquí en el pueblo que me ha preguntado por ti, tú le gustas mucho. Así que si quieres tener una aventura yo puedo ser tu cómplice... —dijo la mala mujer volteando los ojos y torciendo la boca como siempre lo hacía.

—Chavela, la verdad a veces me siento muy sola. Me hacen falta las caricias del General. ¡Pero no, serle infiel al General nunca! Además, si me llega a descubrir me mataría —en ese momento su conversación se interrumpió porque tocaron la puerta y mi madre salió corriendo a ver quién era.

—¿Quién es? —preguntó mi madre con ansiedad acercándose a la puerta del salón.

—Es el correo de *Telecom*. ¡Traigo un telegrama! —gritó el hombre desde afuera.

—¡Ay Dios mío! Debe ser del General, hace días que no sé de él. ¿Qué habrá pasado? —dijo mi madre emocionada abriendo la puerta.

—Buenos días doña Leona. El telegrama es para su hija Ada —dijo el hombre entregándole el sobre a mi madre. Cuando escuché mi nombre, salí corriendo al salón.

—¿Quién me necesita? —pregunté apretándome las manos.

—Llegó este telegrama para usted Ada —dijo mi madre abriendo el sobre.

"Señorita, Ada Prado, ha sido elegida para el concurso de becas, examen en mayo 15 a las 8 de la mañana, en la Institución Educativa Fray José Joaquín Escobar, -J. J-. ICETEX".

—¡Qué bendición! ¡Y todo ha sido obra de mi profesora María Cristina! —dije llena de una emoción infinita y alzando los brazos al cielo—mi profesora ha conseguido que participe en el concurso de becas que ofrece el ICETEX para poder continuar mis estudios de bachillerato —le expliqué a mi madre.

—¿Tú no sabías nada de esto, Leona? Parece que Ada se mandara sola —dijo la fastidiosa Chavela destilando su veneno.

—Ada, ¿por qué está haciendo cosas a mis espaldas? ¿Acaso estoy pintada en la pared? —respondió mi madre muy enojada, con las manos en la cintura, y me pasó el telegrama.

—Madre, ¿por qué no te alegras de mi suerte? Yo no he hecho nada. Mi profesora sabe que no tenemos dinero para continuar estudiando el bachillerato. Ella ha visto mis deseos de aprender y superarme y me inscribió para el concurso. A mí se me había olvidado y por eso no te conté.

—Olvídate de eso Leona. Dicen que esas pruebas son muy difíciles, nadie las pasa y yo no creo que Ada se vaya a ganar esa beca —agregó Isabel mirándome con desprecio. La envidia la carcomía por dentro.

Agaché mi cabeza como siempre, no contesté nada a la malandra de la Isabel porque no quería empañar el gozo y la felicidad que me inundaban. Entré a mi cuarto y allá estaba Esther organizando nuestra ropa que Rosalba había lavado y planchado.

—Esther, ¡adivina qué sorpresa he tenido hoy! —dije moviendo el telegrama que tenía en mis manos.

—Ya sé, que te escribió el chico de la tienda de bicicletas —dijo sonriendo y moviendo su cabeza.

—No Esther, algo mucho mejor que eso. María Cristina, nuestra profesora me ha inscrito en el concurso nacional del ICETEX para becas de bachillerato. Y en solo tres semanas es la fecha del concurso en el Colegio J.J., ¡ya tengo la citación! —grité brincando de la alegría

—Ada, ¡qué maravilla! Tú eres muy inteligente, yo sé que te la vas a ganar y así al menos una de nosotras podrá terminar sus estudios. Voy a ayudarte con tus tareas caseras en estas tres semanas y así te podrás quedar en la biblioteca estudiando para que ganes ese concurso —dijo Esther llorando de la emoción y abrazándome.

Al día siguiente, cuando le mostré el telegrama a mi profesora se sintió muy feliz. Fuimos juntas a la biblioteca y escogió muchos textos para que estudiara en las tardes cuando saliera del colegio. Las monjitas acordaron que me darían una merienda en la tarde para que pudiera estudiar tranquilamente a solas en la biblioteca y estuviera muy bien nutrida. Por petición de Esther, mi madre aprobó mi estadía en el colegio después de la jornada escolar.

Llegó la hora de presentar el examen en el Colegio J.J. para participar en el concurso. Ese día me fui caminando porque el colegio quedaba a unas diez cuadras al sur de nuestra casa y Esther lo hacía en dirección opuesta para ir al colegio de las monjitas. El Colegio Fray José Joaquín Escobar tenía una excelente calidad educativa, poseía una edificación inmensa, abarcaba toda una manzana y era mixto. Me recibieron muy bien, entregué el telegrama que había recibido del ICETEX y me instalaron en un salón. Estando allá me dieron un mamotreto de hojas con preguntas de cultura general para que respondiera. Tan pronto terminé de contestar, me alcanzaron un cuadernillo con la segunda parte del examen y que correspondía a las pruebas de matemáticas. Por último, me dieron un cuaderno bien gordo titulado "Razonamiento Abstracto", un término totalmente nuevo para mí. A pesar de que me sentí por un momento un poco despistada por el nombre de la prueba, me tranquilicé y me dije:

"Ada, esta es tu única oportunidad para que algún día puedas salir de tu prisión. Ánimo tú puedes". Y respiré profundamente pidiéndole a todos los que siempre me ayudaban. Estaba segura de que superaría esta última prueba. Empecé a analizar el contenido y descubrí lo que tenía que hacer: observar las figuras, razonar que secuencia seguía y encontrar la última parte de acuerdo con mi razonamiento. La verdad, empecé a resolver la prueba con facilidad y lo terminé justo a tiempo. Cuando salí del salón mi madre me estaba esperando.

—Hija, ¿cómo le fue en las pruebas? —preguntó mi madre mirando su reloj.

—¡Bien madre! Estoy casi segura que voy a ganar ese concurso. Yo contesté absolutamente todo y pienso que lo hice muy bien.

—¡Ay Ada, deje de soñar! Esa beca no se la va a ganar, no se haga ilusiones —dijo mi madre cogiéndome de un brazo y caminando en dirección a la casa.

—Madre, déjeme soñar, es una ilusión que tengo —le dije con tono suave para que no se fuera a disgustar conmigo—por favor no me tome del brazo que me da pena con la gente, ya estoy muy grande—agregué, caminando a paso rápido.

Me molestaba que mi madre se dejaba influenciar por los malos comentarios de la Isabel y que no creyera en mis capacidades, en que yo podía ganarme esa beca.

Los días pasaban muy rápidamente, y en junio de 1977 fue la clausura del quinto de primaria. Era un viernes en la tarde por lo que mi madre pudo asistir. Fui escogida como la *Estudiante del Año* por tener el mayor puntaje entre todas las niñas del colegio que se estaban graduando de la educación primaria, y como premio, el *Banco de Colombia* me obsequió una cuenta de ahorros con dos mil pesos. Como parte de la clausura, las monjas daban un mensaje a los padres para que apretaran un poco la disciplina a sus hijas en estas vacaciones porque algunas de las estudiantes eran muy indisciplinadas causando a veces desorden en clase y pérdida de tiempo. Muy emocionadas salimos Esther y yo, pues habíamos terminado el año escolar con muy buenos grados y yo me había ganado ese premio. Me extrañó que mi madre no habló en el camino y cuando llegamos a la casa se exasperó diciendo:

—Con que son unas indisciplinadas y le hacen perder el tiempo a las pobres monjas, eso no es lo que yo les he enseñado. Me trasnocho y me mato trabajando los fines de semana para sacarlas adelante y vean cómo me pagan —dijo Leona enfurecida, manoteando.

Yo no podía aceptar los reclamos de mi madre porque no tenían ningún sentido. Habíamos terminado nuestra primaria con mucha satisfacción y yo había sido premiada, por lo que le respondí con tono fuerte:

—Madre, cómo nos dice eso. Pasamos el año con buenas notas y eso indica que no hemos perdido el tiempo.

—¡A mí no me venga a alzar la voz «¡culicagada grosera!» —gritó mi madre perdiendo el control.

Salió corriendo a su cuarto para traer una manguera de caucho color rosado con la que me castigaba. Se me acercó, dobló la manguera y me empezó a golpear en los brazos y en las piernas. Qué dolor tan bravo sentía con esos guarapazos. Yo gritaba y trataba de protegerme con las manos. Uno de sus golpes lastimó el dedo meñique de mi mano derecha. Cansada de pegarme, me agarró de los cabellos y como era habitual me arrastró a ese cuarto oscuro y helado que estaba en el patio de atrás. La pobre Esther lo único que hacía era llorar y ni se atrevió a defenderme de semejante fiera.

Con los ojos cerrados, aterrorizada por el miedo que me causaba la oscuridad y sintiéndome muy triste y decepcionada al entender que todos mis esfuerzos no habían sido suficientes para que mi madre se sintiera orgullosa de mí, me recosté en la vieja cama que estaba en ese cuarto y sentí como un aire calientico abrigaba todo mi cuerpo calmando mi dolor y adormeciéndome. El ruido de alguien abriendo la puerta me despertó: Rosalba alentada por Esther me liberaba de mi prisión.

—Ada, Ada, ¿cómo está? Levántese que ya convencí a su mamá para que me permitiera sacarla de este cuarto oscuro —la abracé en señal de agradecimiento y me llevó a nuestra habitación en donde estaba Esther esperándome.

—Ada, perdóname que no tuve el valor para defenderte —dijo Esther abrazándome acongojada. Se notaba que había llorado mucho.

—Esther, me siento tan triste, yo tenía tantas esperanzas en ganarme la beca para estudiar. Pero se acabó el año lectivo, terminamos nuestra primaria y nunca llegaron los resultados.

Ese fin de semana me quedé en mi cuarto sin salir, Esther llevaba la comida al cuarto y allá comíamos las dos. No quería verle la cara a mi madre y mucho menos la de Isabel. Por lo que me dijo Esther parecía que mi madre estaba dizque muy triste después de semejante paliza que me dio. Rosalba me aplicó una pomada caliente en el dedo meñique y lo entablilló pues lo tenía bien lastimado. A pesar de todo lo que me había pasado, algo dentro de mí me decía que no debía perder las esperanzas y que tarde o temprano tendría noticias del concurso de becas. Las matrículas para el año lectivo que iniciaría en el mes de septiembre se abrieron en el mes de agosto. Como lo había prometido mi madre, no nos matriculó y por desgracia, el General Beltrán aún no regresaba de sus correrías. Sabíamos de él por los telegramas que frecuentemente recibía mi madre.

A finales de agosto, una mañana llegó el señor de Telecom con una carta. Mi madre había salido a la plaza a hacer el mercado por lo que Rosalba la peluda fue la que la recibió.

—Ada, esta carta es para usted —dijo Rosalba con emoción. Inmediatamente tomé el sobre para fijarme de dónde venía y qué sorpresa tan agradable recibí al darme cuenta que venía del ICETEX.

—¡Esther! —le grité a mi hermana—me ha llegado la carta que he estado esperando del ICETEX, ven para que la leamos juntas.

Esther presurosa vino al comedor en donde yo estaba sentada para escuchar lo que decía la tan anhelada carta. La leí en voz alta:

"Señorita Ada Prado, la presente es para comunicarle que, debido al alto puntaje obtenido en las pruebas presentadas, ha sido acreedora a una beca que le cubrirá todos los costos del bachillerato, el cual será pagadero en cuotas mensuales de $1,000 pesos. Para recibir el valor mensual de la beca, usted deberá abrir una cuenta bancaria a su nombre, e informar al ICETEX dónde va a cursar su bachillerato".

—¡Todo ese dinero! ¡No puede ser! Con el valor mensual podré pagar también tu pensión del colegio Esther. ¡Vamos a estudiar las dos el bachillerato! —dije brincando de la alegría.

—¿De verdad, Ada? —preguntó mi hermana Esther casi llorando—. ¿Yo también podré estudiar mi bachillerato? Pero si ese dinero te lo has ganado tú y con eso podrás comprar ropa y otras cosas que necesites.

—De ninguna manera Esther, ese dinero mensual es suficiente para pagar las dos mensualidades de pensión y me queda un pequeño remanente el cual ahorraré. Además, recuerda que aún no he gastado los dos mil pesos que me gané en la clausura —le contesté a mi hermana suspirando de la emoción.

No había terminado de hablar cuando llegó mi madre de la plaza con una canasta llena de mercado.

—¿Qué es tanta bullaranga? ¿Qué es ese papel que tienes en las manos Ada? —dijo mi madre poniendo la cesta con víveres en la mesa.

—Una buena noticia madre: ¡Ada ha recibido una carta del ICETEX! Le han confirmado que se ganó la beca para estudiar el bachillerato —dijo Esther con emoción tomándome de la mano.

—¿Qué? No lo puedo creer, esto tiene que ser una equivocación. Respondió mi madre frunciendo el ceño.

—No madre, no es ninguna equivocación, es cierto. Y lo mejor de todo es que Ada ha ofrecido pagarme a mí también los estudios —dijo Esther acariciándome la cabeza.

—Entonces arréglense y vamos rápido al colegio para matricularlas —dijo mi madre entrando a su cuarto para sacar su cartera sin hacer ningún comentario.

Esther y yo nos cambiamos rápidamente y muy emocionadas salimos para el colegio a matricularnos para el primer año de bachillerato.

¿Qué nuevas emociones y aventuras nos esperarían en esta nueva etapa de nuestras vidas? Sentía una gran felicidad por este logro tan grande que había alcanzado a mi corta edad.

Capítulo XX

Me encuentro en Miami Beach. La mañana ya está bien avanzada y todavía la cuadrilla de obreros, enfundados en impermeables amarillos, botas y cascos, no han terminado de recoger los deshechos de la vegetación que un día fue mi deleite. El huracán Katrina acabó con todo. En el arrasado jardín, solo se ven manchas dispersas de flores de la buganvilia coloreando los destrozos. Me dejo caer sobre una poltrona y suspiro: —¿acaso no soy una experta en resiliencia?—me digo, reflexionando y comparando los ciclos de este huracán a todas las vicisitudes y situaciones que había vivido Ada Prado.

Observo que la estructura maciza de la pérgola estaba intacta a pesar de la fuerza de los vientos huracanados que habían soplado a velocidades inimaginables y que la hubiesen podido derribar. A semejanza de Ada quien a pesar de todos los maltratos y sufrimientos que experimentó, había cimentado con sus pensamientos y deseos internos de superación y liberación, una fuerza interna e indestructible que la motivaban a seguir adelante.

Me dejo llevar por mis recuerdos y me traslado en el tiempo al año de mil novecientos setenta y siete cuando Ada iniciaba sus estudios de bachillerato, en el pueblito de Toro, Valle del Cauca, Colombia.

El día que llegamos a nuestra clase de primero de bachillerato, una serie de pensamientos afloraban en mi cabeza. El haber podido conquistar esa meta tan lejana había sido una proeza increíble para mí y casi comparada con la de *Don Quijote de la Mancha* cuando luchaba contra los molinos de viento. Sí, allí estaba en el salón de Primero A, empezando una etapa de mi vida que me llevaría a mi liberación. Ese día me prometí dedicación total a conquistar mi grado de bachiller.

Nuestra directora era la Hermana Fanny, también entrenadora oficial del equipo de basquetbol del colegio. De tez blanca, de pequeña estatura, era muy dinámica, y más de una vez se le veía en las canchas del colegio corriendo cual gacela en una pradera guiando su manada. El primer día de clase se presentó como la directora de grupo y además profesora de matemáticas. Tuvimos entrevistas individuales con ella para acordar cuales serían nuestras metas principales. Recuerdo como si fuera hoy cuando me dijo:

—Ada, aunque no hemos hablado antes, conozco quién eres y sé de tus capacidades. Tú fuiste la estudiante número uno el año que pasó y debes mantener tu puesto y ahora más que nunca para que puedas conservar la beca del ICETEX, debes tener un excelente rendimiento académico. Desde ahora, para mí, ¡tú eres una ganadora! —dijo la Hermana Fanny, mirándome fijamente a los ojos, tomando mi mano derecha y alzándola con determinación.

—Gracias Hermanita Fanny por esas palabras. La verdad me llena de fuerza para empezar mi año escolar.

Con parte del dinero que me había ganado con la cuenta de ahorros, había comprado uniformes y zapatos nuevos para Esther y para mí, y todos los libros y cuadernos requeridos de acuerdo con la lista de útiles. Estaba muy feliz porque de cierta manera me sentía con algún grado de independencia financiera a mi corta edad, pues cada mes recibiría un ingreso fijo para atender todos los gastos de educación de las dos.

En este curso teníamos un profesor para cada materia, lo cual hacía un poco más difícil la faena ya que cada uno poseía una metodología diferente para enseñar y hacer las pruebas. Recuerdo que el primer día de clases con la profesora de sociales, Nidia, fue a enseñarnos el sistema reproductivo del hombre y su diferencia con el de la mujer y para eso hizo un dibujo de cada uno de estos sistemas en el tablero. Nos enseñó además los métodos de planificación familiar que existían en esos días. Cuando sonó la campana para el cambio de clase, la profesora salió corriendo sin borrar sus dibujos y tremenda sorpresa se llevó la Hermana Fanny, quien iba a enseñar la clase siguiente, cuando vio estos dibujos en el tablero.

—Niñas por favor, borren el tablero rápido para que empecemos nuestra clase de matemáticas y volteó su rostro para otro lado para no mirar —todas reímos silenciosamente.

En primero de bachillerato estudiábamos matemáticas, biología, español, inglés, ciencias sociales, historia, religión, educación física y además técnicas de oficina: taquigrafía, mecanografía, manualidades, arte (música y pintura). Con mi mente enfocada en ese objetivo de estudiar y tener un promedio excelente, observaba a cada uno de mis profesores, analizaba cuál era su estilo, cómo era la forma de enseñar y de evaluar, y siempre estaba muy atenta a las explicaciones de la clase. Participaba activamente en cada una de ellas y no solo me limitaba a tomar los apuntes de la clase si no que tenía una libreta especial en donde hacía un resumen de cada clase, para que no se me escapara ningún detalle. Al llegar a la casa después del colegio, Esther y yo nos dirigíamos al comedor a hacer las tareas que la verdad eran muchas porque cada profesor nos dejaba la suya y además leíamos nuestros apuntes. Al terminar nos dedicábamos a ayudar en los quehaceres de la casa ya que mi madre buscaba que cada vez fuéramos más independientes.

En el salón de clases, solo conocía a algunas de mis compañeras, pues siempre habíamos pertenecido al grupo B y precisamente para este curso había una mezcla de los dos grupos. Al lado de mi pupitre estaba María del Mar, una niña muy blanca, con pequitas en su sonrosada cara, labios gruesos y ojos pardos con cejas bien definidas de muy agradable conversación, por lo que empezamos a hacernos buenas amigas. Por lo visto a esta niña no le importaba que mi madre tuviese una cantina o quizás no sabía. Pensé.

Una noche mientras dormíamos sentí ruidos en la casa. Alguien había llegado, escuché con atención y me di cuenta que era el General Beltrán. Dormí complacida sabiendo que ya tendría un compañero para tener algo de diversión: ver peleas de boxeo, carreras de ciclismo y por qué no, partidos de fútbol. A la mañana siguiente cuando nos levantamos, mi madre ya había preparado un rico desayuno para el General y para nosotras. Después de terminar de desayunar y antes de salir para el colegio, el General entró al cuarto de mi madre y sacó un paquete que contenía unas hojas secas. Tomó un plato de la cocina, agregó un poco de estas hojas secas en el plato y con un fósforo las empezó a quemar por lo que un aroma peculiar comenzó a esparcirse por toda la casa.

—¿Acaso ha traído incienso del que utilizan en las iglesias para bendecir la casa? ¡Qué olor tan rico! —pregunté al General abriendo los ojos y deleitando mi olfato con tan delicioso aroma.

—No, Ada, esta hierba no es ningún incienso. Se llama *Cannabis Sativa* y es la hierba que vulgarmente se conoce como marihuana. He quemado esas hojas a propósito para que conozcan y puedan reconocer su olor. El uso de esta planta es prohibido en el país ya que tiene un componente narcótico que altera la mente de las personas que lo consumen. Ahora que ustedes están más grandes, sus amigos o amigas pueden tratar de convencerlas para que la consuman. La forma en que se usa es llenando un cigarrillo vacío con las hojas y semillas secas de esta hierba, prenden el cigarrillo y luego inhalan su humo que causa diferentes efectos embriagadores y alucinantes. Por favor no lo hagan, porque el consumo de esta planta también causa adicción.

—¡Ay Dios mío qué peligro! Y Ada diciendo que tan rico ese olor —contestó Esther echándose la bendición.

—Gracias General Beltrán, vamos a seguir su consejo —dije sonriéndole con simpatía.

El General hacía el papel del padre perfecto: con su ejemplo, su rectitud, sus consejos, su sabiduría y su forma tan respetuosa de tratarnos.

El General se quedó en la casa solamente por dos semanas. Entre semana, lo acompañaba a ver sus programas de deportes favoritos y leía el periódico una vez él lo hacía. Mi madre lo complacía preparándole deliciosas comidas y encargándose de planchar y almidonar sus camisas blancas y sus uniformes. Lo mejor de todo era que cuando estaba el General, la supuesta amiga de mi madre, la Isabel, no se aparecía en la casa en ningún momento. Los fines de semana que se abría el bar, él acompañaba a mi madre en el mostrador y le ayudaba con la música. Mi madre se veía más tranquila y segura y se abstenía de maltratarnos ya que el General no se lo permitía. El día en que el General se despidió de nosotras para volver a su misión lloré mucho y noté como a él también se le aguaron los ojos.

—Queridas mías, me tengo que ir por tres o cuatro meses. La misión que tengo es muy delicada y al mismo tiempo no puedo descuidar mi territorio —dijo el General con tono triste sobándose su cabeza.

Estaba segura de que el General presentía mis sufrimientos producto de la mala relación que mi madre y yo teníamos y, por otro lado, también le hacíamos falta como familia. De otra parte, a él no le agradaba mucho el que viviéramos en esa cantina. Después de su partida, mi madre se quedó muy callada toda una semana. Rosalba y nosotras nos encargamos de todos los quehaceres de la casa pues ella se sentía muy mal y con mucho dolor de cabeza. Según Rosalba mi madre ya se estaba aburriendo de la soledad que sentía cuando se iba el General. Pasaron varios meses desde que nos despedimos del General cuando mi madre empezó a sentirse muy mal. Sentía náuseas cuando iba a comer y cada vez estaba más irritable, pues todo le molestaba y quería dormir a todas horas. Una tarde escuché la siguiente conversación:

—Leona, esos síntomas no son normales, debes ir a ver al médico —le dijo Rosalba con tono de preocupación.

—Sí, Rosalba tienes razón, aunque ya sé lo que me pasa: creo que estoy embarazada, estoy esperando un hijo del General Beltrán —contestó mi madre con preocupación tocándose su quijada.

—Afortunadamente el General está por llegar, dijo que regresaría máximo en cuatro meses y ya han pasado tres. Voy a pedir cita en el hospital del pueblo para tener los resultados cuando regrese. Estoy segura que se pondrá muy feliz —dijo mi madre esbozando una sonrisa, aunque se veía preocupada.

Mientras tanto, Esther y yo nos dedicábamos a nuestros estudios y por nuestras notas sobresalientes y buen comportamiento, todos los profesores nos tenían mucho cariño. Me encantaba la clase de religión porque aprendimos a servir a los demás, a los más necesitados.

Cada mes, la Hermana Margarita en su hora de clase, que casi siempre era la última de la tarde, escogía a una familia que no estuviera en buenas condiciones económicas. Las niñas que quisieran participar deberían llevar víveres y alimentos básicos de primera necesidad para entregarlos a la familia seleccionada. No solo íbamos a visitar las familias, sino que también les enseñábamos hábitos de higiene, limpiábamos sus casas, bañábamos los niños y les cocinábamos un delicioso menú.

Al final, cansadas y muertas del hambre, nos abrigaba un sentimiento de satisfacción de haber ayudado a otros. Además, entendía que, a pesar de mis sufrimientos, existían otras personas en el mundo que sufrían más que yo y si yo podía ayudar, aunque fuera un poco, esto me causaba mucho alivio.

Una tarde después de regresar del colegio, mi madre nos dio la noticia:

—Hijas, tengo algo que contarles. Ustedes saben cómo amo al General y soy muy feliz con él. Estoy esperando un bebé —dijo mi madre con emoción tocándose su vientre que ya estaba creciendo.

—¡Qué linda noticia madre! —contestó Esther abriendo los ojos y abrazando a mi mamá.

—¿Un bebé en la casa? ¡Qué felicidad! —contesté alborozada.

Mi madre esperaba ansiosa al General Beltrán para darle la buena noticia: la llegada de nuestro hermano o hermana. Según nos contó ya casi completaba los cuatro meses. Tal y como lo había anunciado, el General regresó exactamente cuatro meses después de su partida. Cuando arribó, todas estábamos ansiosas de ver la cara que pondría el General cuando se enterara de la noticia. Mi madre nos llamó y toda la familia se sentó en el comedor:

—Augusto, estamos felices de que hayas regresado. Te tengo una buena noticia —le dijo mi madre con tono nervioso.

—Yo estoy muy feliz de haber regresado. He bajado mucho de peso por las largas jornadas. En el campo la alimentación no es muy buena. También les tengo buenas noticias. Pero Leonor, empecemos por la tuya —dijo el General con una sonrisa en sus labios.

—Augusto, estoy embarazada, ¡estamos esperando un hijo! —dijo mi madre casi llorando de la emoción.

—¿De verdad Leonor? ¡Qué noticia tan maravillosa! ¡Un hijo de los dos! ¡Qué maravilla! —exclamó el General muy emocionado.

—Y ¿qué es lo que nos tienes que decir, Augusto? —preguntó mi madre con curiosidad.

—¡Pues que ya he terminado mi misión y por ahora trabajaré en el comando de este pueblo! No más viajes por el momento —remató el General.

Todas nos miramos emocionadas al saber que nuestra familia estaba creciendo y fortaleciéndose. Con el General en casa mi madre me dejaría en paz y yo podría dedicarme más a mis estudios y además tendríamos ayuda con nuestras tareas. El hecho de tener un hermano me entusiasmaba pues tenía la esperanza que mi madre reviviría sus sentimientos de maternidad y suavizaría su forma de ser conmigo. Además, el bebé sería como un juguete en nuestras manos. El General se sentía feliz y realizado porque por primera vez se iba a convertir en padre y así lo manifestaba:

—Leonor, si nuestro hijo es un hombrecito se llamará como yo. En unos meses vamos todos a Pereira a comprar todo lo que el bebé necesitará para el día de su nacimiento. Mañana mismo iremos a uno de los almacenes del pueblo para comprar tu ropa de maternidad, porque me imagino que ya tu ropa no te queda muy bien. Debes alimentarte muy bien y no trasnocharás más y de ahora en adelante te acostaras más temprano y yo me encargaré de cerrar el negocio —decía el General haciendo planes y esperando feliz a su futuro hijo.

Cumplidos los nueve meses de embarazo y sin complicaciones mi madre dio a luz a un hijo varón. El

General ya nos había llevado a Pereira de paseo y había comprado todo lo necesario para recibir a nuestro hermano Augusto. A los seis meses de nacido el bebé, su cuna fue instalada en la habitación en donde dormíamos Esther y yo. Desde ese momento, nuestro sueño se vio perturbado por el llanto continuo del bebé. Como Esther era la hermana mayor, fue encargada de alimentarlo en las noches y madrugadas de los fines de semana. Aunque yo no estaba encargada, me despertaba con los chillidos del niño hambriento, y al parecer la música de la cantina le molestaba tanto como a mí. Mientras yo hacía las tareas, la pobre Esther se sentía la madre de mi hermano los fines de semana preparándole teteros, compotas y además lavaba sus pañales evitando que se mancharan para evitar la furia de mi madre. Como nos dijo el General, se quedó trabajando en el comando local entre semana y los fines de semana se dedicaba a ayudar en el bar, pues al parecer las ganancias cada vez eran mayores.

Yo no volví a ver a la Isabel que acompañara a nadie a los cuartos de atrás. Los cuartos se rentaban a los campesinos que tenían que pasar la noche en el pueblo y partían para sus fincas al día siguiente. Con el General en el bar no volví a sentir las miradas morbosas de algunos de los clientes que nos miraban de arriba abajo, ni a oír sus comentarios pecaminosos cuando pasábamos por el salón para entrar a nuestros aposentos.

Todo estaba muy bien en el colegio, mi rendimiento académico era excelente, todos los meses ganaba menciones honoríficas ocupando el primer lugar y al parecer esto despertó la envidia de una de las compañeras de la clase que era nueva en el colegio y mucho mayor que nosotras. Era casada y había vuelto al colegio a terminar su bachillerato, se enteró de que nuestra madre tenía un bar en el pueblo y se me acercó a la hora del descanso cuando yo estaba hablando con mi amiga María del Mar.

—¿Eres la hija de la cantinera?, ¿cierto? ¿Qué haces estudiando en un colegio de monjas si vas a terminar siendo una prostituta? —dijo la endemoniada mujer muy agitada y se alejó con paso apresurado.

Yo quedé estupefacta y no pude contener el llanto. Esther se acercó preguntándome por qué lloraba. María del Mar le contó lo sucedido y mi hermana se enrojeció y de inmediato fue a buscar a la causante de mi llanto. La cogió de los cabellos, le dio unas cuantas cachetadas y la arrastró por el corredor del colegio. Parecía digna hija de su madre Leona. Las niñas del colegio formaron un círculo haciéndole barra a mi hermana para que castigara a la ofensora. Las monjitas se dieron cuenta de lo sucedido y corrieron a parar la pelea.

Capítulo XXI

—¿Qué está pasando aquí? —retumbó una voz fuerte que nos paralizó a todas.

—Soy Sor Nelly, la nueva Madre Superiora. ¡Qué bonita forma de recibirme! ¡Las expulsaré a las dos del colegio! —continúo diciendo la monja bien enojada.

Era grande y acuerpada, de piel color trigueña, anteojos grandes, y manos grandes. Era el tipo de persona que, con solo dirigir la mirada a la asamblea de estudiantes, no se escuchaba ni el sonido de una mosca en el edificio del colegio. Tomó de una mano a mi hermana y de la otra a Helena, la causante del disturbio.

—Vamos a mi oficina, estos episodios no pueden ocurrir en un colegio de señoritas —dijo con tono fuerte casi arrastrando a las dos alumnas a su oficina.

El resto de las estudiantes regresaron a sus respectivos salones de clase. María del Mar y yo nos fuimos detrás de la Hermana Superiora para aclarar lo que había sucedido y de alguna manera defender a la pobre de Esther y evitar que la expulsaran del colegio.

—¿Qué hacen ustedes detrás de mí? —preguntó la monja exasperada y moviendo sus manos.

—Hermanita, hemos venido a interceder por Esther. Ella solo quería defender a Ada de las ofensas de Helena —dijo con voz suave María del Mar.

La endemoniada de Helena era una mujer de piel trigueña, de contextura pequeña, nada agraciada, sus ojos brillaban como los ojos de una serpiente que buscaba atrapar a su presa indefensa. Tenía unos veinticinco años aproximadamente y por lo que más tarde me enteré, tenía dos hijos. Parada frente a la Madre Superiora, con su cabello despeinado y con sus cachetes rojos por las cachetadas que Esther le había propiciado respondió:

—Esther me atacó sin que yo pudiera defenderme, yo no le hice nada —dijo la ofensora con tono de animal degollado.

—Lamento desmentirla Helena. Yo estaba con Ada conversando en nuestro descanso y usted apareció a insultarla sin motivo alguno. Ada lloró por sus ofensas y por eso Esther su hermana vino a defenderla —respondió María del Mar con firmeza.

—Ada, ¿qué fue lo que te dijo Helena que enojó tanto a Esther? —preguntó la monja con cierto tono inquisidor.

—Me da mucha pena decirlo, hermana superiora, es algo muy malo —dije llorando y agachando mi cabeza.

Deseé con todo mi corazón que Esther no fuera castigada y cerré mis ojos sollozando.

—Hermana Nelly, lo que pasa es que ellas viven dentro de una cantina que queda aquí en el pueblo y yo creo que no son buena influencia para las estudiantes —dijo con arrogancia la desdichada de Helena, mirándonos con desdén.

—¡Cállese! ¡Aún no es su turno! —dijo la Hermana Superiora alzando la voz—. Usted no es un juez para que haya condenado ya a estas pobres niñas —dijo enfurecida la Hermana Nelly.

—Esther, cuénteme su versión de los hechos —preguntó la monja como si fuera el juez.

—Hermana Superiora, con todo respeto quiero decirle que ya estamos cansadas de la discriminación e intimidación que hemos recibimos por parte de la mayoría de las estudiantes del colegio hace ya casi cinco años. Casi ninguna de ellas quiere jugar o hacer tareas con nosotras, escuchamos muchos comentarios desagradables que hacen y hoy se me rebasó la copa. Esta mujer, siendo mucho mayor que nosotras, se atrevió a llamar a mi hermana Ada, prostituta. Mi madre tiene un bar en la plaza del pueblo, nosotros vivimos con ella pues no tenemos otro lugar en donde estar y no es nuestra culpa. Nuestro comportamiento en el colegio es impecable y nunca estamos en la calle, pues nuestra madre es muy estricta y no nos permite salir —todo esto lo dijo la valiente de mi hermana Esther sin derramar una sola lágrima. Yo en cambio me hubiera ahogado en gemidos y de vergüenza al contar nuestra situación a la nueva Hermana Superiora.

—Es verdad todo lo que dice Esther, Hermana Nelly, yo soy testigo de ello —dijo María del Mar con tono triste y moviendo su cabeza afirmativamente.

—Helena, ¿sabía usted que lo que ha hecho es un delito? No es nada más ni nada menos que intimidación y desprestigio a estas inocentes niñas. Queda sancionada por una semana. No regresará al colegio hasta después de que se haga una junta de profesores en donde discutiremos el caso. Esto que ha sucedido hoy es muy grave y puede terminar en una expulsión de la institución. Puede irse —le ordenó la monja enfurecida sacándola por un brazo de su oficina—. María del Mar, puede volver a su salón de clases, gracias por colaborar —continuó la monja— Ada y Esther se quedan conmigo aquí en la oficina.

Y ese día, le contamos nuestra historia a la nueva Madre Superiora quien se conmovió muchísimo al saber que vivíamos tan encerradas, casi como en una prisión.

—Esther, usted cometió una ofensa grave contra Helena al agredirla físicamente, pero de acuerdo con los hechos narrados, reconozco que actuó con ira e intenso dolor a consecuencia del insulto injusto que Helena profirió contra su hermana Ada y por eso, no la voy a sancionar o a expulsar del colegio. Solo tendrá que trabajar para la comunidad. Ayudará a las Hermanas a organizar y entregar mercados todos los viernes en la tarde por un mes.

—Hermana Superiora, eso va a ser muy difícil, mi madre no me dará el permiso —dijo Esther apenada por lo sucedido y cansada después de semejante pelea con «la culebra» de Helena.

—No se preocupe Esther, de eso me encargo yo. ¡Iré a hablar con su madre! —dijo la Hermana Nelly con tono decidido—. Pueden regresar a retomar sus clases —concluyó la monja con tono seco y salió para sus aposentos.

Ese día me quedé muy preocupada por la situación de Esther ahora con una obligación adicional pues ya tenía suficiente con los oficios de la casa, lavado de pañales, cuidado de nuestro hermano y ahora tenía que ayudar a las monjitas a organizar los mercados para los pobres... y todo por defenderme. "Voy a hablar con la Hermana Nelly y yo haré este trabajo de ayudar a los pobres que tanto me gusta", pensé decidida a hacerlo más adelante. Sentí un gran alivio porque no habían sancionado o expulsado a Esther del colegio pues allí se las hubiese tenido que arreglar con mi madre. Me sentí muy triste al ver que a pesar de que tuviéramos excelente conducta y disciplina y altos promedios académicos, las compañeras del colegio aún nos seguían discriminando porque mi madre tenía un bar en el pueblo. Una voz interna me decía que no debía dejarme opacar por esa situación ni por las palabras ofensivas de Helena, quien quería predecirme un futuro que ella se imaginaba o quería para mí. Por el contrario, ahora pondría más empeño en obtener las mejores notas del colegio, mantener mi beca de estudios, terminar mi bachillerato y por qué no, más adelante estudiar una carrera universitaria.

Cuando llegamos al salón, todas las niñas nos miraron asustadas. Observé con disimulo y vi que el puesto de Helena estaba vacío. ¡Me alegré por su castigo! Encima de mi pupitre encontré un papelito que decía: "Ada siento mucho lo que te paso hoy. ¿Quieres ir a mi casa para que estudiemos juntas? María del Mar". Cuando se terminó la clase le agradecí mucho su invitación, pero le dije que mi madre no nos dejaba salir a ninguna parte. La campana sonó al poco tiempo anunciando el fin de la jornada escolar. Agarramos nuestras maletas y salí con Esther y cuando bajábamos las escaleras, apareció la Hermana Superiora:

—Ada, Esther, caminen conmigo, súbanse al carro que Manuelito nos va a llevar a su casa. Quiero hablar con su mamá esta misma tarde —ordenó la Hermana

Superiora con tono autoritario caminando hacia la portería principal.

Nos subimos en una camioneta que era de propiedad de las monjitas. Manuelito, el conductor, nos abrió la puerta. Era un hombre que ya pasaba de los cuarenta años, de estatura mediana, cabello oscuro, cara redonda, ojos cafés muy claros casi verdes y sonrisa amable. Era el padre de una de nuestras compañeras de clase, y tenía fama de ser de buen humor. Además de su trabajo en el colegio con las monjitas tenía una academia para enseñar a manejar autos pequeños.

Sentada camino a mi casa, observaba la seriedad de la Hermana Nelly, la serenidad de Esther y la cara sonriente de Manuelito. Yo temblaba del susto de solo imaginarme hablando a estas dos mujeres de temperamentos tan fuertes e indomables. Me imaginaba a dos leonas en la selva defendiendo cada una su territorio y al final solo quedaría una, la otra tendría que irse.

Tan pronto llegamos a casa Manuelito se bajó del carro y señalando la puerta de mi casa que estaba cerrada le dijo a la monja:

—Aquí es, Madre Superiora, esta es la casa de doña Leonor.

La Hermana Nelly se acercó a la puerta y dio tres fuertes golpes. Mi madre salió de inmediato. Cuando mi madre abrió la puerta y nos vio en compañía de la Hermana Nelly, abrió sus grandes ojos amarillos que empezaban a brillar, se cogió su abundante melena y preguntó:

—¿Ha pasado algo grave, Hermana? ¿En qué le puedo servir?, mucho gusto, soy Leonor De Prado.

—¿Tiene unos minutos para mí, señora? Soy Sor Nelly la nueva Superiora del colegio.

—Mucho gusto en conocerla. Claro que sí Hermana. Si está bien para usted pase a nuestro comedor, allí hablaremos.

Manuelito se quedó esperando en la camioneta, y Esther y yo nos encerramos en nuestro cuarto. Acurrucadas y parando muy bien las orejas, escuchábamos la conversación de las dos leonas:

—Doña Leonor, usted está en todo su derecho de ganarse la vida como le parezca y le respeto eso. Me he enterado por varias fuentes del maltrato físico que sufren sus hijas por parte suya. Además, estas niñas viven como en una prisión porque al único lugar que van es al colegio. No interactúan con otras compañeras en otros espacios —dijo la Hermana Nelly con la frente fruncida y en tono fuerte.

—Las niñas son mis hijas y yo hago con ellas lo que me parezca. No tengo otro lugar a donde llevarlas a vivir y a mí no me gusta que salgan a ningún parte excepto al colegio. A veces las tengo que reprender porque me faltan al respeto. Usted puede mandar en su colegio, pero no en mi casa —respondió mi madre con la cara encendida, los ojos amarillos por donde casi salía fuego.

—No tome esa actitud defensiva conmigo doña Leonor. Las niñas tienen derecho a la recreación y al esparcimiento y ellas están demasiado encerradas y cohibidas viviendo dentro de este bar. Espero que ellas no vean malos ejemplos. Si el Instituto de Bienestar Familiar se llega a enterar de esto, le pueden quitar a sus hijas. El objetivo de mi visita es el que usted les permita participar en otras actividades extracurriculares y ellas puedan desarrollar mejor sus capacidades de comunicarse y actuar en una comunidad, tómelo como un consejo, no como una orden —dijo la monja en tono más tranquilo tratando de bajar el tono de la conversación. Mi madre un poco menos sofocada le respondió:

—Haré lo que esté a mi alcance Hermana Superiora —aún tenía la cara roja y la respiración agitada.

—Por ahora, necesito que Esther me ayude por un mes a organizar los mercados para los pobres en las horas de la tarde. Ada participará como Juez de Mesa en los partidos de basquetbol del Campeonato Intermunicipal que se inician la semana entrante —remató la monja al hacer su solicitud—. Mucho gusto en conocerla doña Leonor, concluyó despidiéndose.

—El gusto fue mío, Hermana Superiora —contestó mi madre con cara muy seria.

¡Uy! Al parecer la leona Nelly estaba apoderándose del territorio de doña Leonor. No podía creer lo valiente de esa mujer con naguas largas que se atrevió a enfrentar a mi madre para el beneficio de nosotras. Y así fue como nuestra madre accedió y pudimos empezar a socializar y participar más en el colegio ya que la Hermana Nelly nos abrió los espacios para colaborar. Esther se convirtió en su mano derecha para ayudar a coordinar todas las actividades relacionadas con llevar víveres a los menos favorecidos en los diferentes caseríos de nuestro pueblo. Bajo la dirección de la Hermana Fanny ayudé a organizar el Campeonato Intermunicipal de basquetbol, como Juez de Mesa. Participaba en muchas otras actividades del colegio como la secretaria del grupo juvenil *"Los Amigos en Acción"*, que dirigía el Padre Renato, sacerdote del pueblo, y además era la guionista de las obras de teatro que se presentaban en la clausura de final de año. A la insolente de Helena la sancionaron por una semana y le impusieron matrícula condicional, si volvía a molestarnos la expulsarían del colegio sin compasión. Terminamos con bombos y platillos nuestro primero de bachillerato: obtuve el primer lugar y Esther pasó todas materias con muy buenas notas. Continuaríamos nuestra faena para alcanzar nuestra meta de culminar nuestros estudios de bachillerato.

Capítulo XXII

Mientras que Esther y yo estábamos bien ocupadas todas las tardes participando en las actividades organizadas por las monjitas y el sacerdote del pueblo, mi madre se encontraba muy atareada con las tareas de la casa y la crianza del bebé, por lo que consiguió a una señora llamada María Trinidad del Carmen y del Santísimo Rosario, que, para no enredarnos con semejante nombre tan largo, la nombramos Trina. Ella era una mujer de pequeña estatura, cabello reseco, la pobre estaba tan flacuchenta que casi se le notaba su esqueleto. Su cara no era fea, aunque muy manchada, tenía dientes pequeños y le hacían falta dos en la parte superior de su boca. Como yo era bien conversadora con las personas que nos colaboraban, excepto con la mala de la Isabel, el día que llegó Trina le pregunté:

—¿Por qué tienes tu cara tan manchada y tu cabello tan reseco?

—Adita, la historia es larga, pero para resumirte, tengo dos hijos a quien mantener y mi marido me pegaba cada vez que llegaba borracho a la casa. No llevaba ni un céntimo para comprar comida para nuestros hijos. Finalmente, después de seguir los consejos de mi familia me separé de este hombre y tuve que buscar trabajo que es bien escaso para las mujeres. La única opción que tuve fue la de ir a trabajar al plan, al campo, a pleno sol, a rastrojear lo que quedaba después de la recolección de granos de frijol, maíz y sorgo, que hacían con maquinarias. Nos recogían a las tres de la mañana y trabajábamos todo el día al sol y al agua, lo que hizo que mi piel se manchara y mi cabello se resecara tanto.

—¿Cómo era el pago, era justo? –le pregunté curiosa porque quería entender cómo le remuneraban su trabajo.

—No Adita, de acuerdo con cantidad de grano que recogiéramos, así mismo nos pagaban el jornal el cual era una miseria. A duras penas me alcanzaba para comprar leche, panela, pan y arroz para alimentar a mis dos hijos. Afortunadamente doña Leonor conoció de mi situación y me ofreció este trabajo —dijo la mujer «desmueletada», hablando con tristeza y lagrimeando.

Mi madre nos comentaba que la gente del pueblo decía que Trina era ayudada por algún espíritu benigno, pues tenía fama de ser la persona más rápida en la recolección de granos y le ganaba hasta los hombres más experimentados en esta labor. De verdad que sí, pensé, cuando la observaba lavando montañas de ropa y, planchándolas en tiempo récord, también cocinaba y lo que más me gustaba eran los patacones de plátano que servía con una salsa preparada con tomate y cebolla larga que llamaban «hogao», con una sazón muy deliciosa. Trina mantenía a mi hermanito bien bañado y le daba sus teteros y compotas en las horas indicadas. El General y mi madre estaban muy agradecidos por toda su ayuda y la recompensaban muy bien económicamente. Aunque nosotras ya sabíamos cómo manejar una casa, por influencia de la Hermana Nelly nos dedicamos al servicio comunitario que realmente nos causaba una gran satisfacción porque ayudábamos a nuestro prójimo y teníamos más oportunidad de interactuar con la comunidad que servíamos.

Y así fue como pasaron los años rápidamente. Nuestros fines de semana seguían siendo muy aburridos, encerradas, sin realizar otra actividad que no fuera la de hacer las tareas y los trabajos del colegio que al menos me hacían olvidar que estaba en ese encierro y bloqueaban mi mente para no escuchar esa música a todo volumen y tan desagradable a mis oídos. Cada vez me involucraba más con las actividades comunitarias y resulté coordinando con mi hermana la organización y la distribución de la comida que alimentaba a las personas más necesitadas.

Pedía al cielo para que alguien se conmoviera de nuestro encierro y nos adoptase por temporadas, aunque no podía negar que, gracias a la Hermana Nelly, nadie podía discriminarnos, intimidarnos o insultarnos ni a nosotras ni a ninguna otra niña del colegio. Esther se hizo amiga de Gineth, la sobrina de la señorita Emma, una señora de avanzada edad y solterona, quien era la modista del pueblo y que nos confeccionaba lindos vestidos, ya que yo destinaba una porción de mi beca estudiantil para aumentar nuestro ropero. Yo seguí con la amistad de María del Mar, quien siempre compartía conmigo sus meriendas y estudiábamos a la hora del receso.

Cuando estábamos terminando el tercer año del bachillerato, un domingo en la mañana antes de que abrieran el bar, yo andaba fisgoneando mirando por entre las rendijas cuando llegó una señora alta y de porte señorial. Recuerdo que vestía unos pantalones anchos color beige y una camiseta de marca *Lacoste* color blanco, y unos mocasines negros. El cabello lo usaba corto y era muy negro y brillante. Tenía una cara de facciones tan delicadas que aun sin maquillaje se veía muy bonita.

—Buenos días doña Leonor, ¿cómo está usted? Soy Lucy, la madre de María del Mar y de Alexa, que estudian en el colegio de las monjitas. ¿Recuerda que nos conocimos cuando su esposo fue a nuestra boutique a comprarle su ropa de maternidad? —dijo la señora con un tono de voz muy agradable.

—Doña Lucy buenos días, claro que la recuerdo. Su esposo me ha dado crédito para comprar joyas a plazos. Por favor con confianza, me puede decir Leona—dijo mi madre sonriente, pues al parecer le agradaba la bella señora.

—Doña Leona, vengo a felicitarla por esas hijas tan lindas y juiciosas que tiene y a invitarlas a que vengan a hacer tareas y a jugar los fines de semana a nuestra casa. Yo voy a estar pendientes de ellas.

—Pues por ser usted doña Lucy las voy a dejar ir y si llegan a molestar me avisa y me las trae inmediatamente. Hijas, vengan para acá. Tienen una invitación para ir a la casa de doña Lucy —dijo mi madre esbozando una tenue sonrisa.

—Hola niñas, ¿cómo están? Soy la mamá de María del Mar que estudia con ustedes y de Alexita que está en segundo de bachillerato. Traigan su vestido de baño también para que naden en la piscina —dijo la señora sonriente.

Me imagino que estaba contenta de haber conseguido el permiso para llevarnos. Para mí era algo mágico, pues yo había pedido al cielo que algo como esto pasara.

—No tenemos vestido de baño... —contesté tartamudeando de la ansiedad por salir corriendo de la casa—¡Pero vamos Esther, vamos!

Ese día que llegamos a la casa de María del Mar me parecía estar entrando en un castillo. Era una casa amplia y muy bien arreglada. Tenían una boutique-joyería en un salón de la casa que había sido dedicado para ella y don Simón, el papá de María del Mar, quien era de descendencia judía, era quien administraba la joyería. Entramos por un portón largo, y llegamos a la sala de la casa en donde había una biblioteca gigante. Con mi mirada de alto radar pude leer que tenían la enciclopedia completa *El Tesoro de los niños*. "¡Qué maravilla tener una biblioteca en casa!", pensaba. A un lado estaba un tocadiscos dejando oír una música tan suave que me transportaba a un mundo superior. Luego estaba el comedor y a un lado las habitaciones de la casa. Nos mostraron la cocina que, aunque pequeña era muy completa y separada de la sala y del comedor. Aunque doña Lucy tenía una señora que le ayudaba y le cocinaba, ese día quiso prepararnos un *steak a caballo*.

—Doña Lucy, por favor perdóneme, pero a mí no me gusta la carne y mucho menos de caballo —contesté muy apenada.

—Ja, ja. Tan graciosa Ada. No... así se llama el plato. Yo lo preparo con la carne muy pulpa sin grasa. Trata de comerla, yo sé que te va a gustar y si no te preparo otra cosa. Después de terminar su comida pueden ir a la piscina que está en el patio de la casa. Yo tengo vestidos de baño en el almacén y se los voy a regalar para que nos visiten más a menudo —María del Mar observaba y sonreía con agrado.

—Ada, no moleste tanto, qué pena, nosotros en visita — dijo Esther en tono bajo.

Doña Lucy nos sirvió el famoso plato y la verdad que con la suavidad y el amor con el que me trató, y con la promesa de bañarnos en la piscina, ese día fue la primera vez que me comí un pedazo de carne con gusto. La verdad, su sazón era bien exquisita. Después de comer nos probamos varios vestidos de baño hasta encontrar el que mejor nos quedaba y fuimos corriendo al patio a disfrutar de un buen chapuzón en un día que era muy caluroso.

Esther, María del Mar y yo estábamos felices jugando y molestando en la piscina cuando llego Alexa la hija menor de la familia. La verdad la había visto jugando en el equipo de basquetbol del colegio pues era una gran deportista y tenía mucho talento porque también bailaba en el grupo de danzas del colegio. La recuerdo bailando *Brillantina* de John Travolta, en una de las clausuras del colegio. No me había fijado mucho en sus rasgos físicos porque nunca la había tenido tan cerca hasta esa tarde. Ese día pude notar una especie de brillo arriba de su cabeza. Tenía cabello rubio que le daba arriba de los hombros, cara redonda blanca con pecas diminutas alrededor de la nariz. Su boca era rosa pálido y sus ojos eran de color verde aguamarina, en el que cualquiera que la viera se sumergía en un océano de bondad. Vivía intensamente cada minuto de su vida porque siempre estaba en acción y muy feliz. Recuerdo que, a ella, le gustaba ayudar a los demás y para hacer esto, al escondido se llevaba el mercado de su casa, sin el permiso de sus padres, y lo entregaba a las monjitas para que se lo dieran a los pobres. Alexita nos dio una lección de amor a cada uno de los que alguna vez compartimos con ella. Esa tarde cuando llegó y nos vio jugando en la piscina salió corriendo, se puso el vestido de baño en un dos por tres y se unió a nuestro juego, haciéndonos pilatunas ya que no sabíamos nadar. Nos divertimos como nunca. Y esta fue nuestra casa adoptiva durante muchos fines de semana y por mucho tiempo.

Terminé con honores el tercero de bachillerato y mi mamá decidió que Esther y yo iríamos de vacaciones a la casa de nuestra abuela Teresita que quedaba en un pueblo cercano llamado La Unión, y que recuerdo habíamos divisado de lejos años atrás cuando veníamos camino a nuestra primera casa en Toro.

Por muchos años, mi madre había estado muy alejada de sus hermanos por la separación de mi padre y muy pocas veces viajaba a La Unión a encontrarse con mi abuela para verla. En una de esas visitas mi tío Juan se reconcilió con ella y prometieron empezar a visitarse con más frecuencia. Recuerdo mucho el día en que nuestra madre nos llevó por primera vez a conocer parte de su familia. Llegamos a la casa de mi tío Juan, un hombre alto, de escaso cabello rubio, ojos azules y tez muy blanca quien vivía con su esposa Alicia que tenía tez trigueña, ojos negros y baja estatura. A la hija mayor Dery, quien era alta y de nariz respingada la había conocido en uno de los partidos de basquetbol cuando su colegio jugaba contra el nuestro. ¡No sabía que era mi prima! Cuál fue mi sorpresa cuando me la presentaron por primera vez en la casa de mi tío. Después nos presentaron a una cantidad de muchachos de todas las edades: Ángel el hijo mayor; Adolfo a quien le decían el negro; Fernando, a quien le decían conejo porque se le salían los dos dientes incisivos; después estaba Andrés quien más adelante fue mi compañero de teatro cuando organizábamos obras para deleitar a todos los de la casa, y por último los dos niños más pequeños: Hernán y Anita quienes se la pasaban haciendo travesuras por toda la casa. Mi abuela Teresa estaba feliz de tenernos de visita lo mismo que mis tíos y mis primos quienes estaban dichosos de poder compartir con nosotras.

Recuerdo el día en que mi tía Alicia nos invitó al cine a todos los mayores de quince años en adelante. Los demás se quedaron en la casa. Para ese entonces ya casi me acercaba a los dieciséis así que califiqué para esa salida. Nos compró crispetas de maíz dulce y Coca-Cola a la entrada del teatro y nos sentamos con ella todos en una fila bien larga. Era la primera vez que yo veía una película en la pantalla gigante. La película escogida se llamaba *Goodbye Emmanuelle*, y se trataba de una pareja que tenía una relación completamente abierta y libre para tener aventuras sexuales. La verdad lo único que yo sabía de sexo era lo que había aprendido en el colegio y aunque estuve sonrojada durante toda la película por todas las escenas de sexo que presentaron, y no me atrevía a mirar las caras de mis primos, el hecho de poder ver toda la acción en la pantalla me intrigó porque era algo desconocido para mí ya que era tema censurado en el colegio.

Esa noche, después de que salimos de la película, Dery mi prima le pidió permiso a mi tía Alicia para llevarnos a Esther y a mí a conocer los alrededores. Afortunadamente ese día yo estaba muy bien arreglada. Tenía un pantalón de jean marca Bobbie *Brooks* que resaltaba muy bien mis curvas y una blusa color fucsia que acentuaba el color de mis ojos verdes. Dery me había aplicado un poco de pintura para pestañas de color negro para que mis ojos se vieran bien grandes. Íbamos las tres caminando y dándole la vuelta al parque cuando mis ojos se estrellaron con la mirada de un muchacho alto y flaco, de cabello ondulado café oscuro, y ojos grises que contrastaban con su piel color canela. Él me miró disimuladamente de pies a cabeza y me guiñó un ojo sonriendo. ¡Casi me desmayo de la emoción! Me sonrojé, me temblaron las piernas y el corazón empezó a palpitar rápidamente. "¡Qué hombre tan atractivo!" Le dije con disimulo y en tono bajo a mi prima que estaba cerca de mí.

—Lo conozco, es el hijo del señor García, se llama Alex. Creo que tú no le eres indiferente —dijo mi prima mirándome a la cara y tocándome mi quijada sonriendo.

Esther alcanzo a escuchar y respondió:

—Me parece muy flaco, a mí no me gusta.

"Que bien que no le gustó a Esther, ese hombre es para mí". Pensé sonriendo.

—Bueno, vamos ya para la casa, es tarde y le dije a mi mamá que no nos demorábamos —concluyó mi prima acelerando el paso en dirección a la casa del tío Juan.

—Dery, ¿crees que podamos volver a dar una vuelta por el parque otro día de la semana?

—Claro que sí prima, veo que te quedó gustando el muchacho... —todas soltamos la carcajada y salimos corriendo para llegar a tiempo a casa.

Nos divertimos como nunca en la casa de mi tío Juan: todos nos metíamos en un tanque de agua, jugábamos «al quemado» tirándonos una pelota y en las noches Andrés y yo debutábamos como artistas practicando fonomímica y cantando canciones rancheras frente a toda la familia, quienes se morían de la risa de ver nuestras ocurrencias. Nuestra prima Dery estudiaba en el Colegio San José, con monjitas de la misma orden de las monjitas con las que estudiábamos en Toro.

Estaba en un curso más adelante que nosotros por lo que en ese verano una de las actividades matutinas era jugar a la profesora. Ella nos enseñaba desde matemáticas hasta taquigrafía ya que era el mismo programa académico, de modo que cuando regresamos a estudiar a nuestro cuarto año de bachillerato todo fuera más fácil para nosotras. Mi abuela era feliz cocinando para nosotros deliciosas recetas: manjar blanco, un dulce parecido al arequipe, dulce de naranja, dulce de natas, torta de carne al horno, mazamorra antioqueña con leche y panela, y muchas comidas más. Aprovechaba para contarnos cómo en El Jardín, un pueblito de Antioquia, se enamoró del abuelo que era un viudo con once hijos cuando ella tenía solo veintidós añitos. Tuvo otros once hijos completando una familia de veintidós en total.

—Mamá, voy a salir con Ada y Esther al parque esta noche, a lo mejor vamos también a misa. Regresaremos a casa a eso de las nueve y media. ¿Está bien?

—¡Claro que sí hija!, y si se encuentran con sus hermanos y amigos pueden ir a darse una bailadita al *Fantasio*, un bar discoteca moderna y la más lujosa del pueblo —dijo mi tía sonriendo y guiñándonos un ojo. "¡Qué diferente era el estilo de mi tía Alicia comparado al de nuestra Leona!", pensaba.

Nos arreglamos muy bien para salir, Dery nos maquilló un poquito los ojos y nos aplicamos brillo transparente en los labios. Salimos muy "tiesas y muy majas" en dirección al parque del pueblo, yo con la esperanza de encontrarme al chico de los ojos grises, el hijo del señor García. A decir verdad, no queríamos entrar a misa esa noche. Ese día me puse un vestido color rojo de bolas blancas de falda ancha, tenía un cinturón rojo que resaltaba mi cintura y zapatos blancos. El vestido tenía cuello bandeja que dejaba entrever parte de mis hombros. Mi cabello me daba a los hombros y me lo peinaba con ondas hacia arriba, me había puesto unas candongas blancas. Dimos una vuelta por el parque y nos fuimos a la heladería a comprar helados. Dery y Esther terminaron su helado en la tienda, pero yo no tenía ningún afán, quería dar otras vueltas más por el parque mirando por todas partes y buscando encontrar esos ojos grises que me habían trasnochado las noches anteriores y al mismo tiempo disfrutaba de ese delicioso helado que me refrescaba mientras caminaba.

—¡Qué rico se ve tu helado! ¿Me regalas un poquito? —dijo, de repente, el susodicho acercándose mientras me hablaba. Aunque temblé de los nervios y me sonrojé, le contesté sonriente:

—Hola, ¿cómo estás?

—Muy bien, mejor ahora que te estoy conociendo. Soy Alex García, a la orden y, ¿tú cómo te llamas? —preguntó el apuesto joven acercándose aún más a donde estábamos y uniendo sus dos manos.

—Mi nombre es Ada, mucho gusto. Ella es mi hermana Esther —Esther le contestó muy seria:

—¿Cómo está Alex?, somos primas de Dery.

—Hola Dery ¿cómo te encuentras? Tiempo sin verte— preguntó el chico sonriendo.

—Hola Alex, sí he estado ocupada ayudándole a mi papá en el granero.

—Ah, ¿entonces ustedes son primas?, qué bien. ¿Les gustaría ir un rato a *Fantasio*? Podemos tomar un refresco y hablar un rato.

¡Yo quería gritar que sí! Nunca había entrado a una discoteca y mucho menos con un hombre tan apuesto como aquel muchacho. Afortunadamente mi prima Dery acepto rápidamente la invitación:

—Muy buena idea Alex, claro que sí, no perdamos más tiempo, vamos que tenemos que regresar a las nueve a casa —dijo mi prima tratando de aprovechar la ocasión para que yo compartiera con el chico de mis sueños.

Entramos a *Fantasio* y pedimos unas sodas. Allí estaban también mis primos por lo que Dery disimuladamente se fue con mi hermana Esther para la mesa en donde estaban ellos y así dejarme a solas en la mesa con mi nuevo amigo.

Estando al lado de este hombre sentía que flotaba entre las nubes, la verdad era que me agradaba muchísimo. Charlamos un buen rato, él ya casi terminaba su bachillerato y quería ser meteorólogo. Alex tenía muy bien definidas sus metas a largo plazo y eso me gustaba. Era el tipo de persona que se veía muy estable emocionalmente. Además, que cuando miraba al cielo inmediatamente identificaba el nombre de la constelación o grupo de estrellas agrupadas en la bóveda celeste. Quería, antes de casarse, ayudar a sus padres y hermanos. Yo le compartí lo mucho que me gustaba ayudar y defender a otros. Le conté que quería ser abogada y escritora.

—Eres muy linda Ada, y por lo que veo muy inteligente. Eso es lo que más me atrae de una mujer. ¿Nos podemos seguir viendo? ¿Ustedes son nuevas en el pueblo verdad? —dijo Alex mirando coquetamente mis labios.

—Gracias por el cumplido, eres muy amable. Es difícil que nos veamos, nos quedan solo unos días aquí y luego regresaremos a nuestra casa, está muy lejos de aquí —le dije casi temblando y con tristeza.

Llegó la hora de irnos para la casa. Alex muy atento se ofreció a acompañarnos. Mis primos se quedaron otro rato en la discoteca, al parecer querían bailar un rato. Cuando llegamos a la casa, Dery y Esther se entraron y nos dejaron a Alex y a mí a solas para que nos despidiéramos. Hablamos unos minutos más, tomó mis manos y las puso entre las suyas, se acercó suavemente a mi rostro y me besó. ¡Mi primer beso! Sus carnosos labios se unieron a los míos con una suavidad y delicadeza que me hacía desfallecer. Me despegué de sus brazos suavemente diciéndole:

—Ya, por favor... debo entrar a la casa, mis tíos me esperan y no quiero que vayan a salir a ver lo que estoy haciendo —dije en tono muy bajo y acariciándole una mano.

Él no me hizo caso y me dio un beso más largo y apasionado. Yo me dejé llevar por el momento y también empecé a besarlo. Cuando me di cuenta de mi frenesí me despegué de sus labios rápidamente.

—Pero... tratemos de vernos nuevamente y a lo mejor, más adelante pueda visitarte a tu casa, no importa lo lejos que esté de aquí.

¡No! ¡Eso nunca podría suceder! ¿Cómo le iba a contar a este chico el lugar en donde vivía?

—Hasta mañana Alex, gracias por traernos. Ya me voy a entrar.

—Qué lástima que ya tengas que dejarme. ¿Te gustaron mis besos Ada? Me preguntó casi cerrando sus ojos.

—Mucho... Alex... me gustaron mucho. Disculpa ya debo entrarme. Y me agarró de mi cintura dándome otro apasionado beso para despedirse.

—Buenas noches Ada. Esta noche soñaré contigo... Espero tú también sueñes conmigo —besó su mano y me envió ese último beso.

Entré corriendo a buscar a mi prima y a Esther y les dije:

—¿Verdad que Alex es muy atractivo? ¡La verdad, cómo me gusta ese condenado!

—Qué tal los alcances de mi hermanita Ada, nunca la había visto tan entusiasmada con un muchacho. Aproveche que ya casi nos vamos —dijo Esther mirando a mi prima con los ojos abiertos como platos —. Bueno, voy a la cocina a buscar chocolate caliente. ¿Quieren?

Yo le respondí con una pícara sonrisa y escuché cuando decía en voz muy baja alejándose:

—Ada ya es toda una mujer, cada día está más madura y segura de sí misma.

Las palabras de Esther tocaron profundamente mi alma. Me quedé callada pensando en la mujer en la que me había convertido, en todos los momentos difíciles que había vivido y como había sacado fuerzas no sé de dónde y los había podido superar. Pensar en Alex iluminaba aún más mi vida, me sentía muy cómoda cuando estábamos juntos y cuando estaba sola mi pensamiento revivía esos bellos momentos compartidos y me emocionaba. La voz de Esther interrumpió mis pensamientos:

—Aquí tienen el chocolate caliente y pandebonos, para que no nos acostemos con la barriga vacía —dijo Esther entrando a la habitación donde dormíamos con una bandeja en sus manos.

Mientras comíamos, Esther nos confió:

—Para terminar las confidencias del día quiero que sepan que a mí me gusta Gonzalo, el hermano de mi compañera Rubiela. Lo conocí ayudando en la coordinación de entrega de comida para los pobres. Ya voy a apagar la luz, pues debemos dormir —y uniendo la acción a la palabra, nos dejó a oscuras con nuestros pensamientos.

Capítulo XXIII

Respirando el aire fresco de la noche desde la terraza de mi casa de Miami Beach, y observando el inmenso cielo adornado de estrellas y luceros destellantes que se movían cual coquetas bailarinas del oriente, me sumergí de nuevo en los recuerdos de mi vida de adolescente en aquellos pueblitos colombianos que fueron testigos de todas mis emociones.

Mi tío Juan nos llevó de regreso a casa en la madrugada del día siguiente. Esa mañana, el ruido que hicimos al arrastrar nuestra maleta por el empedrado del corredor que rodeaba las habitaciones de la casa, despertó a todos mis primos que se levantaron para despedirse de nosotras. Me sentí muy triste porque yo pensaba que nos íbamos a quedar unos días más en casa de mis tíos y así podría volver a ver a Alex. Pensaba y pensaba una y otra vez en su boca carnosa y sus ojos profundos que cuando me miraban se adentraban en todo mi cuerpo. No hablé mucho en el camino, pues repasaba una y otra vez las escenas desde el momento en que lo vi por primera vez, cuando nuestros ojos se cruzaron y cómo nuestras almas se habían buscado y encontrado en el parque del pueblo la noche anterior. Al recordar sus besos, suspiraba una y otra vez.

—¡Uy pues! ¿Qué es esa forma de suspirar? —preguntó sonriendo Esther. Ella sabía lo que me pasaba. Los besos del chico de los ojos grises me habían enamorado.

—No molestes Esther... déjame revivir el encuentro con Alex —seguí suspirando otro rato—. Esther, más bien cuéntame quién es Gonzalo, el muchacho que te gusta. No recuerdo haberlo visto —dije frunciendo el ceño.

—Gonzalo es un joven mucho mayor que yo, tiene veintiséis años, es agrónomo y administra la finca de su familia. Lo conocí en el comedor del colegio cuando fue a recoger los mercados para distribuirlos a la gente necesitada en el corregimiento Patio Bonito, donde tiene su finca. Es blanco como el nácar y alto como una palmera. Su boca es pequeña y roja y tiene una barba muy bien cuidada que le da un atractivo especial. Nos vemos un ratico cada vez que va al colegio, yo me siento muy bien cuando estoy con él, protegida y segura. Dijo que iba a hablar con nuestra madre muy seriamente porque tenía muy buenas intenciones conmigo. Le voy a comentar a mi madre para que esté preparada.

—No lo hagas Esther, deja que se den las cosas —le advertí.

Y cuando menos lo pensamos ya estábamos al frente de la casa. Mi tío Juan nos ayudó a bajar la maleta, entró a saludar a nuestra madre, y nos dejó con la promesa que iríamos a visitarlos en la primera oportunidad que tuviéramos. Saludamos a mi madre quien nos esperaba ansiosa después de tantos días de no vernos. Nos abrazamos con mi tío para despedirnos y se me aguaron los ojos, recordando a mi padre. ¿En dónde estaría? ¡Qué tristeza! ¡Nunca nos buscó! Y nunca nos despedimos. Pensé y me entré al cuarto a desocupar la maleta y a organizar los uniformes del colegio.

Al rato, escuché la voz de la malandra de la Isabel. Por lo que noté, ya estaba viniendo a la casa inclusive entre semana por considerarse la mejor amiga de mi madre.

—Madre, tengo que contarle algo —dijo Esther con cara seria—. Hay un joven de veintiséis años, con su vida muy definida, es agrónomo y trabaja administrando la finca de su familia que está ubicada en Patio Bonito. Se llama Gonzalo Pineda y quiere hablar con usted porque tiene intenciones muy serias conmigo.

—Conozco a Gonzalo y a su familia. Tienen prestigio en la región y es una familia muy trabajadora. Vamos a ver cuáles son sus pretensiones, aún eres muy joven

—dijo mi madre con tono de preocupación frotándose la frente con sus dedos.

Esther salió ruborizada a esconderse al cuarto después de haberse atrevido a hacerle semejante confesión a doña Leona. De lejos observaba cual iba a ser la reacción de la malvada de Isabel y como lo imaginé, sin que mi madre le pidiera su opinión, ella «metió la cucharada»:

—Leona, no vaya a dejar que ese hombre frecuente a Esther. Ese desgraciado tiene una amante en el pueblo. Se llama Nancy, los he visto —dijo la Chavela metiendo el gusano de la duda en la cabeza de nuestra madre.

—¡No me diga Chavela! Eso sí me parece muy mal hecho. No puede un hombre pretender a mi hija teniendo ya una amante. Eso nunca lo permitiré —contestó mi madre con su rostro enrojecido chasqueando los dientes.

Pobre de mi hermana Esther. Ella tan ilusionada que está con Gonzalo y la metiche de la Isabel ya había trastornado todo, pensé. Y me recosté en la cama preparándome para descansar y llegar con energías al colegio para empezar mi cuarto año de bachillerato. Aunque seguía suspirando por Alex, recordando esos ojos que me habían hechizado y sus deliciosos besos, la meta de terminar mi bachillerato con excelentes calificaciones hacía que guardara su recuerdo en un pedacito de mi corazón, el cual regaría todos los días con mis pensamientos para evitar que se fuera de allí y dedicaba todas mis energías a mis actividades escolares. Ya una parte de mi corazón estaba ocupado con el recuerdo de mi padre, al que nunca volví a ver ni a saber de él, pero sabía que tan pronto terminara mi bachillerato lo buscaría. Recordaba también a mi pequeño hermano Alberto, y esperaba que al encontrar a mi padre podría saber lo que pasó con su existencia. También me preocupaba el hecho de que culminando mi bachillerato yo quería ir a la universidad y no veía cómo iba a poder pagar por esos estudios.

Ese año, la directora de curso era la Hermana Margarita, una mujer de cara redonda y quien siempre usaba gafas oscuras para protegerse del sol. Ella nos enseñaba biología, ciencias religiosas, pintura y música. Por mi buen desempeño en clase y mi buena relación con mis compañeras de estudio me nombró su asistente. Mis funciones eran desde calificar las pruebas y tomar lecciones, hasta ayudarle a escribir con tinta negra china y pluma las libretas de calificaciones que se entregaban cada dos meses a los padres de familia. Para ello, ella había pedido permiso a mi madre por lo que yo ni corta ni perezosa, me la pasaba con ella casi todas las tardes en el Salón de Arte del colegio, disfrutando de su buena conversación y saboreando las delicias de las meriendas que preparaban para las monjitas. Una tarde me dijo la monja en tono muy dulce:

—Ada, nunca digas que yo te sugerí esto que te voy a decir, pero ya van a empezar las elecciones para elegir alcaldes y gobernadores y esta sería una buena oportunidad para ti. Yo te veo en el futuro como una gran líder de nuestro departamento y sé que tú ayudarías mucho a los pobres. Tú eres testigo de que muchas familias no tienen para cubrir sus necesidades básicas, hacen falta escuelas, acueductos, y muchos proyectos educativos especialmente en los barrios de las afueras del pueblo que visitamos y en las veredas que quedan en la zona de la cordillera.

—¡Ay Sor Margarita!, gracias por creer en mi siendo aún tan joven. Pero, ¿cómo lo voy hacer? Yo nunca me he metido en esos asuntos de la política —le respondí a la monja ya imaginando que estaba hablando desde una tarima a todos los habitantes del pueblo.

"¿Meterme yo en la política del pueblo? ¿Y por qué no?, si al final de cuentas era por una buena causa". Pensé, «*sacándome yucas de las manos*».

—Sor Margarita, no me molesta la idea. ¿Y a quién debo acudir para involucrarme en las campañas electorales?

—Busca las oficinas de la Casa Conservadora que queda bajando por la Calle Principal. Allí dices que está interesada en pertenecer a las Juventudes Conservadoras —dijo la monja sonriendo mostrándome sus blancos dientes.

—Mañana mismo cuando vaya de regreso a mi hogar, voy a ir a la Casa Conservadora. Gracias por la idea Sor Margarita, de verdad que sí quiero ayudar a mi comunidad.

Esa noche casi no pude dormir, pensaba en lo que me había dicho la Hermana Margarita y la visión que ella tenía sobre mí. A lo mejor estaba en lo cierto, porque a pesar de mi corta edad yo sentía que tenía mucha experiencia después de todo lo que había vivido. Estaba convencida que en el grupo de Juventudes Conservadoras estarían complacidos en aceptarme como miembro. Decidí que no iba a pedirle permiso a mi madre para ingresar a este grupo político del pueblo. Iría a esas oficinas al día siguiente después de que saliera del colegio. Quería entender que era lo que realmente hacían y como encajaba yo en ese rompecabezas. En caso de ser aceptada, esperaba que el General Beltrán tuviera una reacción positiva para que influenciara a mi madre y apoyaran mis aspiraciones. La verdad yo no quería ser una persona dedicada a la política; ni me inclinaba por ningún partido yo quería más bien ser una líder que pudiese influenciar a los políticos para que ellos ayudaran a los habitantes.

Al día siguiente, Sor Margarita sabía que tan pronto saliera del colegio yo me iría corriendo a la oficina de Las Juventudes Conservadoras y así lo hice con la promesa que le contaría hasta el último detalle.

Esther me ayudó con mi madre y para no decir mentiras, le diría que estaba haciendo unas averiguaciones para Sor Margarita. Caminaba a paso largo por la acera de la Carrera Tercera hasta que encontré el establecimiento que estaba buscando. Tenía un letrero grande que decía "Partido Conservador Colombiano ¡La fuerza que decide!". Con paso firme y pie derecho entré a tan prestigiosa institución.

—Buenas tardes, ¿con quién puedo hablar para obtener información de las actividades de las Juventudes Conservadoras? —pregunté con tono suave, pero mostrando seguridad, a una señora de avanzada edad que estaba sentada en un escritorio a la entrada de las oficinas.

—Siga por favor señorita y espere un momento, ya le llamo al Presidente del partido para que hable con él.

No habían pasado ni diez minutos cuando salió un señor de más de cincuenta y cinco años. Era blanco, pelo encanado y se peinaba hacia atrás. Tenía puesta una *guayabera* color amarillo, pantalones cafés y zapatos color vino tinto.

—Mucho gusto señorita, yo la conozco. Usted es una de las hijas de doña Leonor, ¿verdad? No me diga que viene a unirse a nuestro grupo de las Juventudes Conservadoras. Necesitamos jóvenes como usted para que nos ayuden en la campaña política que vamos a empezar en cuestión de un mes. ¿Cómo se llama? No sé si me conoce, pero yo me llamo Julio Sarmiento.

—Soy Ada Prado, mucho gusto don Julio, sí lo había visto en el pueblo, pero no sabía cómo se llamaba. Antes de decidir si ingreso o no al grupo quisiera hacerle algunas preguntas —le dije con tono serio.

—Claro que sí Ada, adelante, pregúnteme lo que quiera —dijo con una sonrisa de oreja a oreja.

Saqué mi libreta de apuntes y con lapicero en la mano le pregunté:

—Cuando escogieron el candidato que apoyan, ¿revisaron cuáles son los planes de gobierno y futuros beneficios para los habitantes?

—Qué inteligente su pregunta Ada. Claro que sí, como Presidente del partido es lo más importante para mí. Nosotros ayudamos a los candidatos que se comprometan con el municipio. Les presentamos un plan con diferentes proyectos que nuestro pueblo y las veredas y corregimientos necesitan: escuelas, acueductos, electricidad, bibliotecas entre otros. Una vez se han posesionado en sus cargos, estos candidatos tendrán que cumplir con sus promesas —contestó el señor Sarmiento con mucho convencimiento.

—Si aplico para ser miembro, ¿cuál sería mi función? —contesté muy interesada.

—Nos acompañaría en las correrías los fines de semana. Acompañamos a los candidatos del partido a reuniones con la comunidad en diferentes veredas y corregimientos. Si viene el candidato a la Gobernación del Valle la gira incluiría al menos ir a los municipios del Norte del Valle. El trabajo es duro, pero apoyaremos a candidatos que nos van a retribuir en obras para la comunidad. A lo mejor cuando salgas del bachillerato te podemos ayudar a conseguir un buen trabajo o una beca para la universidad.

¡Universidad! ¡Beca! Don Julio había pronunciado las dos palabras mágicas para mí.

—Muy interesante don Julio, me gusta la idea. Como miembro de las Juventudes, ¿podría entrevistar a los candidatos? —le pregunté de sopetón abriéndole los ojos.

—Claro que sí, Ada. Usted tendría ese privilegio también —dijo don Julio con convicción.

—Pues no se diga más don Julio, ya mismo diligencio la aplicación para hacer parte de su equipo —le dije con entusiasmo y empezando a diligenciar de inmediato el documento que me haría parte de las Juventudes Conservadoras. Mientras tanto, pensaba que solo faltaba un detalle para emprender este nuevo proyecto que me llevaría a la universidad: convencer a mi madre para que me permitiera asistir a las correrías.

—Necesito que me haga un gran favor don Julio: ¿podría hablar con mi madre Leonor para que me dé permiso de acompañarlos en las correrías? Ella es bien estricta y casi no nos deja salir de la casa.

—Con mucho gusto Ada. ¿Podría ayudarnos a reclutar más jóvenes para la causa? Necesitamos la energía de ustedes para ser exitosos con la campaña —dijo don Julio poniéndose de pie.

—Un miembro más para el grupo sería mi hermana Esther. Yo me encargo de convencerla —le dije sonriendo.

Yo sabía que sin Esther mi madre no me permitiría salir a estas correrías y la verdad me entusiasmaba la idea de viajar por todo el territorio departamental para conocer las necesidades de los pobladores y poder tener los argumentos suficientes para hablar con los candidatos.

Como a don Julio le interesaba que me involucrara con la campaña política lo más pronto posible, al otro día fue a ver a mi madre para discutir el asunto. Me llamaron cuando mi madre ya iba a dar su última palabra. Yo ya había convencido al General Beltrán para que me ayudara con mi madre en caso de necesitarlo.

—Bueno don Julio, solo por ser usted y porque me asegura que doña Teresa su hermana los va a acompañar en las correrías de los fines de semana le doy permiso a Ada para que le ayude en la campaña de esta temporada —dijo mi madre asintiendo con la cabeza.

—Ada, esto no significa que usted va a descuidar sus estudios. Tiene que continuar con su mismo promedio de notas. ¿Se compromete? —me preguntó mi madre frunciendo el ceño y con un tono de voz bien fuerte, que se asemejaba al rugido de una leona protegiendo a su cría.

—Sí señora, me comprometo —le dije sonriendo y alzando mi frente—. Gracias don Julio, estoy muy contenta con este nuevo proyecto. ¿Cuándo empezamos? —le dije abriendo mis manos.

—Estoy seguro que todos los directivos del partido van a estar felices de que la hubiésemos reclutado. Ya mismo me reúno con el grupo para revisar el programa de correrías que empieza en un mes. Bienvenida señorita Ada Prado a nuestra institución.

Ese mismo día le conté a Esther acerca de la nueva actividad en la que me estaba involucrando y la invité para que me acompañara.

—Ada, ¡qué pereza!, en todo lo que está metida y ¿por qué quiere más obligaciones? —dijo Esther casi halándose los cabellos.

—Tranquila Esther. Lo hago por nuestro futuro. Estoy segura que ayudando en política vamos a conseguir becas universitarias o por qué no, un trabajo.

Independiente de lo que vayamos a conseguir en el futuro, me apasiona ayudar a la población y esta es una buena oportunidad para hacerlo. Tenlo por seguro que vetaré a los políticos que no cumplan con su promesa —le aseguré con un tono decisivo, pues ya me estaba creyendo ser la Jefe del partido.

—Anda Esther, di que sí. Te ayudo a hacer tus tareas y no tienes que hacer nada, solo acompañarme a las correrías —le dije con cariño y zalamería para convencerla.

—Ada, usted siempre se sale con la suya. Está bien la voy a acompañar. ¡Pobre Augustico!, lo tenemos descuidado. Que lo siga cuidando Trina —dijo Esther refunfuñando, pero mostrando una tenue sonrisa.

Cuando le conté a Sor Margarita con lujo de detalles cómo me había involucrado con las Juventudes Conservadoras del pueblo casi se desmaya de la emoción.

—Pero hija, eso fue bien rápido. *Diciendo y haciendo* como decimos por aquí. La verdad es que estoy muy contenta por ti, estoy segura que esto te va a ayudar a conocer mucha gente y vas a poder ir a la universidad. Al mismo tiempo vas a poder influenciar esos políticos para que traigan los recursos para la región —dijo Sor Margarita abrazándome con cariño.

Empezamos nuestras correrías los fines de semana con las Juventudes Conservadoras acompañando a los candidatos del partido. El sábado nos recogían bien temprano a Esther a mí. Luego recogían al Presidente y a su hermana y por último al candidato que acompañaríamos. La dinámica era la siguiente: se escogían las veredas y corregimientos y se contactaba a algunos de los pobladores, líderes de la región, para que prestaran sus casas o sus fincas en donde miembros del partido y de las Juventudes Conservadoras se reunirían para hablar de las necesidades del sector y luego tener acceso a una charla a la que atendieran el mayor número de habitantes del lugar. Por lo regular, el Presidente presentaba al candidato, luego el candidato daba su discurso y yo remataba convenciendo a los pobladores con razones muy válidas para que dieran su voto por el candidato de nuestro partido. El hecho de que una mujer y tan joven, hiciera parte de esta gran comitiva, entusiasmaba a los pobladores por lo que la mayoría de ellos aseguraban lealtad total al partido. Esther me acompañaba, pero le gustaba hacer el papel de una espectadora más para aplaudirme. Me sonrojaba con los aplausos que recibía del público en general porque muchas veces parecía que yo fuera la figura principal de la reunión y no el candidato al que apoyábamos.

Pasado un mes de intensas correrías, y en vista del tremendo éxito de nuestra estrategia en la región, uno de los candidatos a la gobernación del Valle del Cauca, contactó al presidente del partido para que programáramos una reunión en el norte del departamento. El lugar escogido por don Julio para la reunión fue una finca localizada en la vereda El Diamante, ubicada en las afueras del municipio de Versalles, el pueblo en donde nací y que es llamado *Pesebre y Paraíso de Colombia*. Cuando me di cuenta del lugar escogido sentí un mariposeo en mi pecho de la emoción y de la felicidad que me embriagaba el poder conocer y pisar esa tierra hermosa en donde había nacido.

Llegó el día tan esperado de nuestra reunión en Versalles. Por razones de seguridad íbamos en varios carros. El candidato a gobernador iba con sus asistentes, en el otro carro como siempre íbamos el conductor, Esther, don Julio, su hermana y yo. Otros miembros del partido nos acompañaban en otros vehículos. Fuimos de Toro a La Unión y de allí empezamos a subir la cordillera por cerca de una hora. Divisamos el pueblo de Versalles que quedaba en toda la cima, y que a pesar de la neblina que lo cubría se podía apreciar la belleza del colorido de la iglesia, del kiosco y del parque que de alguna manera me recordaba *El Támesis debajo de Westminster*, la obra famosa del pintor francés *Claude Monet* que a pesar de la bruma y con su pluma mágica, plasmó la hermosura del paisaje. Continuamos media hora más hasta encontrar nuestro destino final. Suspiraba al observar tan verdes y refrescantes paisajes.

—Tengan paciencia que ya casi llegamos a la finca que nos facilitaron para hacer la reunión —dijo don Julio moviendo sus brazos para desencogerse—. ¿Por qué has estado tan callada Ada? —agregó.

—Sólo estaba admirando el paisaje de la cordillera lo mismo que el colorido del pueblo de Versalles. Es el pueblo en donde nacimos Esther y yo, y al que estamos conociendo el día de hoy —contesté con una sonrisa y suspiré emocionada.

—La verdad es que es hermoso el paisaje que atravesamos para llegar hasta aquí. Qué lindo el pueblo localizado en la cima de la montaña y las casas de sus pobladores ubicadas cuesta abajo —agregó Esther emocionada de conocer el pueblo en donde nacimos.

—¡Bravo por eso! Presiento que hoy va a ser un día muy especial para todos —exclamó don Julio muy convencido.

Cuando don Julio dijo esto ya estábamos acercándonos a la entrada de la finca. Había una cerca de madera con un letrero que decía: *Finca El Recreo*. Habíamos llegado a nuestro destino. Algunos trabajadores de la finca nos estaban esperando y abrieron las puertas de inmediato. Don Julio se identificó para que nos dieran la entrada.

—Bienvenido don Julio, ya está todo preparado para recibirlos a ustedes y a los vecinos. El patrón tuvo que salir urgente a rescatar una vaca que se desbocó en la montaña, pero dijo que tan pronto solucione el inconveniente vendrá a reunirse con ustedes. Está muy agradecido por el honor de tenerlos a ustedes y al candidato a la Gobernación del Valle del Cauca aquí en sus aposentos.

—Siento mucho lo que me dice, esperemos que su Patrón llegue a tiempo para escuchar el discurso del candidato.

—Sigan a la casa grande que los están esperando con «tinto» bien calientico y arepitas con queso recién preparadas —continúo diciendo el hombre que usaba un sombrero blanco y un poncho de tela en su hombro derecho.

Entramos a la casa grande y esa construcción me recordó de alguna manera la forma en que mi madre le había descrito a Lola, la gitana, en la cárcel de El Dovio, la finca en donde mis padres vivieron recién casados y que estaba situada en Manizales. La casa estaba rodeada por chambranas verdes que a la vez estaban adornadas de majestuosos jardines colgantes multicolores que se asemejaban a la belleza de los *Jardines de Babilonia*. Salí de mi ensimismamiento cuando don Julio nos dijo:

—Bueno, ya está todo listo y veo que empiezan a llegar los invitados.

Después de tomarnos el tinto y comernos las arepas con queso recién hechas, nos organizamos rápidamente. Algunos de nosotros nos quedamos en la parte alta de la casa desde donde hablaríamos y otros, entre los que estaba mi hermana Esther se ubicaron en el patio para mezclarse con los asistentes. Poco a poco los pobladores de la región fueron llegando y se organizaron ordenadamente como había sido planeado. Don Julio, el Presidente del partido, inició la reunión con la presentación del candidato a la Gobernación, haciendo énfasis en su experiencia en cargos públicos, logros obtenidos que se reflejaban en el progreso del departamento. Cuando don Julio terminó, el candidato se lució con su discurso. Me gustaba su forma de hablar, con sencillez, mostrando los resultados que había obtenido en cargos ocupados en el pasado y el compromiso que adquirió en frente a nosotros con la región del Norte del Valle.

Ese día yo me había vestido con mi jean *Bobbie Brooks*, botas vaqueras y camisa de manga larga azul claro. Como de costumbre, me correspondía el remate de la oratoria convenciendo a los asistentes para que votaran por el candidato que estábamos apoyando. Estaba prácticamente terminando mi discurso, los asistentes me aclamaban, había mucha emoción en él ambiente, cuando un hombre alto, de grandes ojos azules y cabello castaño oscuro, de unos cuarenta y tantos años, se acercó poco a poco mirándome con una ternura infinita. Sentí un escalofrío por todo mi cuerpo, mi corazón se quería salir de mi pecho emocionado por el solo hecho de mirar ese par de ojos azules. Sí, esos ojos que se quedaron en mis recuerdos cuando solo era una niña, estaba segura que eran esos mismos ojos. No pude seguir hablando porque quedé como paralizada con esa mirada.

—Señorita, por favor siga con su discurso que va muy bien. Disculpen por favor mi tardanza. Soy el dueño de la casa, mi nombre es Gabriel Prado, a la orden.

Capítulo XXIV

—Padre, ¿eres tú? ¿estoy soñando? ¡Soy Ada, tu hija! ¿me reconoces? —dije llorando de la emoción.

Bajé de la tarima poco a poco, mirando sus bellos ojos. Me le acerqué y lo abracé muy fuerte para que nunca más me dejara.

—¿Ada Prado? ¡Pero, esto es un milagro del cielo! ¿De dónde has aparecido? —mi padre lloraba y me abrazaba.

—Perdón, perdón padre querido. Perdón por todos estos años de ausencia, pero sobre todo por no haberte defendido —le decía abrumada por los recuerdos de aquella trágica noche y limpiando las lágrimas de sus ojos con mis manos.

—Hija, perdóname tú a mí. El que me hubiera separado de ustedes, ha sido un castigo muy grande para mí.

Sacó un pañuelo blanco de su bolsillo para terminar de secar sus lágrimas.

—¿Por qué nunca nos buscaste? —le dije llorando y lo tomé de las manos.

—Claro que sí las mandé a buscar cuando aún eran muy pequeñas. Le pagué a un hombre para que me las trajera porque su madre nunca más quiso atender las razones que le enviaba. Lo único que conseguí fue hacerles daño. Me enteré de que tuviste una caída y fuiste al hospital. Sufrí mucho sin saber la gravedad de tu estado hasta que por fin me contaron que ya te habían dado de alta. Me prometí esperar hasta que crecieran para acercarme a ustedes.

—Ada, ¿es verdad lo que he escuchado? ¿él es nuestro padre? —gritó Esther y de un salto vino a parar a nuestro lado sorprendida y con los ojos aguados.

—Papá, esto no puede ser... ¿cómo íbamos a pensar que te encontraríamos aquí? —dijo Esther llorando aferrándosele por la espalda.

—¿Esther? ¡Hija de mi alma! No saben cómo las he extrañado todos estos años. Nunca perdí la esperanza de que un día estaríamos reunidos otra vez.

Abrazados los tres, reíamos y llorábamos de la emoción de estar juntos. Quién hubiese pensado que después de tantos años de separación y de espera estaríamos reunidos nuevamente. Tenía muchas preguntas para mi padre y una de ellas me carcomía el alma: ¿Qué pasó con Alberto, nuestro hermano? Por mi mente pasaba un torbellino de recuerdos de lo que había sido mi vida sin mi padre. Finalmente pensaba: "¿así como me quitaron mi vida en un instante y sin rechistar así me la iban a devolver?".

Mi padre respiró profundamente y nos dijo con tono suave:

—Hijas, pasemos al comedor, tenemos mucho de qué hablar.

Mientras tanto, don Julio, dio por terminada la reunión y despedía a los invitados para darnos un poco de privacidad con mi padre. Con discreción, el candidato a la Gobernación se acercó y nos dijo:

—Nos veremos en la próxima correría Ada, don Gabriel, le quedo muy agradecido por su hospitalidad, por prestarnos su finca para la reunión y por su poder de convocatoria ya que, gracias a ello, tuvimos muy buena asistencia de los pobladores de la región lo que nos augura un buen posicionamiento en las elecciones.

—El honor es para mí tenerlo por aquí en nuestra casa. Por favor pasemos al comedor que nos tienen preparado un buen banquete —respondió mi padre mostrándole el camino con su mano.

Mientras el candidato y los otros miembros de la comitiva caminaban al comedor de la casa, mi padre iba con Esther y conmigo, con una a cada lado. Yo me sentía muy orgullosa de caminar junto a él y estaba segura de que Esther también pensaba lo mismo.

—Don Julio, ¿usted cree que después de la comida se pueden quedar un rato más? Quiero disfrutar un poco más de la compañía de mis hijas. Usted ha sido un instrumento del destino para reunirnos —dijo mi padre con voz resquebrajada.

—Ni más faltaba don Gabriel, claro que sí. Este encuentro de hoy es increíble. Tanto el candidato como los demás miembros de la comitiva se pueden ir tan pronto terminen de comer si así lo desean. Mi hermana y yo esperaremos el tiempo que se necesite —respondió don Julio dándole golpecitos en el hombro a mi padre.

—Hijas, antes de que pasemos al comedor, les voy a presentar otros miembros de la familia. Ellos han estado ocupados organizando los detalles de la comida, pero ya deben estar reposando —dijo mi padre con un tono suave. Su voz aún estaba temblorosa por la emoción.

"¿Otros miembros de la familia? ¿Acaso mi padre tenía esposa? ¿Con quién vivía?", pensé.

Mi padre nos llevó a un comedor auxiliar situado al lado de la cocina, en donde estaban tres personas reunidas:

—Mamá, Alberto, Julia, —les dijo mi padre —han llegado dos hermosos regalos a esta casa: hoy es el día más feliz de mi existencia. Hoy me he vuelto a reencontrar con mis dos amores. Ellas son Ada y Esther, ¡mis hijas!

—¡Mis nietecitas! ¡No puede ser...! —se levantó la anciana de cabello blanco y cara redonda, y corrió a abrazarnos—. ¡Adita, Esther! Soy su abuelita María. ¡Gracias a Nuestro Señor que me ha mantenido viva para conocerlas! —nosotras correspondimos su abrazo con lágrimas y sonrisas.

—¡Hermanitas! ¡Esto es maravilloso! ¡Soy Alberto, su hermano mayor! Cómo las he extrañado —dijo mi hermano quien era un joven guapo y acuerpado, y lloraba mientras se nos acercaba.

—¡Estás vivo, estás vivo! —gritamos Esther y yo en coro y llorando de la emoción.

Nos acercamos a él y lo tocamos para sentir que aún estaba vivo. Nosotras que siempre pensamos que se lo había llevado la llorona.... Lo abrazamos, lo besamos. Yo cerraba y abría mis ojos para asegurarme de que no estaba soñando. Aquella tarde, veía venir un milagro tras otro a nuestras vidas. En eso interrumpió la otra mujer:

—Sobrinas amadas, soy su tía Julia, hermana de su padre. Bienvenidas mis amores. ¡Tenerlas aquí con nosotros es maravilloso! —dijo la tía Julia cerrando sus ojos y dándonos un abrazo muy fuerte.

Ella era blanca, tenía cabello oscuro que se notaba encanecido por los años. Sus ojos eran grandes y de color café. "¡Qué alivio! ¡Es mi tía!", pensé. Y también la abracé.

Esther y yo teníamos muchas preguntas, pero debíamos pasar al comedor con los demás miembros de la comitiva. Al parecer, mi padre lo sabía porque nos dijo:

—Familia, pasemos al comedor a acompañar a los invitados. Ya tendremos mucho tiempo para hablar y compartir.

Pasamos a comer con los invitados. Nos estaba esperando un delicioso *sancocho de gallina, arroz blanco y papas chorreadas*. Remataríamos el banquete con deliciosos jugos de frutas, panecillos de sabores y un delicioso *postre de natas*. Terminamos la cena y despedimos al candidato y a parte de la comitiva que lo acompañaba. Don Julio y doña Teresa querían conocer la huerta de la abuela, mientras tanto, mi padre, Alberto, Esther y yo nos quedamos para continuar con esa conversación que habíamos empezado.

—Papá, y, ¿cómo fue que Albertico sobrevivió aquella noche que desapareció? —preguntó Esther con agitada respiración.

—Albertico caminó mucho esa noche, tanto que ningún vecino lo pudo encontrar. El pobre durmió en la carretera y en la madrugada, un jeep que iba camino a Versalles lo recogió. En Versalles se lo llevaron al párroco del pueblo quien anunciando todos los días en la iglesia que tenía al niño Alberto Prado y que estaba perdido, mi hermano Rubén que vivía en el área se enteró y se lo llevó para su finca. Cuando salí del hospital vine a la casa de su tío y me encontré con la sorpresa de tener a Albertico sano y salvo.

—Padre, y ¿qué hiciste después? —pregunté curiosa de conocer más de la vida de nuestro progenitor.

—Su Abuelo Luis nos dejó una buena herencia que estaba en sucesión hacía muchos años. Cuando ese asunto se resolvió, con la parte que me correspondió compré esta finca y la he ido ampliando y mejorando cada año. Es una finca cafetera diversificada, además de los cultivos de café tiene siembras de árboles frutales, vacas que nos da la leche para la casa y para la venta diaria, caballos y algunas cabezas de ganado. Precisamente hoy estaba rescatando una que se accidentó y afortunadamente la pudimos salvar, está solo magullada y el veterinario del pueblo le ha aplicado una inyección para el dolor. Abajo se encuentra una casa pequeña para que se hospeden los trabajadores y tenemos una pequeña huerta. Escogí esta propiedad porque tiene un buen nacimiento de agua cristalina. En verdad, la finca es bien completa. Nunca perdí la esperanza de algún día tener a toda mi familia aquí conmigo —dijo mi padre suspirando.

—Y, ¿nunca volviste a rehacer tu vida con una pareja? —preguntó Esther pellizcándome un brazo disimuladamente. Yo no me había atrevido a hacer esa pregunta.

—No hijita, no. La única mujer que yo he querido en la vida ha sido su madre Leonor. Y aunque ella no lo quiera, sigue siendo mi esposa —respondió mi padre lagrimeando.

Nosotras les contamos que vivíamos en Toro y estudiábamos con las monjitas, de todas las actividades en las que estábamos involucradas, y de nuestra excelencia académica. También les compartimos cómo fue que nos involucramos con la campaña política, lo que finalmente nos llevó al encuentro. Todos ellos estaban muy orgullosos de nosotras, pero nadie mencionó a nuestra madre.

Pasado un buen rato, don Julio se acercó y nos dijo:

—¿Señoritas, están listas? Ya nos tenemos que ir para que no se nos haga muy de noche —al mismo tiempo, mi padre aprovechó que don Julio y doña Teresa estaban presentes y dijo:

—Este gran acontecimiento que hemos vivido hoy se queda aquí en *El Recreo*. Quiero que sean muy prudentes con lo que dicen. Ya planearemos como vamos a dar la noticia a su madre y a los demás miembros de su familia —dijo mi padre con tono serio y decidido.

Con muchos abrazos, suspiros y promesas de volver a vernos muy pronto, Esther y yo nos despedimos. Mi corazón se había hecho un nudo de emociones. Sentía una inmensa alegría de haber presenciado el milagro del encuentro con mi padre y con mi hermano. Muy felices pero cansadas entramos al auto que nos llevaría de regreso a Toro. La noche había llegado y estaba oscuro por lo que no pudimos disfrutar del paisaje cafetero. Observé hacia el cielo por la ventana del auto y vi como esa noche la luna estaba tan brillante que parecía sonreír mirando la tierra. Las estrellas la adornaban como una corona adorna a su reina. Cuando nos acercábamos de regreso a nuestro destino, mi corazón entristeció porque mi mente regresó a la realidad que nos esperaba. Llegamos muy tarde a nuestra casa, eran aproximadamente las dos de la madrugada, se escuchaba la música a todo volumen y en el bar aún se veían varios hombres tomando. Don Julio y doña Teresa se bajaron del carro con nosotras para hablar con nuestra madre y excusarnos por la tardanza. Mi madre nos recibió un poco disgustada:

—¿Qué son estas horas de llegar? No me vuelvan a decir que las vuelva a dejar ir a esas giras —dijo mi madre cogiéndome de mi camisa con brusquedad.

—Perdóneme doña Leonor, la culpa es toda mía. Calculamos mal el tiempo y terminamos muy tarde la campaña. Por favor acepte mis disculpas esto no volverá a pasar —dijo don Julio quitándose el sombrero.

—Eso espero don Julio, ellas no pueden llegar tan tarde, mañana tienen que madrugar a estudiar.

—Hasta mañana —nos despedimos Esther y yo con un movimiento de manos mientras atravesábamos el salón del bar.

Qué sorpresa me llevé al ver al General Beltrán, solo, sentado junto a una mesa con una botella de aguardiente casi vacía en la mano, agachado y escuchando música de despecho.

—Madre, ¿qué le pasa al General? —pregunté muy seria.

—No sea metida Ada y no pregunte tanto. ¿No ve que está tomando?

—Precisamente, eso no es normal, el General nunca toma y menos de esta manera. Algo le pasó —dije con mucha seguridad y con preocupación.

"Ya me las arreglaré para averiguar lo que está pasando en esta casa con el General", pensé.

—Más bien váyanse a acostar. Agradezca que no le doy unos guarapazos por llegar a esta hora y encima llevar a su hermana Esther. El niño lloró todo el día preguntándolas.

Llegamos a nuestro cuarto en donde también dormía nuestro hermanito Augusto. Lo observé y estaba acurrucadito en su cuna, lo besé y lo abrigué bien. Esther estaba cansada y casi dormida me abrazó y me dijo:

—Ada, por fin, por fin vamos a ser felices. ¡Qué alegría y qué milagro tan grande el habernos encontrado a nuestro padre y a nuestro hermano en esa finca! ¿Tan lindas la tía y la abuela, verdad? Pero acostémonos ya, estoy que me caigo del sueño —remató Esther poniéndose rápidamente su bata de dormir.

Nos dimos un largo abrazo hasta que yo interrumpí:

—Sí Esther. No hay palabras para describir lo que siento en este momento. Mi corazón está inundado de la dicha. Ahora tenemos un secreto las dos que vamos a mantener, ya veremos la oportunidad para contarle a nuestra madre. Confiemos en la prudencia de don Julio y doña Teresa. Acostémonos ya, yo también estoy cansada —dije bostezando.

Por fortuna, mi madre apagó la música, ya estaba cerrando el bar por lo que un silencio total se apoderó de la casa. Aunque estaba agotada por la larga jornada del día no podía pegar los ojos para dormir. Mi memoria se transportó a la finca *El Recreo* en donde habíamos encontrado a nuestro padre y a nuestro hermano ese día y en donde conocimos a mi tía y a mi abuela quienes estaban llenas de amor por nosotras.

Esa noche sentí una paz absoluta, mi corazón palpitaba de felicidad, me sentí como que si una partecita de mi alma que estaba perdida en el espacio la hubiera encontrado y se hubiera compactado con la mía. Me sentía completa, con un gozo infinito en mi corazón. Estaba feliz de haber encontrado mi casa paterna. Ese día, a mis dieciséis años me sentí renacer.

Capítulo XXV

A la mañana siguiente nos despertamos bien temprano a pesar de las pocas horas que habíamos dormido. Mi alma estaba llena de felicidad y nada ni nadie opacaría ese sentimiento tan hermoso que había llegado sin preguntar. Esther sonreía calladamente y me miraba con picardía ya que compartíamos ese secreto tan maravilloso: el haber encontrado nuestra casa paterna.

Nuestra rutina en el colegio estuvo de maravilla ese día, y en la tarde cuando regresamos a nuestra casa me encontré a Trina quien estaba cuidando a mi hermanito.

—Ada, ¡qué milagro en verla! Tengo que contarle tantas cosas —me dijo mostrándome su pequeña boca sin dientes.

—Hola Trina, sí, hemos estado bien ocupadas, entre semana con todos los trabajos y actividades del colegio y en los fines de semana con las correrías de la campaña política —le dije abrazándola pues le tenía mucho cariño—. Pero habla ya mujer, ¿qué es lo que me tienes que contar? —le dije ansiosa mirando para todos los lados asegurándome que mi madre no estuviera cerca y nos escuchara. Al parecer ella había salido de la casa.

—No se preocupe, su mamá salió a la plaza a traer el mercado. Imagínese que el General Beltrán y Leona están de pelea y todo por culpa de la mala de la Chavela. La semana pasada yo estaba en el cuarto durmiendo el niño cuando escuché que Isabel y su mamá hablaban:

—Leona, Pablo, el ganadero *ricachón* que siempre te ha mandado razones conmigo quiere verte y te envió esta nota —dijo Isabel entregándole una carta.

—Isabel, ya te dije que no me interesa para nada ese señor. Yo soy una mujer fiel a mi marido. Pero, muestra a ver qué es lo que dice —y leyó en voz alta:

"Querida Leona, no te imaginas cuanto te quiero. Veámonos en la casa de citas de Margarita que queda cerca del cementerio. Tuyo por siempre Pablo".

—¿Qué se ha creído este hombre Isabel? ¿Acaso tú le has dado esperanzas? A mí no me interesa tener una relación con él en lo absoluto —Dijo y salió furiosa de la casa tirándole la nota en sus pies.

Chavela se quedó quieta pero después la escuché mascullar:

—¡Cómo la odio! Me trata como le da la gana y tiene todo lo que yo no tengo. Pero, aunque no lo quiera, la separaré del General, ese hombre y todo lo que tiene será mío. ¡Lo juro! —dijo esa mujer como si un demonio estuviera dentro de ella y observé cuando cogió la nota del piso, la dobló y la puso encima de la mesa del comedor. Isabel se quedó en la cocina lavando algunos vasos del bar y a los pocos minutos, el General llegó a la casa a almorzar. Salí disimuladamente del cuarto con el niño e iba a coger la nota de la mesa para que él no la leyera, pero él me descubrió.

—¿Qué es lo que tienes en tus manos Trina? Vi tu malicia en los ojos —y me arrebató de la mano la nota abriéndola de inmediato. Yo quedé paralizada y no le pude responder nada.

—¿Qué significa esto Trina? Ahora me doy cuenta, estabas encubriendo una traición. Esto yo no lo perdono. ¿Tienes alguna explicación? —dijo el General furioso mostrándome el papel que tenía en sus manos.

Antes de que yo hablara, la mala de la Isabel le dijo:

—General Beltrán, a mí no me gusta meterme en cosas de parejas, pero ahora que lo pregunta, sí, tengo conocimiento que Leona se ve con ese señor, aunque no sé en dónde... pero disculpe, tengo que salir —dijo Isabel caminando hacia la puerta.

—Pues no va a salir de aquí hasta que no me cuente con detalles la traición de Leona. Aquí tengo la prueba. ¿Cómo llegó esta nota aquí? —dijo el general mostrando la nota que tenía en sus manos.

—General, yo le cuento todo lo que sé, pero no quiero que Trina escuche —dijo la mujer señalándome.

—Trina, regrese al cuarto con el niño. Isabel, pasemos al salón —dijo el General dando órdenes.

Yo me retiré inmediatamente y esperé a que estuvieran en el salón para espiarlos. Afortunadamente el niño dormía y lo puse en su cuna. Me acerqué a la puerta que comunica con el salón del bar y vi por entre las rendijas cuando la infame mujer le contaba al General:

—Sí General Beltrán, yo he aconsejado a Leona que lo cuide a usted, un hombre tan bueno, tan atractivo, tan completo... pero ella no me ha hecho caso. Ella tiene una relación desde hace mucho tiempo con don Pablo Arizmendi, un ganadero de la región —dijo la malvada mujer diciendo una sarta de mentiras y coqueteándole al General. Se quedaron un rato más hablando, pero no pude continuar escuchando ya que el niño se despertó y lloró. Solo escuché cuando dijo:

—Tengo que hablar con Leonor, esto no se lo voy a perdonar nunca —y salió de la casa tirando la puerta.

Al rato salió detrás la mala de la Chavela. Más tarde su mamá regresó a la casa. Al parecer el General la estaba esperando en los alrededores porque entró a los pocos minutos.

—Leonor, nunca pensé que después de todo lo que hemos vivido, y todo lo que he hecho por ti me fueras a traicionar. No me lo puedes negar porque he encontrado la prueba de tu infidelidad —dijo el General Beltrán en tono alto, enfurecido y mostrándole el papel que tenía en sus manos.

—Augusto, no, no creas solo en lo que ven tus ojos. A veces lo que ves no es lo que parece y este es el caso. Ese señor me ha estado enviando razones por meses y yo nunca le he atendido a sus insinuaciones. Por favor dame esa nota, la rompemos y ya pasó todo, te juro por mis hijos que nunca te he sido o te seré infiel —dijo su madre llorando de desesperación.

—No Leonor, conmigo no juegas más. Vamos a vender esta casa y dividimos todo lo que tenemos en dos. Me separaré de ti, voy a extrañar mucho a las niñas, ustedes eran mi familia. Puedes estar tranquila que no te quitaré a Augusto. Me duele separarme de ti porque te he amado como nunca he amado en la vida a otra mujer. Pero, me has decepcionado. Esa nota, lo que dice allí muestra que ese hombre es tu amante.

—¡Augusto, por amor a Dios! ¡Créeme, soy inocente, te lo juro, soy inocente! ¿Cómo encontraste esa carta? ¿Quién te la dio? —preguntó su madre suplicante y con la cara enrojecida.

—La nota la encontré en la mesa. Pero tu mejor amiga y cómplice me lo confesó todo —dijo el General bajando el tono, se veía triste.

—¡Maldita! ¡Maldita mujer! ¡Se las verá conmigo! ¡Cómo ha podido inventar esta patraña! —y salió a encerrarse en su cuarto. Y desde esa discusión que tuvieron no han vuelto a hablar.

—El sábado en la mañana cuando ustedes ya se habían ido, la malvada de la Chavela llegó como si nada. Ella no imaginaba que el General le había contado a su madre la confesión.

—¡Isabel! —gritó su madre cuando la vio entrar. El General no estaba por ahí.

—¿Qué pasó Leona? ¿Qué bicho te ha picado? —dijo esa mujer simulando una leve sonrisa.

—Eres una maldita, traicionera mujer. De razón Ada no te quiso nunca, ella sí sabía quién eras de verdad. ¿Cómo has podido inventar todas esas mentiras? —gritó Leona estremeciéndola con las manos.

—Leona, te hice un favor. Don Pablo Arizmendi es mejor partido que el General Beltrán —dijo la mala mujer.

—Pues no Isabel, a mí nadie me escoge el marido, ese señor nunca me ha interesado, ni me interesará. Te vas hoy mismo de aquí, no mereces la amistad sincera que te he brindado ni todo lo que te he ayudado. Estabas casi en la calle cuando llegaste a pedir trabajo y mira ahora tienes casa y vives bien. ¿Y con esta traición me pagas?

—Sí Leona, te odié siempre. Me tratabas como si fuera tu esclava y tu tan feliz y sonriente, llenándote de plata los bolsillos cada día más y más, veía como contabas y contabas tus ganancias y con un hombre como el General que era el hombre que yo quería para mí. Me voy, pero sabrás de mí. No tendrás vida para disfrutar lo que has conseguido —dijo con tono amenazante la malvada mujer.

—¡Ay que tragedia tan grande ha sucedido! —dijo Esther quien se había unido a la conversación y escuchaba con atención el relato de Trina, quien continúo diciendo:

—Este fin de semana el General Beltrán como nunca lo había hecho antes, tomó aguardiente escuchando música de despecho hasta quedar completamente embriagado

—Sí, lo vimos cuando llegamos en la madrugada —dije triste y respirando profundamente. Me quedé sentada y anonadada en una silla del comedor.

Después de escuchar lo que nos contó Trina solo pensaba en lo que estaría sintiendo mi pobre madre en estos momentos. Ella que era tan fuerte, tan implacable con nuestras faltas, trabajadora incansable, pulcra, correcta, de impecable comportamiento y ahora verse enlodada por las palabras y las artimañas de una mala mujer. Qué lástima que mi madre nunca quiso ver las malas intenciones de la malandra de Isabel. Yo percibía su mala energía y nunca la soporté. Pensaba en cómo la vida estaba llena de contradicciones: Para Esther y para mí una nueva vida estaba empezando. A pesar de no tener a nuestro padre con nosotras, sabíamos que existía, que convivía con mi hermano, que teníamos una abuela y una familia numerosa. Sabíamos que estaban llenos de amor para nosotras, y podíamos contar con su apoyo moral y financiero. Para mi pobre madre, quien había luchado tanto por nosotras y por nuestro bienestar de acuerdo con sus creencias, el mundo que había creado al lado del General se le había derrumbado en un instante. Y ahora el pequeño Augusto se separaría de su padre como alguna vez me separaron del mío. ¿Cómo podía ser que mi alma estuviera rebosante de felicidad por el encuentro con mi padre, pero al mismo tiempo un sentimiento de tristeza me embriagaba cuando pensaba en mi madre, en mi pequeño hermano y en el General Beltrán? Me preguntaba cómo era eso del destino, ¿Quién lo marcaba? ¿Por qué no todos podíamos ser felices? En ese momento hubiese querido ser un hada que con su varita mágica borrara todos los trágicos momentos de nuestras vidas para que todos termináramos felices.

La realidad es que yo no era portadora de esa vara mágica, no la tenía. Pensaba como los seres humanos parecemos marionetas que son manejadas por manos maestras que nos llevan por la vida para que aprendamos lecciones y cuando ya las hemos aprendido, esas mismas manos cierran el telón y abren otro escenario para que pasemos al aprendizaje de la siguiente lección. Lo único que depende de nosotros, las marionetas, es la actitud y la tenacidad con la que enfrentamos nuestro destino.

Los siguientes días pasaron rápidamente. Veía como la relación entre mi madre y el General se había deteriorado por completo. El General no se volvió a quedar en la casa y pocas veces venía a comer con nosotros. Cuando venía jugaba con el pequeño Augusto, y hablaba con Esther y conmigo, a mi madre a duras penas la saludaba. Se veía muy callado y como yo lo conocía muy bien sabía que estaba sufriendo por dentro. A mi madre la veía resignada por tan triste pérdida. Ella sabía que el General no daría marcha atrás, como buen militar, no perdonaría una traición de la cual él pensaba tenía la prueba. Una tarde, cuando llegamos de estudiar mi madre nos comentó:

—Hijas, tengo algo muy triste que contarles.

Se sentó y como nunca la había visto antes, lloró apesadumbrada. Ella continúo diciendo:

—Estoy muy triste, el General me ha abandonado por las intrigas de esa Chavela. Quiere que hagamos partición de bienes. La Isabel se inventó que yo tengo un amante y le contó al General. Al parecer, él encontró una nota que me envió un hombre que me mandaba razones con ella y desafortunadamente él no cree en mi inocencia. Estoy segura de que ella le dio ese papel de adrede. Yo les juro hijas que nunca traicioné al General —nos dijo abrazándonos.

Yo me sentí conmovida por esa confesión y le creí a mi madre. Sentía que decía la verdad. Yo que estaba acostumbrada a espiar por entre las rendijas, en todos estos años nunca vi que coqueteara con hombre alguno. En el pueblo, tenía muy buena reputación por ser la fiel esposa del General Beltrán.

—Lo siento mucho, madre y lo digo de corazón. Quiero mucho al General —le dije con tristeza acariciándole la cabeza.

—¿Qué vas a hacer madre? —preguntó Esther muy triste.

—Voy a hacer un préstamo en el Banco de Colombia para comprarle al General la mitad de la casa y la mitad del negocio. El Gerente me conoce y sé que voy a conseguir ese préstamo. Tendré que trabajar el doble pero, ¡qué le vamos a hacer!, la vida tiene que seguir.

—¿Pero no hay nada que podamos hacer? —dije tratando de sembrar una esperanza en su corazón.

—No hija, el General está decidido. Él no cree en mi inocencia. Quién diría, él que creyó en mi cuando nos sacó de la prisión de El Dovio y ahora es mi juez y mi verdugo. No hay esperanzas de que cambie de parecer.

Tristemente el General se fue de la casa. Consiguió un cuarto en un hostal del pueblo y muy de vez en cuando venía a la casa a ver a nuestro hermanito Augusto. Nosotras continuamos con nuestra vida. Tal y como lo dijo nuestra madre: "la vida tenía que seguir", así que estábamos bien ocupadas estudiando para los exámenes finales, las actividades del colegio y además seguíamos ayudando en la campaña política, gracias a la cual pudimos vernos con nuestro padre en varias oportunidades. Mi padre hizo muy buena amistad con don Julio, el Presidente del Partido, y se unía a las correrías para acompañarnos los fines de semana y pasar tiempo con nosotras. Mi padre se veía muy feliz a nuestro lado y además nos decía que se sentía realizado cuando me veía en las tarimas hablándoles a los pobladores para convencerlos para que dieran su voto por nuestro candidato. El me veía como una futura líder política y de hecho en eso me convertí, o así me sentí cuando el día de las elecciones, nuestro candidato a la Gobernación fue el ganador.

Recibimos nuestras libretas de calificaciones con excelente comportamiento y alto nivel académico. Yo como siempre, ocupando el primer lugar, lo cual celebramos con *bombos y platillos*, pues ya habíamos terminado nuestro cuarto año del bachillerato. Ya solo faltarían dos años más, que, a este ritmo, sabía que pasarían rápidamente. Ya nuestro futuro en la universidad se veía más cercano pues mi padre tenía los recursos para apoyarnos y además el Gobernador del Valle del Cauca estaba muy agradecido con nosotras por haber apoyado su campaña política que lo llevó a obtener tan deseada posición.

Capítulo XXVI

Cae la tarde de este verano espléndido, el horizonte infinito en el mar sin olas me infunde su calma. Me encuentro recostada sobre la tibia arena de la playa de Miami Beach, calentando mis extremidades con los últimos rayos del sol que acaban de dorar mi piel tornándola del color del bronce. Mi olfato se deleita con el olor de las algas marinas que se desprenden bruscamente de las rocas que forman un tajamar natural, huyendo del rugido del león dormido, el mar. Mis ojos se pierden observando el vaivén de las olas que mecen suavemente las pequeñas embarcaciones de distintos colores, las que se dejan llevar siguiendo el ritmo del viento hasta alcanzar su destino.

Mis pensamientos se trasladan volando en el tiempo para revivir momentos de mi vida de adolescente en la década de los años ochenta cuando me dejé llevar por el frenesí del primer amor, en ese pueblo hermoso de La Unión Valle, en Colombia.

Llegaron las vacaciones del final del curso escolar. Desde el año anterior mi madre le había prometido a nuestro tío Juan que nos enviaría a su casa de La Unión cada año en las vacaciones. Pasaríamos unos días con nuestra abuela materna y compartiríamos con nuestros primos, pero lo mejor de todo era que podría volver a ver a mi amado Alex, el muchacho de los ojos grises que me dejó enamorada desde el primer día en que nuestras miradas se encontraron en el parque del pueblo. El solo hecho de pensar en él agitaba mi corazón y me hacía suspirar.

Cuando llegamos a la casa de mi tío Juan, todos los primos nos esperaban con alboroto. Todos anticipaban que pasaríamos unas vacaciones muy buenas haciendo teatro, fonomímica y otras travesuras que nos inventaríamos para agradar a todos nuestros espectadores. Nuestra prima Dery nos recibió con un fuerte abrazo y me dijo al oído:

—Te mandaron saludes. Alex me dijo que tan pronto llegaras le avisáramos porque tiene muchos deseos de verte—y se separó de mi soltando una carcajada.

Nos acomodamos en la habitación de nuestra prima y disfrutamos tremendo banquete que nos habían preparado la abuela y la tía Alicia. Cuando terminamos de comer Dery le dijo a mi tía:

—Mami, esta noche voy a salir con mis primas un rato al parque. De pronto vamos a bailar un rato.

—¡Claro que sí, pueden ir!. Estas niñas necesitan algo de diversión en estas vacaciones.

Esa noche Esther no se sintió bien y prefirió quedarse con la abuela. Dery había llamado a Alex del teléfono de la casa y él había confirmado que nos encontraríamos en el parque frente a *Fantasio*, lugar a donde iríamos esa noche.

Dery y yo nos arreglamos muy bien esa noche. Ella se encontraría con su novio y yo podría estar a solas con el hombre que me quitaba el sueño.

"¡Qué emoción ver a Alex otra vez!". Pensé y sentí un cosquilleo en todo mi cuerpo. Ese día yo me había puesto un vestido de cuadritos blancos y amarillos, cinturón negro, y zapatos negros de tacón no muy altos. Mi cabello brillaba con los destellos de las luces de las bombillas del alumbrado público y mis ojos verdes y grandes encantarían a mi amado Alex para que se quedara conmigo para siempre.

Dery y yo nos acercamos despaciosa y coquetamente al lugar de nuestra cita. Allí estaba Alex esperándonos en compañía de Bernardo el novio de mi prima. Nuestros ojos se volvieron a encontrar como aquella primera vez cuando nos vimos en el parque.

—Buenas noches, ¿cómo están? —dijo Alex acercándoseme y cogiéndome una de mis manos para besarla. Suspiré y lo miré diciéndole:

—Muy bien, pero ahora estoy mucho mejor con tu compañía —le respondí con una sonrisa.

—Dery, como quedamos, voy a ir un rato con Ada a *Fantasio*, y nos vemos aquí mismo a las nueve y media ¿Te parece? —dijo Alex tomándome de la mano para dirigirnos a la discoteca.

—Claro que sí Alex, que se diviertan. Yo me quedo con Bernardo esperándolos.

Entramos al bar-discoteca, el cual estaba iluminado tenuemente. Sonaba una música muy romántica y perfecta para la ocasión. Nos sentamos y Alex pidió dos bebidas con bajo contenido de alcohol para calmar un poco nuestro nerviosismo. La verdad no lo necesitamos pues parecía como si nos hubiésemos visto el día anterior, parecía como si todos esos meses que habíamos pasado sin vernos no hubiesen pasado. La verdad, nos sentíamos tan cómodos el uno con el otro que era como si nos conociéramos desde hace muchos años. Esa noche estábamos solos, Alex y yo otra vez para mirarnos a los ojos y confesarnos todo nuestro amor. Nos besamos una y otra vez, sintiendo un fuego que invadía mí cuerpo. Con la complicidad de la oscuridad del lugar, Alex bajaba sus manos poco a poco hasta que encontraba mis caderas las que acariciaba suavemente y después buscaba mis muslos haciendo que mi corazón casi se quisiera salir de mi pecho. Al ritmo de todas esas sensaciones, yo metía mi mano por entre su camisa para tocarle sus hombros y acariciarle suavemente su espalda y lo besaba con locura, sin parar. Sin querer, mi mano resultó acariciando una de sus piernas.

Bailamos abrazados por un rato *"Alguien cantó"* de *Matt Monro,* cantante inglés quien era muy famoso en esa época y era conocido como *"El hombre con la voz de oro".* Cuando terminó de sonar la canción miré mi reloj y dije:

—Alex, se hace tarde, tenemos que encontrarnos con mi prima. Vámonos ya por favor —le dije mirándolo dulcemente a los ojos.

Me volvió a besar y me hizo prometerle que nos veríamos al menos una vez más durante la semana.

Regresamos a casa de mis tíos a eso de las diez de la noche. Mis primos y mis tíos estaban viendo televisión y me preocupé al no ver a Esther.

—¿Cómo pasaron? —preguntó mi tía Alicia acercándose para darnos un abrazo.

—¡La pasamos de maravilla! —respondí sonriendo y mirando a mi prima Dery.

—Así fue. Ya nos merecíamos una salida después de todo lo que tuvimos que estudiar para terminar el año —dijo Dery sonriendo y tocándome la espalda.

—¿En dónde está Esther? —pregunté alzando mis hombros.

—Ella está acompañando a la abuela Teresa. Está en su cuarto —respondió mi tía.

Caminé hacia el cuarto de la abuela que después de abrazarme y consentirme me dijo:

—Adita, su hermana Esther está muy triste y no me ha querido contar lo que le pasa. Ella está recostada en el cuarto de enseguida. Pregúntele a ver qué es lo que le pasa.

Salí presurosa para averiguar que le había pasado a Esther.

—Esther, ¿qué te pasa? No quisiste salir con Dery y conmigo al parque esta noche y ahora mi abuela me dice que estás muy triste. ¿Qué es lo que te tiene así?

—Está bien Ada, te lo voy a decir. ¿Recuerdas a Gonzalo el joven que me estaba pretendiendo?   Hace unas semanas él fue a la casa con intenciones de pedir mi mano. Me contó que mi madre se negó rotundamente a que formalizáramos nuestra relación porque según ella, él tiene una amante en el pueblo. Y terminamos nuestros amores —finalizó diciendo Esther llorando desenfrenada y abrazándome.

—¡Cómo lo siento Esther! Perdóname, tengo algo de culpa por no haberte avisado a tiempo. Ese cuento se lo inventó la malvada de la Isabel y por eso mi madre rechazó la propuesta de Gonzalo, yo la escuché cuando se lo contaba. Estoy segura, que esa mujer algún día va a pagar muy caro todo el mal que nos ha hecho.

—Hermanita, he decidido algo que le voy a contar. Ya no nos faltan sino dos años para terminar mi bachillerato. Ya me cansé de vivir en esa cantina, de reprimir lo que siento y lo que pienso para evitar los enojos de nuestra madre. Yo voy a hablar con mi tío Juan para que me contacte con una de mis tías o algún familiar en donde yo pueda vivir en paz. Ya es hora de que rompa ese cordón umbilical que me tiene atado a mi madre —lloró abrazándome con cariño.

Yo hubiera querido decirle que no me dejara porque la iba a extrañar mucho pero no podía actuar en forma tan egoísta. La pobre de Esther le aguantó a mi madre todos los maltratos, obedeció siempre contra su voluntad sin decir una palabra para no contrariarla. Esther ya iba a alcanzar su mayoría de edad pues era mayor que yo. Ella estaba en todo el derecho de planear su futuro y empezar una nueva vida lejos de mi madre. Aunque sabía que yo iba a sufrir mucho por su ausencia, por no tener a mi hermana del alma junto a mí, aquel ser tan puro que fue testigo de mis sufrimientos y fue mi paño de lágrimas, aquel ser que me acompañó desde afuera del cuarto oscuro para que no temiera a la oscuridad y aquel ser que siempre me abrazó y me dijo palabras cariñosas y de aliento cuando yo más las necesité. Sí, se iba Esther, mi amada hermana y eso me causaba una tristeza infinita.

Como el tío Juan nunca estuvo de acuerdo con la idea de que nosotras viviéramos con nuestra madre en el *Bar Las Palmitas*, y sabía que Esther ya cumplía sus diez y ocho años de edad, cuando ella le comentó su deseo de independizarse de nuestra madre, inmediatamente contactó a una de sus hermanas: a mi tía Luisa, la que se quedó solterona y vivía en Medellín, Antioquia, *La ciudad de la eterna primavera*, en donde la familia había tenido sus orígenes siglos atrás. Mi tío Juan nos contó que la tía Luisa todos los años le pedía que le mandara a mi prima Dery de vacaciones para que la acompañara porque se sentía muy sola ya que vivía en una casa que era muy grande para ella, con bellos jardines y acompañada de unos cuantos gatos de raza angora que eran los únicos que le alegraban su vida. La tía Luisa estaba feliz de tener una compañía tiempo completo durante todo el año. Esther terminaría su bachillerato y luego estudiaría Psicología con el patrocinio de nuestro padre.

Durante esa semana me encontré varias veces con Alex quien me invitó a tomar un café para presentarme a su madre. Socorro se llamaba, era una mujer alta de cabello largo y rubio. Su cara era hermosa, tenía ojos claros como los de Alex y su boca era pequeña y de dulce sonrisa. La familia de Alex había planeado un viaje para la semana siguiente, pero él prefirió quedarse en el pueblo para compartir conmigo hasta el último minuto de nuestras vacaciones. Efectivamente, los padres de Alex y sus hermanos se fueron de paseo. La tarde del día siguiente a su partida, Alex aprovechó para invitarme a que conociera su casa. Era una casona antigua, bien grande, muy cómoda con muchos cuartos, sala y comedor amplios, con piso de baldosa blanca que brillaba de la pulcritud y techos bien altos. En la mitad de la casa estaba el patio lleno de plantas verdes que se enredaban entre ellas, dando una sensación de frescura y emanando ricos aromas. En todo el centro del patio había una fuente de agua que producía un sonido exquisito que evocaba el paso de un riachuelo por la casa.

—Ada, esta es mi casa, ¿te gusta? Así será la nuestra en un futuro, o a lo mejor mucho más bonita.

Diciendo esto me tomó en sus brazos dándome un beso en la boca y llevándome a una habitación. Con delicadeza me acostó en la cama y me murmuró al oído:

—Ada, este es mi cuarto, ¿te gusta? —no me dejó hablar.

Me empujó suavemente para hacer espacio y acostarse a mi lado y me besó muy suavemente. Yo me dejé llevar por la suavidad de sus besos y el fuego que sentía en mi cuerpo. Había un silencio casi total interrumpido por la música del agua que caía de la fuente del patio. Poco a poco y sin que yo pudiera evitarlo, Alex encontró la cremallera de mi vestido y empezó a abrirla muy despacio besándome el cuello y la piel que poco a poco iba descubriendo. Cuando menos lo pensé estábamos los dos, desnudos, besándonos con una inmensa pasión. Parecíamos dos volcanes que habían estado dormidos por muchos siglos y de repente hubiesen explotado dejando rodar la lava producto de su erupción. Éramos uno solo, nuestras almas y nuestros cuerpos se unieron esa tarde de verano. Alex susurraba a mi oído varias veces:

—Te amo Ada, te amo hoy y te amaré por siempre —pegando sus labios de los míos una y otra vez.

—Yo también te amo Alex. Encontrarte ha sido maravillo —le contestaba susurrando y dejándome llevar por la pasión que nos envolvía.

Esa tarde fue un regalo mutuo. Nos bañamos juntos y nos acariciamos nuestros cuerpos temblorosos una y otra vez. Llegó la hora de regresar a la casa de mis tíos por lo que yo dije apurada:

—Alex, por favor llévame a casa del tío Juan. Nos hemos perdido toda la tarde, nadie sabe en donde estamos —dije poniéndome mi vestido y peinándome.

Afortunadamente ya mi cabello se había secado.

—Vámonos, pero déjame decirte lo siguiente: yo sé que cuando terminemos el colegio, nuestras vidas tomarán rumbos diferentes. Los dos queremos estudiar una carrera y para eso tenemos que ir a una de las grandes ciudades en donde están las universidades. Prométeme que cuando cumplamos esa meta, nos vamos a volver a encontrar para unir nuestras vidas eternamente.

—Alex de mi vida, hoy te digo que sí, te amaré siempre y espero que eso que me pides se haga una realidad. Pero hoy te pido que disfrutemos nuestro amor en el ahora, en el presente. Recuerda que como escribió el poeta español *Pedro Calderón de la Barca*, en su poema *"La vida es un sueño"*:

> " ¿Qué es la vida? Una ilusión,
> una sombra, una ficción,
> y el mayor bien es pequeño:
> que toda la vida es sueño,
> y los sueños, sueños son".

Y ese día sellamos nuestra promesa con un largo beso.

Capítulo XXVII

Solo faltaba una semana para regresar a nuestra casa de Toro. Pensaba cual sería la reacción de mi madre cuando Esther le contara sobre su decisión de trasladarse a Medellín para vivir donde mi tía Luisa y terminar sus estudios de bachillerato. Con lo que le había pasado con el General Beltrán, no habíamos tenido el valor de confesarle a nuestra madre que ya habíamos encontrado a nuestro padre y a nuestro hermano Alberto. Esa noche Alex me había ido a visitar a la casa de mis tíos y estábamos reunidos contando chistes y riendo a carcajadas. Eran aproximadamente las nueve de la noche cuando el timbre del teléfono nos sorprendió a todos. Mi prima Dery corrió a contestarlo.

—¿Hola? ¿Quién habla? Sí, esta es la familia De La Rosa. ¿Qué se le ofrece? ¿Qué le pasó a mi tía Leonor? ¿En dónde está? Está bien, ya vamos para allá —respondió mi prima Dery con la cara pálida. Se le veía muy preocupada. Todos estábamos a su alrededor haciendo un círculo para saber qué había pasado con nuestra madre.

—¿Qué paso Dery? Por favor habla, ¿qué pasó con nuestra madre?

—Rápido, vamos todos al Hospital de Cartago. Mi tía fue herida gravemente en un tiroteo que ocurrió en el bar —dijo la prima Dery empujándonos a todos para salir en uno de los carros de mi tío Juan.

No había cupo para todos por lo que al hospital solo llegamos: mis tíos, Alex, Esther, Dery y yo. Los demás se quedaron en la casa esperando noticias y prometieron no decirle nada a nuestra abuela hasta que no estuviéramos seguros del estado de la salud de nuestra madre. Esther y yo llorábamos y estábamos muy nerviosas. Afortunadamente Alex estaba allí apoyándome y dándome ánimos para poder pasar esta prueba. Mi madre había entrado a la sala de cirugía de urgencias y cuando llegamos aún no había salido. Pasaron dos horas cuando vimos a un doctor con su uniforme de cirujano quien se acercó a la familia para darnos la noticia:

—Buenas noches, ¿ustedes son los familiares de la señora Leonor De Prado? —preguntó el médico con tono seco.

—Sí doctor, yo soy el hermano, ellas las hijas y los demás son sus sobrinos. ¿Cómo está mi hermana?

—La señora está muy delicada. Recibió varios impactos de bala en su cuerpo. Le pudimos sacar tres balas: dos de su clavícula y uno de su brazo izquierdo. Debemos hacer una segunda cirugía para sacarle una bala que le afectó parte de su estómago. Estamos esperando para ver cómo reacciona de la primera cirugía, aún está en la sala de recuperación. Solo podemos esperar. No les puedo decir nada más. Tan pronto la señora despierte solo una o máximo dos personas pueden pasar a verla.

Después de dar el informe, el Médico salió rápidamente sin darnos tiempo para hacerle más preguntas. Esther y yo llorábamos en silencio, Alex sostuvo mi mano toda esa noche. Mis tíos y mi prima estuvieron muy serios con cara de preocupación esperando las noticias de la recuperación de nuestra madre. En la madrugada, una enfermera se nos acercó y nos dijo:

—Ya la señora ha despertado y pregunta por sus hijos. ¿Están aquí? Pueden pasar a verla. Por favor no se demoren, debemos ingresarla a una segunda cirugía.

Esther y yo nos organizamos nuestra ropa que estaba arrugada por haber estado sentadas tanto tiempo. Secamos nuestras lágrimas para que nuestra madre no nos viera lo mal que nos sentíamos. Debíamos darle muchos ánimos para que se recuperara. Tan pronto llegamos al cuarto en donde se encontraba, la vimos postrada en una camilla de cirugía y vestida con una bata blanca, indefensa, llena de cables y sondas sin poder moverse.

—Hijas, quiero despedirme de ustedes por si no resisto la segunda cirugía —dijo llorando con una voz muy débil.

—Madre, ¡no digas eso por favor! Sé que vas a estar bien —dijo Esther llorando desesperada. Yo la acompañaba con mi llanto.

—Ada, perdón, perdón por mis maltratos. Solo quería educarte para que fueras tan fuerte como yo lo he sido. Esther, perdón por todo lo que no te he dejado hacer y por toda la carga que has llevado por mí. Y que Dios me perdone por tantos errores. Lo que más me duele es que van a quedar solas. Busquen a su padre, él está vivo. Nunca les dije, pero él me mandó razones y mensajes por mucho tiempo. Siempre lo ignoré y nunca les dije a ustedes la verdad. Él siempre fue un buen padre.

—Madre querida, por favor no hables más. No tenemos nada que perdonarte porque entendemos que todas tus acciones fueron producto de lo que te tocó vivir y creíste que era la única manera para que fuéramos gente de bien —no había terminado de hablar cuando nos interrumpió el General Beltrán quien había llegado a ver a nuestra Madre. Tenía los ojos rojos y en su cara se reflejaba una gran preocupación.

—Leonor, háblame por favor, dime que estás bien. Aquí estoy contigo, nunca he dejado de quererte.

—Augusto, que bueno que viniste, ven, abrázame. Nunca te he sido infiel, te lo juro. ¿Me crees? —dijo mi madre llorando.

—Te creo Leonor, te creo. Pero cállate que estás muy débil.

—Albertico, mi hijo, nunca apareció. Y el pequeño Augusto, ¿en dónde está? —preguntó mi madre desfalleciendo.

—Madre, descansa tranquila, nuestro hermano Alberto está vivo y vive con nuestro padre en una finca cerca de Versalles. No te lo habíamos dicho para que no te ofuscaras —le confesé, llorando emocionada, el secreto que llevábamos guardando por varios meses.

—Tranquila Leonor, Trina se quedó cuidando al pequeño Augusto esta noche —dijo el General tomándola de su mano.

—La aparición de Alberto es un milagro, el mejor regalo que me han dado esta noche —diciendo esto se desvaneció.

—¡Enfermera! ¡Enfermera! La paciente se nos va, por favor vengan rápido —gritó el General para que vinieran a auxiliar a nuestra madre.

Varias enfermeras corrieron a su llamado, le tomaron sus signos vitales y dijeron:

—La paciente aún vive. La vamos pasar rápido a la sala de cirugía dos.

—Por favor hagan hasta lo imposible para salvarla —dije llorando acongojada.

—Sí, por favor sálvenle la vida —dijo el General con los ojos aguados.

Muy nerviosos por esos instantes que habíamos vivido con mi madre salimos a la sala de espera. Alex aún me esperaba con mis tíos y con la prima Dery. Ya estaba amaneciendo y todos estábamos agotados.

Mis tíos estaban muy curiosos de saber por qué nuestra madre había terminado herida de gravedad. ¿Acaso era un atentado contra su vida? o ¿fue un accidente?

El General que conoció el reporte de policía nos explicó que dos hombres forasteros habían llegado a tomar esa noche al bar, se pasaron de tragos y forcejearon. Mi madre se metió para tratar de separarlos, pero uno de ellos sacó una pistola y empezó a disparar. El hombre al que quería asesinar logró hacer una peripecia y escapó pero desafortunadamente, todos los impactos de bala los recibió ella. Hábilmente, la policía logró atrapar al agresor.

—General, entonces, ¿se va a reconciliar con mi madre? —le pregunté sobándome el cuello que tenía tieso por toda la carga de emociones de aquella noche —. ¿Cómo es que está aquí acompañándonos?

—Sí Ada, después de que me pasó la rabia que tenía por lo que pensé era una infidelidad de Leonor, recordé lo feliz que siempre fuimos, la familia que formamos y la fuerza de Leonor para salir adelante. Quería conocer la verdad a toda costa y decidí buscar al señor Pablo Arizmendi, el ganadero que le envió la nota a su madre. Este señor me aseguró que nunca había tenido que ver nada con Leonor, que ella era toda una señora y que nunca le envió esa nota. Me confesó que Isabel era la que se la pasaba diciéndole que conquistara a Leonor. Pero él sabía que ella era mi esposa, y me aseguró que Leonor nunca le dio pie para nada. Todo lo que pasó, hasta la nota que yo encontré era una estrategia de Isabel para separarme de su madre —concluyó el General respirando profundo y agachando su cabeza.

Ya había amanecido, habíamos pasado derecho sin dormir cuando apareció uno de los médicos para darnos la noticia:

—Por favor váyanse a descansar. Les tengo buenas noticias, la señora ha sobrevivido. Ella no puede recibir visitas al menos por un día mientras se recupera de tan larga cirugía —dijo el médico quitándose sus guantes y salió de la sala.

Detrás del médico salimos todos para la casa de mis tíos en La Unión. Organizamos maletas, y le contamos a mi abuela sin muchos detalles que mi madre se había accidentado pero que ya estaba fuera de peligro. El General había contratado un auto para que lo llevara al hospital de Cartago y en ese mismo auto nos iríamos a nuestra casa de Toro ese mismo día. Con tristeza nos despedimos de toda la familia y de mi amado Alex quien me hizo prometerle que yo iría más a menudo a La Unión.

Por fortuna, el tiempo es el mejor remedio para sanar las heridas. Mi madre se recuperó de sus cirugías, aunque quedó convaleciente por muchos días hasta que alcanzó su recuperación total. El General se jubiló de las Fuerzas Militares y decidió vender la casa de Toro con todo y negocio y se fueron a vivir a las afueras de Pereira con el pequeño Augusto a una casa campestre que compraron con el producto de la venta de la casa de Toro. Como agradecimiento por toda la ayuda que recibieron de Rosalba, la peluda, y de Trina, a cada una le dieron la cuota inicial para comprar una casa que financiaba el Instituto de Crédito Territorial, por lo que quedaron felices y agradecidas. Por las noticias nos enteramos que a la pobre de la Chavela la encontraron muerta, flotando en la quebrada del Lázaro que se subió de nivel por la intensidad de las lluvias y que acabó con su vida después de haber inundado y desaparecido su casa.

Mi madre aceptó la decisión de Esther de irse a vivir y a estudiar con la tía Luisa a Medellín, aceptando la ayuda de mi padre quien costearía sus estudios de Psicología.

Como yo tenía la beca del ICETEX, me quedé estudiando en el colegio de Toro y viví en la casa de María Del Mar los dos últimos años que faltaban para terminar mi bachillerato. Tanto Esther como yo nos graduamos con honores de los respectivos colegios.

En las vacaciones Esther y yo pasábamos unos días en la casa campestre de Pereira y otros días en la finca de nuestro padre en Versalles y así disfrutábamos de la compañía de toda la familia. Alex viajaba algunos fines de semana a Toro para pasar tiempo juntos. Otras veces yo era la que viajaba a La Unión en donde nos veíamos.

Mi padre estaba muy agradecido con el General Beltrán por habernos tratado como si fuéramos sus propias hijas durante todo el tiempo que vivimos bajo su protección, por lo que lo contactó para darle los agradecimientos personalmente. Mi madre se había resignado a la ausencia de nuestro hermano Alberto, aunque esperaba que algún día él pudiera perdonarle sus errores y fuera a buscarla. Para sorprender a mi madre, un domingo en la mañana el General invitó a mi padre y a mi hermano a nuestra casa de Pereira aprovechando que Esther y yo estábamos de visita. Qué alegría tan grande para Esther y para mí el ser testigo de ese encuentro entre madre e hijo. Aunque estábamos temerosas de la reacción de nuestra Leona al ver a su primer esposo, nuestro padre, la verdad es que la alegría y la gran emoción de ver a su hijo solo dejaron lugar para sentimientos puros de cariño hacia ellos.

En el año 1988 Esther se graduó de Psicóloga de la Universidad Pontificia Bolivariana de Medellín y hoy en día trabaja con una entidad sin ánimo de lucro, ayudando a las mujeres que están encarceladas. Con el patrocinio del gobierno obtuve una beca para estudiar la carrera de Derecho, en la Pontificia Universidad Javeriana graduándome con honores en el año de 1989. Alex se graduó como Geólogo de la Universidad Nacional de Colombia en Bogotá. Mientras Alex y yo terminábamos nuestra Educación Superior, vivíamos en unas residencias universitarias en el Barrio Palermo. Yo quería alcanzar mi sueño de especializarme en algo relacionado con derechos humanos lo mismo que literatura en Paris y él quería hacer una maestría en Meteorología en Bogotá. Viajé a Paris, Francia para perfeccionar mi francés y estudiar Literatura en la Universidad de La Sorbona. Posteriormente hice una especialización en La Haya, Holanda en Leyes Internacionales y Derechos Humanos. El día en que Alex y yo nos despedimos, nos prometimos continuar conectados sin importar la distancia, pero además viviendo con plenitud esta etapa de nuestras vidas sin darle cabida al sufrimiento en nuestros corazones. Nos amábamos tanto que sabíamos que los dos éramos *almas gemelas* y que nuestros nombres habían sido escritos en el Árbol de la Vida para vivir una experiencia terrenal en este planeta tan maravilloso llamado Tierra.

Cuando terminé mis estudios en París, logré conseguir un trabajo en la Agencia de las Naciones Unidas (UNICEF), en la sede regional europea en Ginebra, Suiza, como conferencista creando conciencia sobre los derechos de los niños para garantizar el cumplimiento. Alex mientras tanto había conseguido un trabajo en un canal local de televisión en la ciudad de Miami, Florida.

En el otoño de 1995, viajé a la ciudad de Miami para participar en la Conferencia Mundial: Educación para Todos y La Cumbre Mundial para Niños de la UNICEF. El avión se acercaba cada vez más a mi destino, me sentía flotar entre las nubes que más bien parecían copos gigantes de algodón de azúcar. Alcanzaba a divisar largas playas llenas de miles de diminutos puntos que me hacían reflexionar en cuan pequeños somos los seres humanos comparados con la grandeza de nuestro universo. Mi boca se curvó con una sonrisa de deleite observando desde la ventana del avión un arco iris cuya gama de colores reflejada en el vasto océano producía en mi un estado de consciencia.

Empezaba a caer la tarde y nos aproximábamos cada vez más al aeropuerto internacional de Miami, Florida. A lo lejos se veía el resplandor de la ciudad, como un *HEARA*, una especie de directiva que viene de una Fuente Espiritual Superior, que me guiaba en esta etapa de mi vida. Mi corazón se preparaba para el encuentro con Alex, por lo que empezó a palpitar desesperadamente. Esa, era la señal de que aún estaba enamorada de Alex. Tan pronto bajé del avión y sentí la brisa tibia de la ciudad también me enamoré de ella. Sabía que su ubicación geográfica sería excelente para moverme por el mundo y seguir luchando por los derechos humanos. Me desplacé rápidamente por los corredores del aeropuerto hasta llegar a la ventanilla de inmigración la cual pasé sin complicaciones. Tan pronto llegué a la puerta de salida, allí estaba Alex, esperándome con los brazos abiertos y mirándome fijamente con sus ojos grises que destellaban un brillo que me hipnotizaba. Me abrazó con todas sus fuerzas y me dijo:

—Ada, ¿te quieres casar conmigo? Quiero pasar el resto de mis días contigo, te amo mucho.

Maravillada por la propuesta, mi corazón ya había contestado:

—Sí amor mío, yo también quiero casarme contigo. Esa misma semana organizamos nuestro matrimonio y nos casamos.

Alex tenía un amigo que era fotógrafo profesional quien fue nuestro testigo y nuestro fotógrafo. Alex ya era residente legal de los Estados Unidos de América, por lo que hicimos los trámites correspondientes para conseguir mi residencia. Actualmente vivimos en

Miami Beach, Florida, desde donde continúo colaborando con la UNICEF y organizaciones similares como conferencista internacional.

Agradecimientos

Agradezco de todo corazón:

A la Luz de Nuestro Señor con la que me he conectado desde que tengo uso de razón y que ha sido esa fuerza interna que me ha guiado día tras día durante toda mi vida para afrontar los obstáculos y sobrepasarlos y reflejar su grandeza con mi luz sirviendo a los demás.

A mis padres que algún día unieron sus almas para que yo pudiese existir y pudiera vivir esta experiencia terrenal tan maravillosa llena de desafíos y aventuras que han hecho de mí la persona que hoy soy.

A mi hijo Jaime Andrés, por su diaria compañía, su paz y su amor y quien ha compartido su tiempo conmigo como medio de inspiración para el desarrollo de mis actividades.

A mi esposo Jaime Arturo por su amor y apoyo incondicional para que yo culminara la escritura de mi novela. Como primer lector de mis borradores y que con su fuerza motivadora me inspiró a concluir mi obra.

A mi hija Sandra Camila y a mi yerno E.Z. Ryder, por creer en mi obra y motivarme por muchos años para que la escribiera.

A mi nieta Frankie que con su amor, belleza e inocencia me conectó con la niña que siempre llevo dentro de mí.

A mi amada hermana María Lucero aliada estratégica de mi supervivencia y acompañante de los momentos más difíciles de mi vida.

A mis hermanos Norberto y John Jairo, mi sobrina Alexandra, mis sobrinos Frank y Harold por su afecto.

A mi suegra Mary Luz por su apoyo incondicional y sus cuidados para que yo pudiese trabajar en la culminación de mi novela.

A mi amiga y hermana Luz Marina R. Ulichney y a su madre María Lucila quienes fueron luz en la oscuridad de mi niñez.

A Eugenia Mora-Ash, editora de contenido, quien me apoyó con este proyecto de principio a fin.

A mi maestro y editor José Díaz Díaz quién me orientó, creyó en mi trabajo y me motivó para la culminación de la novela.

Al profesor Rafael Guillermo Ávila, promotor de mi obra, quien encontró dimensiones no imaginadas dentro de mi novela, vislumbrando una grandeza en la obra y en su protagonista capaz de inspirar al mundo entero. Quien me reconectó con los fundamentos esenciales de la historia, la ciencia y la literatura que siempre me han apasionado.

Acerca del autor

Luz Mery Montes Sánchez nació en Versalles, Valle del Cauca, Colombia. En 1995 se graduó de la Pontificia Universidad Javeriana de Bogotá Colombia, como Contadora Pública. Estudió Alta Gerencia en la Escuela de Alta Dirección y Negocios, INALDE, de la Universidad de la Sabana en Chía, Colombia y Gerencia de Recursos Humanos y Liderazgo Estratégico en Florida Atlantic University, Boca Ratón, Florida. Llegó a Los Estados Unidos de América en el año 2001 con su esposo Jaime Arturo Pinzón y sus hijos Jaime Andrés y Sandra Camila. Hoy en día, vive en la ciudad de Boynton Beach, Florida en compañía de su esposo y su hijo.

Desde niña, siempre ha sido una apasionada por la literatura, y en el año 2015 estudió en la escuela de escritura creativa La Caverna, Hollywood, Florida. Luego escribió los relatos "La magia de los caballos", inspirado en las sesiones de equino-terapia que recibe su hijo Jaime Andrés desde hace varios años, "El Refugio" inspirado en los bellos paisajes de la Sabana de Bogotá y "El encuentro con mi hija", basado en la relación con su hija Camila. Durante su vida, ha sido defensora de los Derechos Humanos, con enfoque en las personas con atributos únicos o con necesidades especiales.

Desde noviembre del año 2017 fue nombrada por el Gobernador del Estado de la Florida, como Miembro Honorario, de la Organización Family Care Council, en donde hace parte de la Junta Directiva. También es miembro de Gold Coast Down Syndrome Organization y Empresarias Hispanas en Palm Beach, además es miembro activo del Endowment Oversight Committee, de la organización Equine-Assisted Therapies of South Florida. Desde el año 2013, es Presidente y Fundadora de la organización sin ánimo de lucro Dreamers Project, en Florida, USA. En el año 2019 estudió en el Banco Interamericano de Desarrollo, BID, Políticas para el Desarrollo de la Infancia. Actualmente trabaja en sus obras literarias que publicará en un futuro muy cercano.

Anexo:

Derechos del niño

Declaración de los Derechos del niño

Aprobado por todos los setenta y ocho Estados miembros de la Organización de las Naciones Unidas, ONU, el 20 de noviembre de 1959.

Preámbulo

Considerando que los pueblos de las Naciones Unidas han reafirmado en la carta su fe en los derechos fundamentales del hombre y en la dignidad y el valor de la persona humana y su determinación de promover el progreso social y elevar el nivel de vida dentro de un concepto más amplio de libertad,

Considerando que las Naciones Unidas han proclamado en la Declaración Universal de Derechos Humanos que toda persona tiene todos los derechos y libertades enunciados en ella, sin distinción alguna de raza, color, sexo, idioma, religión, opinión política o de cualquier otra índole, origen nacional o social, posición económica, nacimiento o cualquier otra condición,

Considerando que el niño, por su falta de madurez física y mental, necesita protección y cuidado especial, incluso la debida protección legal, tanto antes como después del nacimiento,

Considerando que la necesidad de esa protección especial ha sido enunciada en la Declaración de Ginebra de 1924 sobre los Derechos del Niño y reconocida por la Declaración Universal de los Derechos Humanos y en los convenios constitutivos de los organismos especializados y de las organizaciones internacionales que se interesan en el bienestar del niño,

Considerando que la humanidad debe al niño lo mejor que puede darle,

La Asamblea General

Proclama la presente Declaración de Derechos del Niño, a fin de que éste pueda tener una infancia feliz y gozar, en su propio bien y en bien de la sociedad, de los derechos y libertades que en ella se enuncian e insta a los padres, a los hombres y mujeres individualmente y a las organizaciones particulares, autoridades locales y gobiernos nacionales a que reconozcan esos derechos y que luchen por su observancia con medidas legislativas y de otra índole, adoptadas progresivamente en conformidad con los siguientes principios:

Principio I:

El niño disfrutará de todos los derechos enunciados en esta declaración.

Estos derechos serán reconocidos a todos los niños sin excepción alguna ni distinción o discriminación por motivos de raza, color, sexo, idioma, religión, opiniones políticas o de otra índole, origen nacional o social, posición económica, nacimiento u otra condición, ya sea del propio niño o de su familia.

Principio II:

El niño gozará de una protección especial y dispondrá de oportunidades y servicios, dispensado todo ello por la ley y por otros medios, para que pueda desarrollarse física, mental, moral, espiritual y socialmente en forma saludable y normal, así como en condiciones de libertad y dignidad. Al promulgar leyes con este fin, la consideración fundamental a la que se atendrá será el interés superior del niño.

Principio III:

El niño tiene derecho desde su nacimiento a un nombre y a una nacionalidad.

Principio IV:

El niño debe gozar de los beneficios de la seguridad social. Tendrá derecho a crecer y desarrollarse en buena salud; con este fin deberá proporcionarse, tanto a él como a su madre, cuidados especiales, incluso atención prenatal y posnatal. El niño tendrá derecho a disfrutar de alimentación, vivienda, recreo y servicios médicos adecuados.

Principio V:

El niño física o mentalmente impedido o que sufra algún impedimento social debe recibir el tratamiento, la educación y el cuidado especial que requiere su caso particular.

Principio VI:

El niño, para el pleno y armonioso desarrollo de su personalidad, necesita amor y comprensión. Siempre que sea posible, deberá crecer al amparo y bajo la responsabilidad de sus padres y, en todo caso, en un ambiente de afecto y de seguridad moral y material; salvo circunstancias excepcionales, no deberá separarse al niño de corta edad de su madre. La sociedad y las autoridades públicas tendrán la obligación de cuidar especialmente a los niños sin familia o que carezcan de medios adecuados de subsistencia. Para el mantenimiento de los hijos de familias numerosas conviene conceder subsidios estatales o de otra índole.

Principio VII:

El niño tiene derecho a recibir educación, que será gratuita y obligatoria por lo menos en las etapas elementales. Se le dará una educación que favorezca su cultura general y le permita, en condiciones de igualdad de oportunidades, desarrollar sus aptitudes y su juicio individual, su sentido de responsabilidad moral y social, y llegar a ser un miembro útil de la sociedad.

El interés superior del niño debe ser el principio rector de quienes tiene la responsabilidad de su educación y orientación; dicha responsabilidad incumbe en primer término a los padres.

El niño debe disfrutar plenamente de juegos y recreación, los cuales deberán estar orientados hacia los fines perseguidos por la educación; la sociedad y las autoridades públicas se esforzarán por promover el goce de este derecho.

Principio VIII:

El niño debe, en todas circunstancias, figurar entre los primeros que reciban protección y socorro.

Principio IX:

El niño debe ser protegido contra toda forma de abandono, crueldad y explotación. No será objeto de ningún tipo de trata.

No deberá permitirse al niño trabajar antes de una edad mínima adecuada; en ningún caso se le dedicará ni se le permitirá que se dedique a ocupación o empleo alguno que pueda perjudicar su salud o su educación, o impedir su desarrollo físico, mental o moral.

Principio X:

El niño debe ser protegido contra las prácticas que puedan fomentar la discriminación racial, religiosa o de cualquier otra índole. Debe ser educado en un espíritu de comprensión, tolerancia, amistad entre los pueblos, paz y fraternidad universal, y con plena conciencia de que debe consagrar sus energías y aptitudes al servicio de sus semejantes.